CONTES
GROTESQUES

Paris.—Impr. L. Baudoin et C°, r. Christine, 2.

TRADUCTION ÉMILE HENNEQUIN

CONTES GROTESQUES

PAR

EDGAR POE

Avec une Vignette par Odilon REDON

TROISIÈME ÉDITION

PARIS

PAUL OLLENDORFF, LIBRAIRE-ÉDITEUR

28 *bis*, RUE DE RICHELIEU, 28 *bis*

1882

VIE D'EDGAR ALLAN POE

La biographie de Poe a été diversement écrite, dénaturée d'abord par des calomnies efficaces, puis remaniée par des essais de réhabilitation excessifs.

A la mort de Poe, la première édition de ses œuvres complètes parut, précédée d'une Vie écrite par M. Rufus Griswold. Celui-ci, personnage fort singulier, docteur en théologie, ministre d'une église baptiste, journaliste, compilateur de chrestomathies, avait été nommé, par Poe, son exécuteur testamentaire, sans que rien explique cette confiance. Il fit, au lieu de la biographie qui lui était commandée, un réquisitoire où il eut l'audace et la maladresse de glisser plusieurs mensonges.

Les motifs de cette diffamation tardive ne sont pas éclaircis. On sait seulement que Griswold fit la connaissance de Poe en 1841, à Philadelphie, que ce dernier, quelque temps plus tard, attaqua violemment dans une conférence les compilations du littérateur théologien, et nuisit par ses articles de critique à plusieurs médiocrités que son futur biographe s'était donné beaucoup de peine à louer. On dit

encore que Griswold fut jaloux du commerce d'amitié que
Poe entretint avec Mme Osgood. Ces faits peu graves ne
semblent pas suffire à expliquer le ton haineux de la première Vie de Poe. Il faut ajouter que la réputation de
Griswold est détestable en Angleterre, que Thackeray l'a
convaincu d'avoir menti sciemment, qu'il trompa MM. Harper
et frères, libraires de New-York, sur le compte de Dickens.
Il témoigna d'autre part, quand on le pria de publier les
œuvres de Poe, d'un zèle qui peut paraître louable ou
suspect, et n'accepta aucune rémunération pour ses travaux
d'éditeur et pour sa préface. En somme, les raisons de son
animosité nous échappent. La biographie qu'il a composée
est, en tous cas, écrite avec mauvaise foi. Il suffit pour le
voir, de considérer, non les faits qu'il allègue et sur
lesquels il a pu être trompé, mais ses appréciations partiales
sur le caractère et le talent de Poe.

Le public américain et anglais se contenta longtemps de
cette diatribe, par ressentiment contre un auteur qui lui
avait déplu, par plaisir secret de le voir accuser de plusieurs bassesses, lui qui, dans ses critiques, n'avait épargné
les vérités dures à personne. Plusieurs lettrés qui avaient
connu Poe personnellement, protestèrent, mais sans grand
effet. Leurs écrits, une fois parus dans l'une des innombrables revues anglaises ou américaines, étaient oubliés. Et
même, Wilmer, un des rares amis du calomnié, constate
que les journaux, pour flatter les rancunes de leurs direc-
teurs ou de leurs abonnés, hésitaient à recevoir ces articles
de défense. La biographie de Griswold au contraire était
inséparable des œuvres de Poe. On ne pouvait feuilleter les
unes, sans lire l'autre. Il arriva ainsi que des mensonges,
quoique réfutés minutieusement, restèrent admis.

Poe devint connu en France, vers 1842. Son existence fut
révélée au public par un incident qui marque les mœurs

littéraires de l'époque. Le *Charivari* avait traduit et publié sans nom d'auteur le *Meurtre de la rue Morgue*. Quelques années après, le *Commerce* reprit cette nouvelle et la donna sous un nouveau titre, *L'Orang-Outang*. Un troisième journal, la *Quotidienne* pénétra cette supercherie, et imprima à son tour le *Meurtre*. Il y eut, entre ces deux dernières feuilles, un procès où la *Quotidienne* fut amenée à prouver que le conte en litige, n'était ni original, ni publié pour la première fois dans le *Commerce*, mais bien traduit de l'anglais de Poe. L'attention publique avait retenu ce nom. Mme Isabelle Meunier profita de la notoriété qu'il venait d'obtenir et mit en français les plus bizarres des *Histoires extraordinaires*. Après elle, Baudelaire les reprit. Ses traductions méritent et ont reçu toutes les louanges. En aucune autre occasion, la langue française n'a été plus magistralement tendue et surmenée de façon à acquérir la richesse, la force abrupte, le mystère, le ton voilé et fantastique des œuvres imaginatives anglaises.

Baudelaire lut la biographie de Griswold. Il sut y reconnaître le langage acrimonieux et les accusations improbables d'un calomniateur. Il s'en défia et se fit d'imagination le Poe qui lui convenait. Il nia ou passa sous silence les plus grosses charges proférées par Griswold, celles de plagiat, d'indélicatesse, d'abus de confiance. Il admit celle d'ivrognerie, en l'expliquant d'une façon ingénieuse et romanesque. Par lui, la pratique de ce vice chez le nouvelliste américain devint une sorte de suicide prémédité, une méthode de travail meurtrière, un acte intentionnel, libre, profitable. Baudelaire commettait par cette interprétation une double inconséquence, oubliant les théories de Poe et les siennes sur le travail du littérateur. Avant de faire passer l'auteur de *Marie Roget* pour un inspiré, composant dans le saisissement de l'enthousiasme, il aurait dû songer qu'il

contredisait ainsi la *Genèse d'un poème*, traduite par lui, et
ses propres réflexions, désapprouvant dans les *Paradis arti-
ficiels* l'emploi des stimulants de la pensée.

En 1874 parut à Edimbourg une nouvelle édition des
œuvres complètes de Poe [1]. Elle était collationnée par M. J.
H. Ingram qui en recueillait depuis longtemps les matériaux. M. Ingram mérite par la conscience et les résultats
de ses recherches, que son nom soit tenu en grande estime
par toute personne s'intéressant aux lettres.

Il avait mis, en tête de son édition, une Vie de Poe établie
comme une enquête, sur d'innombrables témoignages. Cette
biographie est la réfutation péremptoire des erreurs de
Griswold et reconstitue l'existence du nouvelliste américain,
depuis la date de sa naissance, où l'on errait de 4 ans,
jusqu'au récit de sa mort, sur laquelle on ne savait rien
d'exact.

Six ans après, en 1880, M. Ingram faisait paraître une
nouvelle Vie de Poe[2], plus considérable, tenant deux volumes
in-8°, et, il nous semble, définitive. C'est une biographie
étendue, suivant l'écrivain, mois par mois, donnant ses travaux littéraires, les accidents de sa vie, les progrès de son
dévelopeement intellectuel. Elle contient une masse de
documents officiels, de lettres, de témoignages, de souvenirs,
et telle est l'impartialité de ce livre, qu'il paraît un dossier
de pièces, un recueil de faits, où la critique n'a plus qu'à
puiser et à interpréter. C'est de ce travail résumant tous
les essais parus à diverses époques dans la variété des
revues anglaises et américaines, donnant sur tous les points
des éclaircissements suffisants et précis, appuyés de preuves,

[1] Works of Edgar A. Poe. Edited by John H. Ingram. Black·
Edimbourg, 1874. 4 vol. in-8°.
[2] Life of Edgard A. Poe. by John H. Ingram. John Hogg. Lon-
don, 1880. 2 vol. in-8°

ou plutôt c'est des documents qu'il nous présente, que nous nous sommes servi pour la biographie qui va suivre. Il reste donc entendu, que tous les faits que nous allons alléguer, toutes les pièces que nous allons reproduire, sont dûs aux recherches de M. Ingram, ou aux communications qu'il a bien voulu nous faire.

I

Edgar Poe descendait d'une famille noble irlandaise, dont les origines sont incertaines. Il paraît probable que son grand-père paternel, John Poe, qui émigra d'Irlande en Amérique, emmenant son fils David, âgé de six semaines, appartenait à la famille des Poe de Riverston (comté de Tipperary), maison dont il est parlé dans l'histoire du temps de Cromwell et qui se disait issue du Palatinat.

David Poe prit part à la révolution américaine, s'y distingua, reçut le titre de général, fut lié avec Lafayette. Il épousa une Mlle Cairnes, de Pensylvanie, dont la beauté était renommée. Il s'établit à Baltimore, ayant acquis de grands biens.

Son fils ainé, qui se nommait également David Poe, avait été destiné au barreau et placé dans l'étude d'un avocat. Il dut aller, pour les affaires de son patron, à Norfolk, en Virginie. Il y vit une actrice anglaise, Elisabeth Arnold, en devint amoureux, la suivit de ville en ville et l'épousa. La date de ce mariage a été établie. Il eut lieu en 1806. David Poe avait alors 19 ans et son aventure l'avait mis hors sa famille. Il se fit acteur, ayant eu depuis longtemps le goût

de la scène, et commença avec sa femme une existence de
misère, vaguant d'état en état, chargé des derniers rôles, mé-
diocre dans une profession que le manque de talent rend
ignoble. Sa femme, au contraire, était une artiste de haute
valeur. Elle jouait les héroïnes de Shakespeare et le public
la tenait en grande estime. Il reste d'elle un portrait que
M. Ingram a fait photographier. C'était une belle femme,
possédant de grands yeux noirs et un front élevé. Edgar Poe
lui ressembla plus qu'à son père, par les traits, l'esprit, et un
certain tour théâtral de caractère.

Elisabeth Poe eut trois enfants ; Léonard, qui fut recueilli
à la mort de sa mère, par ses grands parents et qui périt à
20 ans, après une vie d'excès ; Edgar ; et Rosalie Poe enfant
posthume, presqu'idiote, adoptée, à la mort de sa mère
également, par une famille écossaise, les Mac Kenzie, puis
reléguée dans une institution charitable, où elle mourut en
1874.

Edgar Poe naquit, lui, le 19 janvier 1809, à Boston. Ce
sont là les dates qu'il a inscrites lui-même sur les registres
de l'Université de Charlottesville. Il est curieux et significatif de savoir que quelques mois avant sa naissance, le 18
avril 1808, David et Elisabeth Poe jouaient à New-York les
Brigands de Schiller, Mme Poe remplissant le rôle d'Amélie.
Le choix de cette pièce excessive, pleine de toutes les horreurs
romantiques, avait dû beaucoup préoccuper les Poe, qui
la donnaient à leur bénéfice, dans un moment d'embarras
pécuniaire, et put contribuer à déterminer la névrose dont
leur fils souffrit toute sa vie.

Pendant deux ans Edgard Poe mena la vie vagabonde de
ses parents ; puis, au commencement de 1811, son père fut
emporté par une phtisie galopante et, à la fin de la même
année, sa mère mourut aussi et du même mal, à Richmond.
On s'intéressa dans cette ville à l'orphelin. Un riche négo-

ciant, M. Allan, n'ayant pas d'enfants, l'adopta à la prière de sa femme.

Des premières années de Poe, il ne nous a été transmis qu'un trait. On raconte que, doué d'une précocité singulière, habile déjà à sentir et à retenir les vers, il en déclamait souvent de longues tirades, dans le salon de son père adoptif, avec une justesse d'intonation merveilleuse. M. Allan aimait à l'exhiber par vanité et fomentait ainsi dangereusement la surexcitation cérébrale de son pupille. Par bonheur, en 1816, M. Allan dut aller en Écosse régler des affaires d'argent. Il emmena Edgar Poe et le mit à l'école près de Londres, à Stoke Newington, dans l'internat d'un M. Bransby. C'est cette institution que Poe a décrite dans son *William Wilson*, mais sans grande exactitude. M. Bransby se rappelait Poe comme un enfant éveillé, intelligent, en retard sur beaucoup de choses, mais possédant en littérature et en histoire des connaissances au-dessus de son âge.

Son élève revint en Amérique vers 1821 et reprit ses classes chez un M. Clarke, à Richmond. M. Ingram a réuni sur cette époque une série de souvenirs recueillis chez les anciens camarades de Poe. L'un d'eux raconte que c'était un enfant volontaire, hautain, capricieux, d'humeur revêche. L'institution Clarke était la plus aristocratique de la ville. On y savait que les parents de Poe avaient été des acteurs et que lui-même dépendait de la générosité de M. Allan. Il eut souvent à supporter des plaisanteries humiliantes et des rebuffades ; son caractère impressionnable, agité de passions d'homme fait, s'en ressentit.

D'après un autre de ses camarades, Poe était défiant, d'humeur batailleuse, enclin déjà à proposer et à résoudre des problèmes difficiles. On remarquait sa beauté et sa force physique. Il excellait à tous les exercices gymnastiques, à la nage surtout, où il accomplit de hauts faits, parcourant un jour six milles dans le James River, s'y jetant une autre fois en plein hiver et risquant presque de ne plus pouvoir regagner le bord. Il était extrêmement sensible à toute marque d'affection. On l'avait emmené chez la mère d'un de ses camarades, Mme Hélène Stannard ; elle le reçut gracieusement, lui prit la main, lui dit quelques mots. Il fut tellement saisi de cet accueil amical, qu'il demeura muet et près de tomber évanoui. Depuis cette entrevue, il garda un attachement enthousiaste pour Mme Stannard, la prit pour sa conseillère et, plus tard, dédia à sa mémoire les premiers beaux vers qu'il fit. Car Mme Stannard était morte, après être devenue folle, et pendant plusieurs mois, Poe était allé visiter sa tombe de nuit, s'y couchant et demeurant ainsi jusqu'à l'aube.

Poe entrait dans sa seizième année. Il était de beaucoup le meilleur élève de sa classe et, n'ayant que peu d'efforts à faire pour le rester, il donnait une grande partie de son temps à la composition de vers. Il s'était épris à cette époque d'une petite fille, Miss Elmira Royster dont les parents demeuraient vis-à-vis des Allan. Il nous faudra reparler de cet attachement, que rompit alors le départ de Poe pour l'Université de Charlottesville. Il y fut immatriculé du 1er février au 15 décembre 1826. On sait que les Universités américaines sont simplement des établissements secondaires supérieurs. Poe s'était inscrit aux cours de latin, de grec, de français, d'italien, d'espagnol, et remporta des succès en latin et en français.

Ses camarades de cette époque, dont M. Ingram a encore recueilli les souvenirs, le considéraient comme un jeune homme capricieux, exclusif dans ses sympathies, orgueilleux, confiant en soi. Personne ne le connaissait à fond ; il évitait les confidences. On raconte qu'il dessinait fort bien ; il s'était procuré une édition de Byron illustrée, et en avait copié les gravures sur les murs de sa chambre, au fusain. M. Wertenbaker, qui était alors bibliothécaire de l'Université, affirme que Poe était assez assidu aux cours et menait une conduite satisfaisante. L'assertion de Griswold qui le fait chasser de Charlottesville pour s'être livré à des excès de boisson, est donc sans aucun fondement. Toutefois, Poe s'était mis à jouer. Quand il partit en vacances, il avait fait pour 2000 dollars de dettes. Il s'adressa à M. Allan pour que celui-ci les payât, mais essuya un refus. Aussitôt Poe quitte Richmond, où il était revenu, et va à Boston, où il publia son premier volume de vers qui échoua. Puis il partit pour l'Europe, en juin 1827.

On ne sait rien de précis sur son séjour en deçà de l'Atlantique. Poe s'était déterminé, dit-on, à aller en Grèce combattre contre les Turcs. Mais rien n'indique qu'il ait réalisé ce projet. Il n'est pas sûr non plus, qu'il soit demeuré en Angleterre ; il ne l'a ni nié, ni affirmé. En fait, il n'a voulu raconter de son voyage qu'un incident, qui rend compte de l'emploi d'une partie seulement de son temps. Il prétendait avoir débarqué dans un port de France, avoir été impliqué dans une querelle de femme, et blessé d'un coup d'épée. Il fut rapporté à l'hôtel, et tomba dangereusement malade, sans argent, inconnu. Son malheur avait été rapporté à une dame écossaise en passage dans le même port. Elle vint se mettre à son chevet, pourvut à ses besoins, et, quand il fut rétabli, lui fournit les moyens de revenir en Amérique. Quant à son aventure de Saint-Pétersbourg, où il aurait été compromis, d'après Griswold, dans une querelle de matelots, appréhendé par les autorités russes et rapatrié par le consul américain, elle est une invention pure. Des recherches poursuivies dans les registres consulaires n'en ont fait retrouver aucune trace.

En mars 1829, c'est-à-dire presque deux ans après son

départ, Poe reparut à Richmond et se raccommoda avec
M. Allan. Mᵐᵉ Allan venait de mourir et, en elle, Poe perdait son intercesseur accoutumé. Pendant quelques mois,
il s'occupa à écrire et à publier un nouveau volume de vers.
Puis, poussé par M. Allan, il entra à West Point, l'école
militaire américaine. La discipline de cet établissement dut
lui sembler insupportable, après deux ans de liberté. Ses
nouveaux camarades remarquèrent son incapacité à accepter son nouveau genre de vie, son caractère changeant,
capricieux, son air mécontent, las, désabusé, et, chose singulière, son inhabileté à s'appliquer aux mathématiques.
Puis vint la nouvelle que M. Allan se remariait avec une
Miss Patterson. Poe perdait tout espoir d'hériter de son
père adoptif et se voyait réduit à la carrière de l'officier
sans fortune. Il résolut de quitter West Point, négligea les
appels, les revues, les cours, et réussit à se faire chasser par
une cour martiale, le 6 mars 1831.

Il resta quelque temps encore à New-York, réédita ses
vers et vécut du produit de son volume. Puis il revint à
Richmond. M. Allan malade, lui fit refuser sa porte par sa
nouvelle femme. Une altercation eut lieu entre elle et Poe;
celui-ci quitta la maison et n'y revint plus.

Dès ce moment, c'est-à-dire dès le milieu de 1831, Poe
n'eut plus personne pour subvenir à ses besoins. Il dut
lutter pour vivre, avec ses seules forces, sans l'aide d'amis
ou de parents, demeuré inconnu malgré ses deux volumes
de vers. Elevé dans l'insouciance et dans l'orgueil d'une
grande fortune attendue, il se trouvait forcé de faire la seule
chose qu'il sût, écrire. Or, en Amérique, à cette époque,
les publications littéraires étaient nombreuses, mais sans
importance, le travail de l'écrivain mal payé, et le goût encore grossier du public devait dédaigner plus qu'ailleurs
tout raffinement d'art. A ces désavantages, se joignait le

tempérament particulier de Poe, sa nature enthousiaste, excitable, capricieuse, défiante, sa volonté forte, mais non tenace, son caractère sans constance, sans souplesse, sans le pouvoir de se plier au présent pour gagner la fin.

II

Poe vivait à Baltimore en automne 1833. On ignore ce qu'il fit dans les deux années précédant cette date. Griswold prétend, sans aucune preuve, qu'il s'était enrôlé dans la milice américaine, et qu'il avait déserté ; d'autres, qu'il était reparti en Europe pour aller prendre part à l'insurrection de Pologne. Il est plus probable qu'il s'était mis à faire de la littérature, écrivant dans des *Magazines* inconnus, et se défendant de la misère comme il pouvait.

Il sortit de cette obscurité, à l'occasion d'un concours de nouvelles et de poésies ouvert par le *Saturday Visitor*, journal de Baltimore. Poe envoya sous le nom de *Contes du folio-club*, un certain nombre de ses histoires extraordinaires, entre autres, *Le manuscrit trouvé dans une bouteille*, la *Lionnerie*, et, de plus, une poésie, le *Colisée*, extraite d'un drame qu'il commençait et qu'il n'a jamais achevé, *Politien*. Les deux récompenses lui furent décernées, mais il ne toucha que 100 dollars, la somme affectée aux nouvelles. Un des membres du jury M. Kennedy, sut reconnaître le génie étrange que manifestaient les contes couronnés. Il eut le désir de voir leur auteur et invita Poe à dîner Celui-ci en était à la dernière misère. Il dut écrire à M. Kennedy ce billet navrant :

« Votre invitation m'a fait beaucoup souffrir. Je ne puis
« l'accepter, pour un motif de la nature la plus humiliante,
« — l'état de mes vêtements. Vous pouvez imaginer quelle
« mortification j'éprouve en vous faisant cet aveu. Mais cela
« est nécessaire. »

M. Kennedy se résolut à aller voir Poe. Il le trouva mou-
rant presque de faim et dénué de tout. Il pourvut à ses
besoins, lui donna libre accès à sa table et prit en main son
avenir. Il le recommanda entre autres au *Southern literary
messenger* de Richmond. Son protégé put y publier quelques-
uns de ses contes, et y fut bientôt employé en qualité de
secrétaire de rédaction. Son concours fut singulièrement
profitable à ce magazine. Le tirage en monta dans peu de
temps de 700 à 5000 exemplaires. Poe y fit paraître *Béré-
nice, Morella*, le *Roi Peste*, l'*Aventure de Hanns Pfaall*, et
d'autres œuvres qui démontrent à quel point il possédait
dès ses débuts toutes ses qualités originales de fantaisiste
déductif.

M. Kennedy continuait à tenir Poe en grande considération. Après 18 mois de connaissance intime, il n'avait rien
trouvé qui pût le faire changer d'avis sur le caractère de
son obligé. M. Allan était mort en Mars 1834, sans se souvenir dans son testament de son fils adoptif. Celui-ci avait
trouvé à Baltimore une parente, Mme Clemm, sa tante ma-
ternelle. Mme Clemm avait une fille, Virginie, née en 1822,
de qui Poe devint amoureux. Il la demanda en mariage,
et l'épousa à Richmond le 6 Mai 1836.

Dès les premiers temps de cette union, la grande torture
de Poe, celle qui dura toute sa vie, ses embarras d'argent,
commença. Il put se maintenir quelque temps par l'aide de
M. Kennedy. Mais le salaire qu'il touchait au *Southern literary messenger* demeurant trop minime, il quitta son em-

ploi et voulut chercher fortune ailleurs. Il se sépara en bons
termes de M. White, son rédacteur en chef.

Poe quitta donc Richmond et disparut pendant plusieurs mois. On le retrouve, en été 1837, à New-York où
Mme Clemm, pour aider au jeune ménage, tint une table
d'hôte. Poe écrivait à cette époque et publiait dans le *Southern literary messenger* les *Aventures d'Arthur Gordon Pym*.

Un des commensaux de la maison, M. Gowans, libraire
écossais de New-York, le connut alors et retrace ses souvenirs en ces termes. Son témoignage mérite d'être cité.

« Je vais donc vous dire, écrit-il, mon opinion sur ce
« génie brillamment doué, mais poursuivi par le malheur.
« Elle peut valoir peu de chose, mais elle a le mérite de
« provenir d'un témoin oculaire et auriculaire, — c'est là,
« il faut s'en souvenir, une circonstance dont on tient grand
« compte en justice. »

« Pendant huit mois et plus, nous avons habité la même
« maison et mangé à la même table, M. Poe et moi. Du-
« rant tout ce temps, je le fréquentai beaucoup, et j'eus
« occasion de converser souvent avec lui. Or jamais je
« ne l'ai vu le moins du monde ivre, ni se livrer en général
« à aucun vice. C'était une des personnes les plus courtoi-
« ses, les plus distinguées, les plus intelligentes, que j'aie
« rencontrées dans mes voyages. »

M. Latto eut également des relations journalières avec le
nouvelliste et confirme le témoignage de M. Gowans, en
tous points. Il semble donc établi que Poe, à cette époque (1837-38), une de celles où il produisit le plus, n'était
pas encore atteint du vice qui l'a tué.

Les *Aventures d'Arthur Gordon Pym* parurent en volume
au commencement de 1838. Elles eurent un grand succès en
Angleterre, où la critique les loua comme égalant par leur

minutieuse vraisemblance le Robinson de Defoë, mais se vendirent peu en Amérique. Or aucune convention internationale n'assurait alors la propriété littéraire. Le profit pécuniaire en fut donc mince et des embarras d'argent renaissants, firent de nouveau émigrer Poe. Il alla de New-York à Philadelphie.

Dans cette ville, il collabora à plusieurs Magazines, et écrivit quelques-unes de ses meilleures histoires, *Ligeia*, l'œuvre qu'il préférait de toutes; — *William Wilson*, la *Maison Usher*; — puis en 1840, l'*Homme des foules*; — en 1841 le *Meurtre de la Rue Morgue*, la *Descente au Mælstrom*, le *Dialogue de Monos et Una*, la critique du *Barnaby Rudge* de Dickens, dont il devina tout au long le dénouement, avant que le roman eût fini de paraître; — en 1842, *Eléonore* (la date de cette œuvre contredit le sens caché que Baudelaire voulait y découvrir), le *Masque de la mort rouge*, *Marie Roget*, qui est l'analyse d'un crime réellement commis, analyse dont les résultats furent confirmés par les aveux postérieurs des inculpés; — en 1843, son conte le plus populaire, le *Scarabée d'or*, par lequel il gagna dans un concours un prix de 100 dollars; — en 1844, le *Canard au ballon*, la *Caisse oblongue*. Il demeura à Philadelphie plus de deux ans, devenu secrétaire de rédaction d'abord du *Gentleman's Magazine*, puis du *Graham's Magazine*, gagnant, par un travail intellectuel intense, des salaires minimes, se défendant à grand'peine contre la pauvreté qui le harcelait, lui et les siens, et pourtant rendant à ceux qui l'employaient des services inestimables; il créa le journal de M. Graham, et porta sa circulation de 5 à 52,000 exemplaires en 2 ans. Pour se procurer de l'argent, il était forcé de s'appliquer à des travaux indignes de lui. Il publia, aidé de savants, un traité de conchyliologie, qui l'a fait accuser de plagiat par son biographe, à tort comme toujours. il dut plier sa délicatesse à débattre longuement de minces questions d'argent avec un de ses rédacteurs en chef, un bohême, d'acteur devenu publiciste, qui lui adressa des reproches et des réclamations, utiles plus tard à Griswold pour édifier une de ses calomnies, une accusation d'abus de confiance, que dément une lettre fort claire de Poe lui-même. Il dut surtout dépenser une grosse partie de son temps et de son travail à batailler contre les médiocrités littéraires, à soutenir contre les écrits insignifiants une guerre acharnée qui lui fit perdre la sympathie de ses confrères et lui ferma un grand nombre de revues. Ces critiques, que le goût susceptible et l'impressionnabilité de Poe rendaient acerbes, étaient de la littérature plus facile à placer, plus courante que ses histoires, rapportant davantage au journal qui les insérait, par le scandale de leur franchise. Peu-à-peu, par tempérament, Poe trouva plaisir à ces agressions. Il entreprit d'élaguer la littérature américaine d'alors, assemblage de petites œuvres à célébrité locale, où l'on irritait, par des critiques, l'amour-propre de villes autant que d'individus. Cette tâche de policier était dangereuse. Il y contracta, à force de découvrir et de dénoncer des plagiats, la manie d'en voir dans tous les écrits Il accusa de cette supercherie Longfellow, la gloire nationale, et flagella toutes les lettres et tout le chauvinisme américain, dans un article sur les satires de Wilmer. Il émit des opinions littéraires qui choquèrent l'utilitarisme général de ses compatriotes. Il osa louer Tennyson et Barrett Browning, alors qu'ils étaient presque inconnus. On ne lui pardonna pas l'audace de préférer les poëtes anglais aux nationaux.

Par tous ces expédients, en se compromettant dangereusement, il parvint à se maintenir lui et les siens. Il trouvait encore le temps d'ouvrir dans le *Graham's Magazines* un concours de cryptographie, résolvant avec une ingéniosité et une rapidité merveilleuses, tous les chiffres qui lui étaient envoyés. M. Graham, son rédacteur en chef, celui qui, après sa mort, protesta le plus éloquemment contre la biographie de Griswold, l'estimait, tout en le payant fort peu. Poe parvenait lentement à se faire une renommée de critique impitoyable plutôt que de nouvelliste. Un malheur, qui frappa sa femme, vint le ruiner moralement.

Tous les témoignages concordent sur l'affection passionnée et soucieuse que Poe portait à sa femme. Il l'avait épousée toute jeune par amour. A New-York, dans ses loisirs forcés, il s'était appliqué à former son esprit. Il avait combattu pour elle contre une misère incessante, et était parvenu, à force de sacrifices, à lui donner presque le comfort. Un jour, comme elle chantait, elle se rompit un vaisseau dans la poitrine ; elle fut sur le point de mourir, puis se rétablit, puis eut une rechute, puis redevint convalescente, puis retomba malade dangereusement, et ainsi de suite jusqu'à sa mort. Ces alternatives d'espoir et de crainte perdirent Poe. Son tempérament impressionnable ne put les endurer, et l'incertitude se prolongeant, pour s'ôter de ses soucis, il se mit à boire. Il raconta lui-même, quelques années après, les premières atteintes de son vice lamentable, dans une lettre qu'il faut croire sincère, car elle est rendue vraisemblable par tout ce que nous savons d'ailleurs. Voici cette lettre.

« Vous me dites : « Pouvez-vous m'indiquer quel a été le « terrible malheur qui a causé vos déplorables irrégularités « de conduite ? » Oui, je peux faire plus que l'indiquer. Ce « malheur a été le plus grand qui puisse accabler un homme. « Il y a six ans, ma femme que j'aimais comme aucun « homme n'a aimé auparavant, se rompit pendant qu'elle « chantait, un vaisseau de sang. On désespéra de sa vie. Je « pris congé d'elle à jamais et subis toutes les agonies de « sa mort. Elle se remit cependant, partiellement, et je me

« repris à esperer. Au bout d'une année, le vaisseau se rom-
« pit de nouveau. Je passai précisément par les mêmes souf-
« frances ; puis e .core une fois, et encore une fois, et en-
« suite encore une fois, à divers intervalles. Et à chacune,
« je traversai les agonies de sa mort, et à chaque reprise
« de son mal je l'aimai plus chèrement et m'attachai à sa
« vie avec une obstination plus désespérée. — Mais je suis
« excitable de constitution, nerveux à un point extrême. Je
« devins fou avec des intervalles d'horrible lucidité. Pen-
« dant ces accès d'inconscience absolue, je bus. — Dieu seul
« sait combien souvent. Comme de juste, mes ennemis rap-
« portèrent ma folie à mon ivresse, et non pas mon ivresse
« à ma folie. J'avais, en vérité, abandonné toute idée de sa-
« lut, quand je le trouvai dans la mort de ma femme. Cette
« mort, je puis la supporter, et je la supporte comme un
« homme. C'était l'horrible et permanente oscillation entre
« l'espérance et le désespoir que je n'aurais pu endurer plus
« longtemps sans perdre la raison. Dans la mort de ce qui
« était ma vie, je repris une nouvelle existence, — mais ô
« Dieu, combien triste ! »

Par ces excès de boisson, par le souci de sa femme restée
malade, sans qu'il fût capable de la soulager, comme il
l'aurait pu avec de l'argent, Poe, perdant l'empire sur son
inspiration, dut cesser tout travail littéraire. Il avait été
forcé d'abandonner sa place de secrétaire du *Graham's Magazine.* Il n'eut plus de revenu fixe, sa situation devint précaire.
Il se maintint quelque temps par les œuvres qu'il avait en
portefeuille ; puis la misère arriva. Il écrivit au gouverne-
ment fédéral, demandant une place, un salaire quelconque ; il ne reçut point de réponse. Ses dernières ressources
étaient à bout ; Mᵐᵉ Clemm dut s'adresser, pour qu'ils ne
mourussent pas tous trois de faim, à la charité publique.

Un comité de dames secourables vint en aide aux Poe. Il est difficile d'imaginer combien l'artiste dut souffrir de ces aumônes. Il parvint à se remettre à ses travaux sans rien produire de bon, sans pouvoir trouver d'emploi dans aucune revue. En automne 1844, il se décida à quitter Philadelphie pour revenir à New-York. Il espérait y mieux réussir, conservant un optimisme qui lui fut utile pour vivre.

II

La mauvaise fortune qui avait chassé Poe de Philadelphie, le suivit à New York. En arrivant, il tomba malade d'épuisement moral et physique. Il dut envoyer Mme Clemm porter ses quelques manuscrits de journal en journal. Willis, le directeur de *l'Evening Mirror,* où elle vint, en parle comme d'une vieille dame, de manières surannées, d'une extrême dignité dans ses transactions, s'exprimant sur Poe en termes justes et affectueux. Suivant une autre personne qui la vit plus tard, c'était une femme de haute taille, de forte carrure, de grands traits, l'air robuste, énergique, masculin, les cheveux blancs. Elle avait beaucoup à faire, étant la garde-malade et la pourvoyeuse de ses enfants, tous deux valétudinaires, l'un, le chef de la famille, atteint dans son système nerveux et travaillant irrégulièrement.

Poe se remit bientôt et devint le secrétaire de *l'Evening Mirror* de Willis, journal quotidien de petite importance. Son emploi était de venir tous les jours, de 9 heures du matin à 6 heures du soir, se tenir à un bureau prêt à rédiger en style courant les nouvelles qui arriveraient. Willis le

garda longtemps à des appointements minimes, et le défen-
dit courageusement après sa mort, contre toutes les calomnies. Il loue sa ponctualité, son amabilité constante.

« Il ne souriait jamais, dit-il, ni ne disait un mot d'excuse
« ou de louange de soi. Nous le regrettâmes quand il nous
« quitta; c'était un homme tranquille, patient, laborieux, de
« manières distinguées, commandant la courtoisie et le res-
« pect. »

Il quitta son emploi à la fin de 1844. Il avait trouvé à
s'associer avec deux autres journalistes, et fonda le *Broadway
Journal*. Ses affaires prirent alors meilleure tournure.

Il donna, vers cette époque, plusieurs conférences, dont le
bruit le fit plus connaître qu'aucun de ses contes. Il en fit
une en février 1845 sur la Poésie et les poètes en Amérique,
qui lui fut fatale. Griswold n'oublia jamais les attaques qu'y
subirent une de ses chrestomathies et certains auteurs, qu'il
avait essayé de rendre célèbres.

Poe alla, peu après, à Boston, lire quelques-unes de ses pièces
de vers. Cette séance de déclamation causa beaucoup de scandale, les journaux de la ville, irrités par d'anciennes attaques
de Poe, l'ayant aigrement critiqué et celui-ci leur répondant
tout au long avec une obstination qui n'était pas absolument
nécessaire. Poe garda toute sa vie cet acharnement d'esprit malade, la manie de réfuter des gens qui n'en valaient pas la
peine et d'avoir le dernier mot. Il se fit ainsi une querelle
interminable avec un anonyme qui signait « Outis », sur la
question de savoir si Longfellow était un plagiaire ou non.
On en arriva bientôt aux personnalités. Outis accusa Poe
d'être impopulaire et de manquer d'amis. Ce dernier accepta l'un de ces reproches, mais nia l'autre. S'il avait été
moins optimiste, il les aurait admis tous deux. Mais il con-
serva toute sa vie, comme en font foi ses lettres, la croyance

que le nombre de ses amis dépassait celui de ses ennemis. C'est une erreur à noter. Toute cette polémique est remarquable, et caractérise la manière de Poe, qui n'est pas excellente. Son argumentation est trop diffuse, parfois triviale, et se perd en subtilités.

Il publia plus tard quelques articles de critique. On peut relever parmi ceux-ci une apologie de Machiavel « l'homme « à la pensée profonde, de grande sagacité, de volonté in- « domptable, sans rival à son époque pour la connaissance « sinon du cœur humain, du moins du cœur italien » ; et une critique théâtrale où, à propos d'une actrice, il eut le grand orgueil de dire : « Celui qui écrit ces lignes est lui-même « le fils d'une actrice et s'en est invariablement vanté. Un « comte n'est pas plus fier de sa noblesse, que lui de des- « cendre d'une femme, qui, quoique de bonne famille, n'a « pas hésité à consacrer à la scène sa brève carrière de gé- « nie et de beauté. »

L'année 1845 fut la meilleure de sa vie. Il y poursuivit ses *Marginalia*, commencés dès la fin de 1844, continués jusqu'à sa mort et parus par fragments dans diverses revues. Il s'en est ainsi perdu un grand nombre, que M. Ingram est occupé à recueillir. Puis vint la *Lettre volée, Silence, Petite discussion avec une momie*, la *Puissance de la Parole, Lenore*, le *Cœur révélateur*, l'*Ile de la Fée*, le *Système du professeur Plume et du docteur Goudron*, la *Révélation magnétique*, et, en Novembre, le *Cas de M. Valdemar*, que le public s'obstina à croire un récit vrai.

Son œuvre principale, qui lui donna d'un coup plus de renommée que tous ses contes,   son poëme du *Corbeau* publié en janvier 1845, magistralement traduit en prose par Baudelaire, puis plus fidèlement par M. Stéphane Mallarmé. La sensation que cette pièce de vers produisit, fut intense. En peu de semaines il en parut des imitations et des parodies innombrables. En Angleterre, l'effet fut le même, sinon plus profond. Poe était devenu pour le public « l'auteur du *Corbeau.* » Il faut noter que cette pièce n'était pas son poëme favori.

Sa position dans la société de New-York s'améliora par cette popularité subite. Il fut invité dans les salons. Il y parut en *gentleman*, en homme d'extérieur séduisant, ayant les manières raffinées, la conversation intéressante, l'esprit cultivé. Il charmait surtout les femmes, pour lesquelles il eut toute sa vie un culte bizarre.

Il fit alors la connaissance de Mme Frances Osgood, une femme poète, comme il en abonde en Amérique et qui a laissé sur lui quelques souvenirs gracieux. Mme Osgood avait, paraît-il, sur Poe une influence considérable et bienfaisante. Ce dernier avait été obligé, en Décembre 1845, de cesser la publication du *Broadway* dont il était devenu seul propriétaire 2 mois auparavant. Ce journal ne rendait pas, et dans les dernières semaines, Poe avait dû l'écrire seul pour ne point avoir de frais. Ce travail dépassait ses forces. Il recourut à son réconfortant ordinaire, l'alcool. Mme Osgood le retenait dans cette pente au vice, Poe n'osant se présenter chez elle, quand il était ivre, ce qu'il devenait après avoir bu un seul verre de spiritueux. Quand Mme Osgood quitta New-York, la femme de Poe la pria d'écrire à son mari, qui n'eut qu'à souffrir de cette correspondance. Elle déplut à certaines dames de New-York qui, s'étant unies en un comité et ayant fait partager leur manière de voir à Mme Osgood, vinrent réclamer les lettres de cette dernière à Poe. Il les rendit, on imagine avec quels sentiments. Il y avait d'ailleurs, dans cette démarche extravagante, une machination de femme jalouse et dédaignée sur laquelle il est inutile de rien dire de détaillé.

Poe se trouvait de nouveau sans emploi, c'est à dire sans

revenu fixe, et tomba dans la misère. Il essaya, comme à Philadelphie, de se tirer d'embarras par des articles plus nombreux. Il entreprit dans un Magazine une série de portraits qu'il appela les *Littérateurs de New-York*. L'acerbité des jugements émis dans ces petites pièces augmentèrent le nombre de ses ennemis et ne firent gagner beaucoup d'argent qu'à son éditeur.

Poe vécut ainsi quelque temps, jusqu'à l'été de 1846 ; il était allé demeurer à la campagne à Fordham Cottage, tout près de la ville. Son énervement, l'attrait de la boisson accru par ses inquiétudes, le subjuguèrent de nouveau. Il se remit à boire, et n'eut plus la force d'écrire. Sa femme était tombée malade à ne plus guérir. La phtisie qui la minait était arrivée à la période aigüe, et elle dut s'aliter. Mme Poe était une femme mince, avec de longs cheveux noirs, de grands yeux noirs aussi, les traits fins, le teint extrêmement pur, la taille svelte et haute. Elle était timide, très-douce, parlait peu et avait l'air d'une petite fille. Poe tenait à elle éperdûment, mû par ce besoin de société féminine, qui le tourmenta toute sa vie. Cette rechute de la malade, l'approche de la catastrophe, le mirent hors de lui. Il but davantage encore, et tomba dans une pauvreté extrême.

Sur cette époque de sa vie, subsistent les souvenirs d'une Mme Gove-Nichols, bas-bleu excentrique qui visita deux fois Poe à Fordham Cottage. Elle raconte l'histoire lamentable d'une promenade où l'artiste, par une témérité d'enfant, voulut sauter un grand fossé et finit de déchirer ainsi sa dernière paire de souliers. Poe montra beaucoup de confiance à cette femme, lui disant toutes ses pensées, s'ouvrant à elle comme s'il l'eût beaucoup connue. Son besoin d'épauchement le poussa ainsi plusieurs fois à n'être ni difficile ni long dans le choix de ses confidents.

En automne 1846 la femme de Poe était près de mourir et manquait de tout.

« Il n'y avait pas de couvertures sur le lit, dont le matelas « était de paille, dit M^mo Nichols, mais seulement des draps « et une courte-pointe d'une blancheur éclatante. Le temps « était froid et la malade avait les frissons terribles qui ac-« compagnent la fièvre hectique de la consomption. Elle était « couchée sur ce lit misérable, enveloppée dans le grand par-« dessus de son mari. Une chatte couleur d'écaille était « étendue sur sa poitrine. Ce singulier animal semblait avoir « conscience de son utilité. Le pardessus et la chatte étaient « les seuls moyens qu'eût la malade de se réchauffer, sauf « quand son mari lui tenait les mains et sa mère les pieds. »

Ce dénûment ne pouvait durer. Mme Gove Nichols, en avertit une dame charitable de New-York, M^mo Schew qui, seule ou aidée d'autres, pourvut aux besoins de toute la famille pendant plusieurs mois. Poe en était réduit, pour la seconde fois, à accepter l'aumône. Des secours lui vinrent d'ailleurs. Le bruit de sa misère s'était répandu, et Willis en avait parlé dans son journal. Poe protesta contre tout ce bruit, mais dut se laisser faire. Il ne recueillit pas que de la pitié. Comme on le savait fort bas, incapable d'écrire, ceux qu'il avait blessés ou lésés, remplirent les journaux de leurs attaques. Il y eut des gens qui découpèrent ces articles et les envoyèrent à la femme de Poe, pour abréger ainsi ses souffrances. Elle mourut le 30 Janvier 1847. Il fallut que Mme Schew fournît le linceul pour l'ensevelir.

IV

Poe tomba malade ; ses veilles au lit de sa femme, ses privations, le sentiment de la perte qu'il venait de faire, son impuissance à écrire, sa pauvreté croissante, l'avaient de nouveau accablé. Il resta deux mois sans pouvoir reprendre son travail, secouru, lui et Mme Clemm, par Mme Schew, puis, quand celle-ci n'y put plus suffire, par une souscription privée qui produisit 100 dollars. Sa constitution était déplorablement minée. Mme Schew qui le veilla pendant sa maladie, en alternant avec Mme Clemm, et qui possédait des connaissances médicales élémentaires, étant fille d'un docteur, nous décrit son mal :

» Je fis mon diagnostic, dit-elle, et je le portai au docteur
» Mott. Je lui dis que quand M. Poe était au mieux, son
» pouls ne battait que dix fois de suite régulièrement ; à
» la onzième pulsation, il y avait intermittence. Je pensai
» qu'en sa meilleure santé, il devait avoir une lésion à
» l'un des lobes du cerveau, et comme il ne pouvait pren-
» dre de stimulants ou de toniques, sans devenir comme
» fou, je n'avais pas grande espérance qu'il revînt de sa
» fièvre cérébrale, causée par des souffrances extrêmes, mo-
» rales et physiques. Cet homme héroïque avait supporté la
» faim et le froid pour procurer à sa femme la nourriture,
» les médicaments et les aises dont elle avait besoin. Au
» point que l'épuisement et la mort menaçaient de l'empor-
» ter à chaque réaction de la fièvre, et que les calmants ne

» pouvaient lui être administrés qu'avec beaucoup de pré-
» caution. »

Poe en réchappa et se remit lentement. En mars, il re-
prenait sa correspondance et s'occupait à élaborer l'œuvre finale de sa vie, son *Eureka*. Il menait une vie calme, se
levant et se couchant tôt, faisant de longues promenades et
s'abstenant de tous spiritueux. Dans une lettre de cette
époque, il se dit guéri pour toujours de son penchant à la
boisson. Il eut à plusieurs reprises cette illusion salutaire.

Dans toute l'année 1844, il ne composa que quelques pièces de vers, entre autres *Urlalume*. En 1847, il se remit à
travailler. Il rédigea d'abord et expédia à toutes les personnes qu'il connaissait le prospectus d'une revue qu'il
entendait fonder avec des capitaux recueillis par souscription. Il avait poursuivi toute sa vie le projet de posséder
un *Magazine* qui lui assurât une situation stable, plus
d'influence, la liberté d'écrire comme il lui plairait, une ré-
numération fixe et suffisante. Il avait déjà tenté trois fois
de réaliser son idée, la première fois à Baltimore, où il
l'abandonna pour aller diriger en sous-ordre le *Southern literary Messenger*, puis à Philadelphie, où il échoua, faute de
fonds.

Il résolut cette fois, la quatrième, de se procurer de l'argent en donnant une conférence. Il loua une salle à New-
York avec 15 dollars, avancés par un parent de Mme Schew,
fit annoncer qu'il parlerait sur l'*Univers*, et ne parvint à
réunir que très-peu d'auditeurs, qu'il fascina deux heures
et demie durant par son éloquence impérieuse, en exposant
les conceptions fondamentales de son *Eureka*.

Cette conférence ne produisit pas d'argent et la fondation
de son magazine était encore remise. Il revint dans son cottage à Fordham, et s'occupa de publier son essai métaphy-

siquc. Poe estimait beaucoup cette œuvre, la considérant comme scientifiquement vraie et comptant qu'elle ferait date dans l'histoire de la pensée humaine. Il en parlait constamment dans ses lettres, dans ses conversations. Quand il porta son manuscrit chez un libraire, « il semblait éprou-
» ver, nous dit ce dernier, une émotion solennelle. Il me
» dit que les découvertes de Newton comparées à celles
» révélées dans son livre, étaient insignifiantes ; que dès
» son apparition celui-ci susciterait un intérêt si intense
» et si unique, que son éditeur pourrait abandonner toute
» entreprise et faire de la publication d'*Eureka* l'œuvre de
» sa vie ; qu'il conviendrait pour commencer d'en tirer
» 50,000 exemplaires, etc. »

M. Putnam se laissa persuader et publia *Eureka*, mais à 500 exemplaires. Ce livre d'astronomie transcendante fut accueilli par une indifférence générale. Les savants et les philosophes le dédaignèrent comme écrit par un auteur de nouvelles, et le public s'en détourna comme trop abstrus. Cependant la vente en rapporta quelque argent, et Poe eut l'idée d'aller faire dans le Sud une tournée de conférences, dans l'espoir de recueillir, auprès de ses anciens amis, des fonds pour son magazine.

Il revint encore sans avoir rien accompli et reprit sa vie retirée à Fordham. Il ne voyait guère, à cette époque, outre Mme Clemm, que Mme Shew. Les chaleurs de l'été, peut-être des excès amenés par ses déceptions successives, l'avaient de nouveau mis dans un état pitoyable. Un jour, ne pouvant écrire, il était allé voir Mme Schew et avait composé quelques vers chez elle.

« Puis, dit cette dernière, mon frère emmena M. Poe
» dans sa chambre où celui-ci dormit douze heures. A son
» réveil, il ne se rappela pas ce qu'il avait fait. Ceci démon-

» tra que son cerveau était lésé. Il n'avait pas bu et n'a-
» vait quitté sa maison que quelques heures avant de
» venir chez moi. Evidemment sa vitalité baissait et il était
» bien près de délirer. Pendant qu'il dormait, nous étudiâ-
» mes son pouls et nous trouvâmes les symptômes que j'a-
» vais observés auparavant. Je fis appeler le docteur Francis
» qui dit que le cœur de M. Poe était malade. Je ne pen-
» sais pas qu'il dût vivre longtemps. Je savais qu'un dé-
» sordre organique minait sa constitution, désordre causé
» par les épreuves et les souffrances de sa vie. »

Ces accidents devinrent habituels. Poe n'avait plus d'oc-
cupations régulières. Les soucis d'argent, l'incertitude de
sa condition, la perpétuité de sa misère l'avaient rejeté
dans son vice. M⁰ Schew qui était jeune, belle, mariée, ne
pensa plus pouvoir continuer ses relations avec le nouvelliste. Elle le lui fit entendre. Il répondit par une lettre in-
cohérente, écrite comme par un fou. On en resta là. Il
ne revit plus Mᵐᵉ Schew, qui n'était ni une femme
ordinaire, ni une âme sèche.

Il est à présumer, qu'après cette rupture, Poe malade,
l'esprit surmené, devenu excitable à un point morbide,
ressentit douloureusement sa solitude. Nous avons marqué
combien il éprouvait le besoin d'un attachement affectueux.
Il s'adressait, pour obtenir cette sympathie, aux femmes
de préférence, trouvant dans leur commerce plus de douceur. Il y trouva aussi moins de sûreté. Son tempérament
susceptible de passions subites, enthousiastes et chez lui
persistantes, le jeta en automne 1848 dans une aventure
tragique.

Il avait loué en plus d'une occasion les vers d'une certaine Mᵐᵉ Hélène Whitman, à laquelle il avait accordé, avec
sa galanterie habituelle, du génie. Mᵐᵉ Whitman, à la re-

quête d'un ami commun, envoya à Poe en février 1848 une *Valentine*, petite pièce de vers anonyme que l'on s'adresse à date fixe dans les pays anglais. Poe en devina l'auteur. Il y répondit par une de ses anciennes poésies et reçut en échange un billet. Il raconte lui-même toute cette première phase de son amour, dans une lettre postérieure, qui marque bien l'état de surexcitation nerveuse où il se trouvait. Il n'avait pas encore vu celle qu'il aimait déjà, ou du moins d'après une de ses poésies la plus émue, il l'avait rencontrée, mais longtemps auparavant et de nuit.

En septembre 1848, il se fit donner une lettre d'introduction auprès de Mme Whitman. Il lui rendit visite à Providence, où elle emeurait. A la seconde entrevue il lui demanda sa main. Mme Whitman était veuve. Elle ne voulut pas répondre tout de suite, mais promit de lui écrire. Poe dut partir ; la correspondance s'engagea et fut continuée jusqu'en octobre. A cette époque Poe inquiet revint à Providence, supplia encore Mme Whitman de se donner à lui ; puis ne pouvant en obtenir un oui ou un non, il la pria de lui faire connaître, après une semaine, le parti qu'elle aurait pris. Au bout de ce temps, Mme Whitman que retenaient la mauvaise réputation de Poe, les conseils de sa mère, de son entourage, son propre manque d'amour, ne voulant pas lui adresser un refus, se servit dans sa lettre de termes si peu clairs que Poe lui annonça son arrivée pour le soir même. Par un revirement d'homme qui n'ose connaître son malheur, à mi-chemin, il revint sur ses pas, rentra à Boston, et moitié fou de crainte, avala une forte dose de laudanum. Il eut l'idée de sortir ensuite porter une lettre. Il tomba inanimé dans la rue, y fut recueilli par une personne qui le connaissait, et sauvé. Deux jours après, il reprit le chemin de Providence, malade comme on peut l'imaginer, et obtint de Mme Whitman une entrevue, puis une autre, qu'il passa à supplier la jeune veuve de toute son éloquence. Mme Whitman n'osait se refuser. A la seconde visite, elle lui montra des lettres de New-York, qui la dissuadaient de lui accorder sa main. Poe comprit et s'en alla, envoyant à Mme Whitman quelques heures plus tard, sa rénonciation par écrit. Mais il ne put supporter sa déception. Il recourut à l'alcool, son dispensateur accoutumé de forces morales. Il passa dans un hôtel de Providence une nuit d'orgie, s'enivrant et se surexcitant à délirer. Au point du jour, ayant perdu l'esprit, mais ressentant encore la cause de sa douleur, il arriva chez Mme Whitman, se mit à l'appeler, à l'implorer. « Sa voix résonnait par la maison avec des inflexions effrayantes. Je n'ai jamais rien entendu de si terrible, » dit Mme Whitman, racontant cette scène. Elle se résolut à le voir, le calma comme elle put, le releva car il s'était jeté à genoux devant elle, le fit conduire dans une maison amie. Un docteur, qui l'y examina, lui trouva les diagnostiques d'une congestion cérébrale, la maladie dont il mourut une année après.

Cette scène a servi de prétexte à un des mensonges de Griswold. Celui-ci affirme en effet, et Baudelaire après lui, que le mariage de Mme Whitman et de Poe avait été rompu à la suite des excès scandaleux de ce dernier, déplaçant ainsi simplement la date de la scène à laquelle il fait allusion et la mettant après les fiançailles, et non avant.

En effet, Mme Whitman, malgré son entourage, se laissa gagner par les supplications de Poe et lui promit de devenir sa femme, à condition qu'il ne boirait jamais plus. Il le promit, repartit pour New-York et la correspondance recommença. M. Ingram en a communiqué les lettres. Elles donnent vue sur un état intellectuel unique. Elles marquent chez Poe une passion excessive, dépouillée de réserves, sans réticences, oublieuse de tout amour-propre ; un optimisme

2*

extravagant, singulier chez un homme dont l'infortune avait été perpétuelle ; la certitude de s'amender, de posséder bientôt une gloire et des richesses énormes ; une incohérence d'homme divaguant de joie, puis appréhendant un revers et passant sans cesse, dans des coups de folie, de l'espoir à l'épouvante. On y trouve un discours lâche, redondant, plein d'apostrophes, d'exclamations, de signes de ponctuation suppléant le mot précis, des idées constamment extrêmes, des plans d'avenir insensés, de la superstition, une déférence puérile pour Mme Whitman, en somme le ton de celui des deux amants qui se met aux pieds de l'autre.

Nous citons littéralement quelques passages de ces curieuses lettres :

« Mais maintenant une terreur mortelle m'oppresse, écrit » Poe en octobre ; je m'aperçois que ces objections si peu » motivées, si futiles... je tremble qu'elles ne servent à en » masquer d'autres plus graves que vous hésitez, peut-être » par pitié, à me dire.

« Hélas, je m'aperçois trop clairement aussi qu'en aucun » endroit vous ne vous êtes laissée aller à me dire que vous » m'aimez. Vous savez, ma douce Hélène, que de mon côté » il y a des raisons insurmontables m'interdisant de vous » imposer mon amour. Si je n'étais pas pauvre, si mes er- » reurs passées et mes excès ne m'avaient abaissé juste- » ment dans l'estime des honnêtes gens, si j'étais riche ou » si je pouvais offrir la considération du monde, — oh » alors, — alors, combien je serais fier de persévérer, — et » de *plaider* pour mon amour !

« O Hélène ! mon âme ! qu'est-ce que je viens de vous » dire ? A quelle folie vous ai-je poussée ? — *Moi*, qui ne » vous suis rien, — *Vous*, qui avez une mère et une sœur » chérie que vous pouvez rendre heureuses par votre amour

» et votre vie! Mais, ô ma chère, si je semble égoïste,
» croyez cependant que je vous aime vraiment, *vraiment*, et
» que c'est l'amour le plus spirituel que j'éprouve, même si
» j'en parle avec le plus passionné des cœurs. Pensez, oh
» pensez à *moi*, Hélène, et à vous-même.

« Je voudrais vous réconforter, vous calmer, vous tran-
» quilliser. Vous vous reposeriez de tout souci, — de toute
» perturbation mondaine. Vous arriveriez à être mieux et
» enfin à vous guérir. Et si *non*, Hélène, — si vous *mouriez*,
» alors au moins je presserais votre main dans la mort, et
» de bon gré, *joyeusement, joyeusement*, je descendrais avec
» vous dans la nuit du tombeau. Ecrivez *bientôt*, — bientôt
» — oh bientôt, mais non *longuement*. Ne vous fatiguez pas,
» ne vous agitez pas pour *moi*. Dites-moi ces paroles dési-
» rées qui feraient monter la terre au ciel. »

Et cette autre lettre, de novembre :

« Avais-je raison, ma très-chère Hélène, d'après la première
» impression que vous m'avez faite, — vous savez, j'ai
» une foi implicite dans mes premières impressions, —
» avais-je raison de croire que vous étiez ambitieuse? Si
» cela est, et que *vous veuilliez avoir foi en moi*, je puis et
» je veux satisfaire vos plus extravagants désirs. Ce serait
» un glorieux triomphe Hélène pour *nous*, pour *vous et pour*
» *moi*. Je n'ose pas confier mes projets à une lettre, et en
» vérité je n'ai pas le temps de les esquisser ici ; quand je
» vous verrai, je vous expliquerai tout, — pour autant du
» moins que j'ose confier *toutes* mes espérances, même à
» vous. *Ne serait-ce pas* une chose glorieuse, ma chère, d'é-
» tablir en Amérique la seule aristocratie que l'on ne peut
» attaquer, — celle de l'intelligence, d'amener sa supréma-
» tie, de la conduire et de la régir? Tout cela, je puis l

» faire, Hélène, et je le ferai, — si vous me l'ordonnez, —
» et m'y aidez. »

La dernière lettre de cette correspondance est du 24 novembre 1848. Peu après, Poe arrivait à Providence. Il avait
toute raison de bien augurer de son avenir. Après son mariage, rien ne l'empêcherait plus de fonder son magazine,
et celui-ci une fois établi, il aurait pu acquérir en partie la
suprématie sociale qu'il rêvait. Quand il se présenta chez
Mᵐᵉ Whitman, celle-ci le reçut d'une façon étrange. Elle
l'attendait debout, lui remit certains papiers qu'il lui avait
confiés, et sans dire un mot, pressant sous ses narines un
mouchoir imbibé d'éther, elle tomba évanouie sur le sopha.
Poe la supplia de lui parler, puis sortit de la maison, ne
devant plus y rentrer. On avait averti Mᵐᵉ Whitman, comme
on le sut longtemps après, que Poe violait sa promesse, et
s'était remis à boire. Il ignorait cette accusation et ne put
s'en défendre. L'opinion publique lui donna tous les torts
de la rupture. Il écrivit à Mᵐᵉ Whitman pour qu'elle l'au-
torisât à déclarer le mariage remis pour cause de maladie. Mᵐᵉ Whitman ne lui répondit pas.

Poe revint à Fordham. Pendant cette année 1848, la plus
agitée de sa vie, il n'avait produit que fort peu de chose.
Après *Eureka*, il composa un « Essai sur les poètes femmes
d'Amérique », qu'il débta dans plusieurs conférences. Vers
la fin de l'année, il publia un article sur la théorie de la
versification, une fantaisie, *Mellonta tanta*, quelques critiques, quelques pièces de vers, et reprit ses *Marginalia*

Puis, s'obstinant à tenter de satisfaire son besoin maladif d'affection, il s'engagea dans une correspondance intime, avec une nouvelle amie, la dernière de toutes, Mᵐᵉ R.
à qui Poe a dédié les plus affectueuses pièces de vers. Il
avait été l'hôte de la famille R. pendant son séjour à Lowell

où il était venu faire une conférence. Une parente de Mme R.,
miss Heywood, a publié quelques souvenirs sur cette visite.
Poe y est représenté comme un homme de taille moyenne,
parfaitement proportionné, d'un port « royal. » « Son regard
» dit miss Heywood, était clair et triste. Sa voix était si
» basse qu'elle paraissait retentir de très-loin. » Mme Gove
Nichols et d'autres ont remarqué cette voix singulière de
Poe. Quand il discutait, il l'étouffait encore, de sorte que
ses contradicteurs devaient se taire s'ils voulaient l'entendre. « Il souriait peu et ne riait jamais. » Miss Heywood
relève encore sa grande et gracieuse courtoisie. « Quand
» il partit, écrit-elle, il prit congé de moi comme l'aurait
» fait un roi. »

Poe, après la rupture de son mariage, était revenu à Fordham. Il écrivit souvent à Mme R. : ses lettres que nous
communique M. Ingram vont du 16 Novemdre 1848 au 16
juin 1849. Son besoin d'attachement, l'instinct qui le portait vers la société des femmes, s'étaient aigris et exagérés par
l'âge, par le sentiment de la solitude, si dur quand les forces
déclinent, par ses afflictions récentes, sa misère, l'affaiblis-
sement de son talent. Il s'attacha à cette dernière amitié avec
une obstination tenace, y mettant plus qu'il ne lui était
rendu, ne se laissant pas rebuter, se disculpant sans cesse des
accusations qui le calomniaient auprès de Mme R. On retrouve
dans ses lettres l'humeur fantasque de l'artiste, passant d'un
optimisme subit à une tristesse sans cause immédiate. Sa
dévotion à son amie nous paraît celle d'un enfant. Le ton
de toute la correspondance est familier, confiant, attristé ;
le discours prolixe, décousu, se répétant, chargé de points
d'exclamation, de mots soulignés, dénué de tout style, ne
portant pas trace de cette science profonde du mot significatif, qui apparaît dans les écrits travaillés du nouvelliste.
Il est plus triste d'y constater que Poe oubliait quelquefois

sa dignité de grand écrivain. Il s'abaisse dans une lettre, à prouver sa véracité, mise en doute dans une circonstance grave par le mari de Mᵐᵉ R. Poe dut éprouver à la fin de sa vie l'aliénation singulière qu'il a analysée dans son *Homme des foules.* Il connut « le grand malheur de ne pouvoir être » seul. »

Il s'était remis à travailler au commencement de 1849. Il composa quelques essais de critique, écrivit le *Cottage Landor* et *Hop-Frog*, reprit ses *Marginalia.* En avril, il fut ressaisi par son vice. Il se trouvait de nouveau dans les circonstances précaires qui avaient déterminé antérieurement ses accès d'ivrognerie. Il était sans emploi, sentait diminuer ses forces, savait sa vie dépendante du placement fortuit de ses articles, à une époque où son énergie commençant à décliner tandis que la prévision de son intelligence demeurait nette, il dut souffrir le plus durement de ne rien pouvoir anticiper de stable. Ces incertitudes l'abattirent de nouveau. Il but, tomba malade gravement, et quand Mᵐᵉ Clemm en écrivit à Mᵐᵉ R. la vieille femme eut ces paroles lamentables : « Dieu le sait ; je voudrais que nous fussions tous » deux dans nos tombes ; en vérité, cela vaudrait mieux. »

Poe se rétablit ; il revint à son idée fixe d'avoir un magazine à lui, et voulut retourner dans le Sud, pour y chercher aide, bien que ses voyages précédents ne lui eussent servi à rien. Il fut empêché de se mettre en route, jusqu'au 30 juin. Le soir, avant son départ, il dîna chez Mᵐᵉ Lewis, femme de lettres connue sous le pseudonyme de « Stella. » Il était triste et parut agité par le pressentiment de sa mort. En rentrant chez lui, il indiqua même, à M Clemm, ce qu'elle devait faire de ses papiers s'il ne revenait pas. Le lendemain il partit et la vieille femme ne le revit plus.

La biographie publiée par M. Ingram contient en tête, la

reproduction photographique d'un daguerréotype de Poe,
pris quelques jours avant ce dernier voyage, soit quelques
mois avant sa mort. Poe avait 39 ans. Il paraît fort de buste,
les épaules tombantes, la main musculeuse, large. La tête est
grosse, sans disproportion. Le visage semble rectangulaire, la
largeur au front étant égale à celle du bas des mâchoires. Le
menton est rond et massif; la lèvre inférieure dépasse légèrement la supérieure assez mince, portant une courte moustache noire coupée courte. La bouche est grande, droite,
tirée aux coins seulement, par des plis plutôt sarcastiques
qu'amers, marquant le dédain, la confiance en soi, une certaine bizarrerie frivole. Le nez, de type assez lourd, n'a
rien de particulier; mais tout autour sont tracées quatre
grandes lignes obliques creusées par les deux sillons naso-
labials et par l'affaissement de la cernure des yeux, de façon
à faire saillir fortement les deux bandes de peau qui relient
le nez aux joues. Ce sont les rides d'un homme mi né par
la maladie, le vice, la misère, les fortes émotions. Les yeux
sont creux, profondément encastrés sous l'arcade sourci-
lière, et ne semblent pas exactement placés de niveau, le
droit étant plus bas que le gauche; cette disposition donne
beaucoup de douceur et de tristesse au haut du visage, comme
si la tête penchait un peu à droite. Le regard est fixe, et paraît dirigé sur quelque objet très-lointain. Le front est énorme, très-haut, très-droit, très-large, faisant tout le tour de
l'avant-tête, avec des méplats lumineux, renflé au-dessus des
yeux. Les muscles peaussiers servant à contracter les sourcils, ceux que Darwin a appelés les muscles de la douleur,
sont fortement accusés. A la racine du nez, la chair est
coupée par une seule petite ride perpendiculaire et nette. Ce
trait indique ordinairement une activité cérébrale trop intense
et désordonnée, un équilibre intellectuel chancelant, la propension à la monomanie. Les cheveux noirs, abondants, se

divisent et tombent en mèches. Ils dûrent faire un contraste singulier avec la couleur des yeux qui étaient gris.

En somme c'est là un visage volontaire, marquant la confiance en soi, la force, le sarcasme, la bizarrerie, la douceur, le besoin d'affection, la grandeur intellectuelle, mais ravagé, déformé, portant les traces profondes d'une vie misérable et passionnelle.

V

On ne sait que peu de détails sur le commencement du dernier voyage de Poe. Il paraît établi qu'il séjourna à Philadelphie et qu'il s'y enivra. Ses facultés mentales souffrirent de cet excès. Pendant plusieurs jours, il fut atteint d'une des formes déterminées et connues de la manie. Il se croyait poursuivi sans cesse par des ennemis puissants. Sa santé resta ébranlée par cet accès de délire.

Il alla ensuite à Richmond. Dans cette ville, il fit la connaissance d'une Mme Weiss qui a laissé des souvenirs sur lui. Elle mentionne la certitude avec laquelle il envisageait la fondation de son magazine : « Quand il en parlait, dit-elle, il dressait « la tête, ses yeux brillaient d'enthousiasme. Il répétait : « Je « dois et je veux réussir. » « J'observai, écrit-elle plus loin, « que ses paupières ne clignaient jamais ; son regard était « toujours ouvert et droit. Son expression habituelle était « songeuse ou triste. Il avait une façon à lui de considérer « à la dérobée, avec un air légèrement interrogateur, les « personnes près desquelles il se trouvait. D'un coup d'œil « tranquille, il semblait prendre mentalement mesure du

« sujet inconscient de son observation. Les yeux étaient en
« vérité ce que M. Poe avait de plus étrange. Je n'ai jamais
« vu d'yeux semblables. Ils étaient grands, avec de longs
« cils noirs ; l'iris, d'un gris d'acier sombre, était d'une clarté
« et d'une transparence cristaline. La pupille, d'un noir de
« jais, se dilatait et se contractait à chaque variation de ses
« pensées et de son humeur..... Sauf le charme étrange
« de ses yeux, M. Poe n'était pas un très bel homme. Il était
« à mon avis plutôt distingué que beau. Quand je le connus,
« il avait l'air abattu et usé par les chagrins ; en vérité,
« un air un peu hagard, qui devenait très-apparent quand
« il n'était pas animé. Il avait une moustache noire, très-
« soignée, mais qui ne parvenait pas à cacher une légère
« contraction de la bouche, un plissement momentané de la
« lèvre supérieure, qui lui étaient habituels et qui ressem-
« blaient à un sourire de mépris. Ce sourire revenait souvent,
« — un faible mouvement de la lèvre, à peine visible, et ce-
« pendant très-expressif. Il n'y avait là aucune méchanceté
« mais beaucoup de sarcasme. »

Une autre personne, le professeur Valentine, qui avait
été le camarade de Poe au collège, complète ce portrait :

« Son front, écrit-il, était beau et significatif ; ses yeux
« sombres, sans cesse en mouvement ; dans la bouche, il y
« avait de la fermete, mêlée d'ironie et d'aigreur. Sa dé-
« marche était souple ; ses manières agitées et un peu em-
« phatiques. Il parlait bien et était cordial dans son com-
« merce avec ses amis, mais il ne semblait jamais sourire
« de joie, ce que l'on pourrait attribuer aux efforts qu'il sem-
« blait faire constamment pour se dominer. Il y avait beau-
« coup de monotonie et de tristesse dans sa voix. »

Poe donna à Richmond deux conférences, où il lut un
« Essai sur le principe de toute poésie. » Son esprit commençait à vaciller. Il avait revu à Richmond la Miss Royster
qu'il avait aimée dans sa première jeunesse. Elle avait épousé
un M. Shelton, puis était restée veuve. Poe lui rendit visite et
lui parla de son ancien amour. Quand il revint la voir, il lui
demanda sa main. On ne sait ce que lui répondit Mme Shelton. Mais Poe écrivit à Mme Clemm que le mariage était
convenu et qu'elle eût à tout préparer pour la venue de sa
femme. Puis il n'en reparla plus.

Deux fois pendant son séjour, il s'enivra, et se mit en danger de mort. Les médecins l'avertirent qu'un nouvel excès
de boisson le tuerait. A cette occasion, il eut une conversation sérieuse avec le docteur Carter. Poe lui raconta toutes
ses luttes inutiles contre les tentations de son vice. Il
s'émut jusqu'aux larmes et déclara solennellement, qu'à
l'avenir, il se contiendrait. Il tint sa parole tant qu'il fut à
Richmond et adhéra même aux règles d'une société de tempérance.

La veille de son départ, il passa la soirée chez la mère de
Mme Weiss. Il s'y montra, comme pendant tout son séjour à
Richmond, assez gai et plein de confiance en son avenir. Le
lendemain, le 2 octobre 1849, il s'embarqua, parfaitement
sobre, pour Baltimore. En arrivant il fit porter ses bagages à la gare, témoignant l'intention de repartir pour Philadelphie, et alla se rafraîchir.

A partir de ce moment, on ne sait au juste quelles ont été
les actions de Poe. Il s'était plaint, en quittant Richmond,
d'éprouver des frissons et de la faiblesse. Il est possible
que, parvenu à Baltimore, il ait eu recours à la boisson
pour se refaire. Les habitants de cette ville, se souvenant
que le 3 Octobre était jour de vote, prétendent que Poe, dès
son arrivée au débarcadère, tomba entre les mains d'une

troupe d'agents électoraux, qu'il fut mis au secret, contraint à boire, mené ivre au scrutin, puis abandonné dans la rue où il fut ramassé. De pareils faits étaient, paraît-il, fréquents.

Cette hypothèse ne s'accorde pas avec les renseignements recueillis par le Docteur Moran, médecin de l'hôpital où Poe fut porté inanimé le 7 Octobre, par des personnes qui l'avaient trouvé affaissé sur un banc de promenade publique. D'après ce docteur, Poe aurait été aperçu le 5 Octobre au soir dans un hôtel, d'où il serait ressorti le lendemain pour aller prendre le train de Philadelphie. Le contrôleur de ce train, traversant les voitures pour se faire remettre les billets, le découvrit endormi dans le wagon aux bagages, et l'ayant réveillé, le mit dans un compartiment qui revenait à Baltimore où Poe avait laissé sa malle. Il dut arriver, le soir du 6, à destination. Il ne fut reconnu par personne, ne retourna pas à l'hôtel. Il erra probablement toute la nuit par les rues et se coucha épuisé, sur le premier banc venu, d'où il fut relevé le matin du 7, vers 9 heures. Cette version rend l'hypothèse des agents électoraux inutile. Que Poe ait ou n'ait été contraint de boire le 3, il paraît établi que le 6, étant ivre ou fou, il avait perdu tout pouvoir de régir ses actes.

Ses forces vitales étaient à bout. Il recouvra un instant connaissance dans la journée du 7, puis à minuit, il expira, frappé au cerveau par une congestion. Deux jours après, on l'enterrait dans le cimetière de Baltimore. M. Wilson Poe, son oncle, lui fit faire une pierre tumulaire, qui se rompit quand on voulut la placer sur la tombe. En sorte que celle-ci resta nue, jusqu'en 1875. A cette date un monument y fut érigé, avec de l'argent recueilli par une souscripiton publique. La cérémonie fut très-brillante ; il y eut de la musique, des vers et des discours.

La douleur de Mme Clemm, en apprenant la mort de son beau-fils, fut plus âpre qu'on ne pût dire. Il faut songer à l'affection que Poe avait éprouvé pour elle, à la longue vie de misère et d'affliction qu'ils avaient supportée ensemble, à l'isolement et au dénûment où demeurait la vieille femme, pour comprendre en partie ce qu'elle dut sentir. Elle résista cependant au coup et veilla à exécuter les dispositions testamentaires de Poe. Elle mourut en 1871 dans une institution charitable de Baltimore, ayant vécu trop longtemps.

Les mille menus faits recueillis par les recherches laborieuses et sagaces de M. John Ingram, nous découvrent, aussi complètement que peut le faire une biographie, l'organisation morale d'Edgar Poe. Nous connaissons maintenant les circonstances où il s'est débattu, les hasards de sa carrière, ses principaux actes, et, notions plus précieuses, quelle était sa manière d'être d'enfant et d'homme mûr, sa disposition d'esprit dans quelques-uns des accidents les plus tragiques que puissent éprouver un homme. Tout cet ensemble d'actions et de passions manifeste une âme inégale, diverse, maladivement développée dans certaines de ses parties, atrophiée en d'autres. Il paraîtra intéressant de marquer le point exact où l'équilibre était rompu.

Le témoignage de tous ceux qui ont connu Poe, la conduite de sa vie, ses propre paroles, attestent les variations perpétuelles de son humeur entre la tristesse et une confiance extravagante. Il est remarquable que ce soit ce sentiment optimiste qui prédominait. Il a persisté à croire jusqu'à sa mort, qu'il réussirait finalement à sortir de sa misere, sans que le souvenir d'une suite continuelle d'échecs affaiblît ses illusions. Et cette ardeur à espérer se révèle particulièrement dans la ténacité avec laquelle il s'imagina pouvoir dompter son penchant à la boisson. Il répétait sérieusement ses promesses de continence et à chacune s'estimait sauvé. Comme la vie lui fut habituellement contraire, il eut peu l'occasion de se montrer abattu sans motif. Cependant rien ne justifiait le ton éploré de ses premières lettres à Mme Whitman, et peut être est-il juste de penser que les circonstances où il pouvait être n'influaient que médiocrement sur son humeur, à l'encontre de l'habitude et de l'expérience des autres hommes. Dès sa jeunesse, ses camarades avaient observé en lui ce tour d'esprit changeant, volontaire, capricieux, des désirs subits, énergiques, mais peu durables, variant facilement d'objet, et en variant pour des motifs qui n'agissent pas sur la moyenne des hommes. Ces oscillations de caractère ont persisté toute sa vie. On peut en dériver quelques-unes des singularités de sa conduite, ses migrations de ville en ville, de journal en journal, ses projets éternellement abandonnés et repris, le peu d'endurcissement avec lequel il pratiqua son vice, l'instabilité générale de sa vie pleine de tentatives sans achèvements. Dans sa carrière d'écrivain, il s'appliqua à des genres peu compatibles, et, même dans l'un, la nouvelle, il n'écrivit pas de suite des œuvres qui semblent inséparables. Le *Meurtre de la Rue Morgue* est de 1841 ; la *Lettre volée*, de 1845; le *Domaine d'Arnheim*, de 1842, le *Cottage Landor*, de 1849.

Il eut souvent une confiance précipitée en des inconnus, et c'est peut-être là, en fin de compte, ce qui lui fit nommer Griswold son exécuteur testamentaire. Il s'abandonnait à ses sympathies et à ses antipathies avec passion. Il se commit ainsi avec un certain nombre de personnes équivoques qui nuisirent plus à sa mémoire que tous ses écarts de conduite. Rien n'était plus éloigné de son esprit, malgré ses théories sur la perversité, qu'un grand mépris préalable de l'humanité en général. Il se livrait sans choix et tout entier à toute personne et particulièrement à toute femme qui l'approchait. Ses articles de critique se sont ressentis de cette humeur généreuse, élogieux ou injustes avec excès. Ses polémiques, de même. Il était si imbu de respect pour ses semblables, qu'il ne dédaignait aucun contradicteur, se croyant tenu de réfuter tout argument, avec une foi puérile dans la docilité de ses adversaires.

On aura remarqué à quel point Poe était affecté par la condition d'incertitude. Le suspens entre la crainte et l'espoir lui était insupportable, tellement que pour s'y soustraire, il se livra et s'abandonna au vice qui le détruisit. Ses périodes d'excès tombent aux époques où le sentiment de sa situation précaire l'obsédait de plus près, celles où il n'avait pas d'emploi fixe, de revenu sûr, où sa subsistance et celle des siens dépendait du placement hasardeux de ses articles, insérés irrégulièrement, payés d'un prix variable, à la date convenue ou non. Par contre, lors de ses plus profondes douleurs, à la mort de sa femme, à la rupture définitive de ses fiançailles avec Mme Whitman, on ne nous dit pas qu'il ait bu. Cette ivresse de Poe, était une ivresse bizarre. Tous ceux qui en ont été témoins la décrivent comme un délire, une folie furieuse temporaire. L'alcool agissait sur sa cervelle non comme un calmant qui apaise et hébète, qui noye toute mémoire morose, mais comme un excitant qui brouillait sa raison, exaltait et surtendait sa volonté, décuplait son énergie. Il y trouvait un supplément de forces plutôt qu'un moment d'inconscience, et n'y recourait que débordé par les accidents multiples, constamment désastreux, de sa vie sans repos.

On aperçoit clairement le point morbide de cette organi-

sation morale et, par là même, nous pouvons maintenant la
distinguer et la définir. Que l on rassemble tous ces traits
de l'Edgar Poe intérieur, que l'on prenne sa variabilité d'humeur et de penchants, sa sujétion à ses sympathies, le degré où il souffrait de l'état d'incertitude, chacune de ces particularités qu'il faut imaginer anormalement développée,
s'explique en dernière analyse par la prédominance de la
sensation sur les mobiles de sa volonté. Chaque impression successive, lui causant, à mesure, une sensation quelconque de tristesse, de gaîté, d'aversion, d'enthousiasme,
d'espoir, de découragement, mettait en branle sa volonté ou
sa pensée, immédiatement, sans qu'il y eût de délibération
dans la conscience, sans que le raisonnement débattît le
pour et le contre, sans que la mémoire réagît, rappelât les
expériences antérieures analogues, les impressions et les décisions contraires, les principes, les habitudes, les maximes
de conduite, sans que les éléments pondérateurs qui rendent
le caractère constant et la vie une, intervinssent. Il n'y eut
rien, dans l'existence de Poe, de cette fixité. L'impression
de chaque instant effaçait continuellement le souvenir de
celles qui l'avaient précédée, et, comme, la plupart du temps,
elles différaient successivement l'une de l'autre, il n'y avait
aucune cause pour que les diverses déterminations eussent
rien de ressemblant, sinon leur variabilité même. Chose paradoxale, il manquait à Edgar Poe ce que les psychologues
modernes appellent l'imagination, la faculté de joindre ou
d'opposer une sensation passée à une sensation présente, le
mécanisme qui fait différer une action volontaire d'un mouvement reflexe. Et c'est ainsi que son caractère ne peut être
rangé dans aucune des grandes catégories humaines. Il ne
fut, à vrai dire, ni un pessimiste, ni un optimiste, ni un enthousiaste, ni un calculateur, ni un égoïste, ni un homme
constamment dévoué, quoique sa conduite pût alternative-

ment le faire prendre pour chacun de ces types. Il vécut par
là plus largement et plus douloureusement.

Cette versatilité morale lui fit n'avoir d'affection que pour
des femmes, moins le génie ses semblables, douées comme
lui d'une volonté forte, mais peu fixe, et insoumises par leur
sensibilité à l'élément régulateur de la vie, à l'expérience.
Il eut plusieurs amies qu'il tâcha de se retenir avec une application singulière, trouvant dans leur commerce la satisfaction des besoins caractéristiques des natures impression-
nables.

Par tempérament, il ne pouvait renfermer en lui ses sensations trop violentes. Il éprouvait une volupté extrême à
s'épancher, non comme le fait la moyenne des hommes,
avec des formes, de la vanité, des dissimulations, de nombreuses réticences, en montrant plus son intelligence que ses
passions, mais pleinement, étalant sa pensée à nu, négligeant
même d'écrire ou de parler en beau style, et de cacher sa
faiblesse, sans songer qu'on pût le mépriser, ou malgré
cette crainte. Et pour cette franchise, cette démonstration
de soi, il lui fallait assurément une femme, un être plus
affectueux qu'intellectuel, désœuvré, capable de l'excuser
par le goût même de ces confidences.

Il lui fallait encore quelqu'un qu'il pût aimer, pour qui il
pût éprouver de l'enthousiasme, de la dévotion, aux pieds
de qui il pût se mettre. Ces élans le sortaient et le dis-
trayaient de lui-même. Il ne pouvait, je le répète, vivre seul,
se concentrer, se tenir à l'écart, en égoïste, en misanthrope,
en penseur autonome. Il se trouvait ainsi fréquemment
entraîné à offrir son intérêt et son amour, s'adressant
comme de juste à des femmes qui seules inspirent et satis-
font les mouvements d'âme extrêmes. Les circonstances de
sa vie exacerbèrent ces penchants, rendant leur satisfaction
difficile et rare. La pauvreté le contraignit à lutter sans

repos pour sa subsistance et celle des siens, dans un pays,
à une époque, où sa supériorité intellectuelle ne le servait
qu'à demi, où le combat pour la vie est plus âpre qu'ailleurs.
Dans cette infortune, sa nature d'artiste raffiné, sa sensibilité maladive qui grossissait toutes ses souffrances, sa
misère, le perdirent. Il ne put supporter l'isolement et les
incertitudes qu'emporte une pareille vie ; il n'avait pas non
plus l'énergie persistante qui donne l'espoir d'en sortir ou
la distraction de le tenter sans cesse. Il chercha à se procurer par l'alcool les forces qu'il sentait lui manquer, et ces
tentatives, suivies de remords, ne firent que le débiliter physi-
quement et lui montrer le néant de sa volonté. Sa névrose
constitutionnelle et, à ce qu'il a prétendu, héréditaire, en
fut encore exagérée. Il parvint ainsi à ses tristes dernières
années où il n'eut pas même le courage de s'endurcir résolument dans son vice, ni de s'apercevoir combien on trouvait
importunes ses demandes de sympathie. Et il est probable
qu'aucun détail de cette ruine morale n'échappa à sa clair-
voyance. Son « grand bon sens à la Machiavel, » son intelligence analytique, apte à imaginer l'idéal le plus élevé,
devaient l'avertir de toutes ses chutes et l'humilier constamment devant lui-même. Il dut avoir parcouru toute la
gamme de la souffrance humaine, de la faim au spleen, de
la douleur dégradante à la douleur exquise la plus aiguë.
Assurément peu d'hommes ont plus enduré et étaient plus
finement organisés, que lui, pour souffrir.

Et cependant, par une contradiction qui semblera bizarre,
cet homme si féminin et si faible, ne varia guère. Ni sa pauvreté, qui dura de son adolescence à sa mort, ni sa lutte pour
la vie qui resta dure, sans qu'un succès définitif stimulât ses
efforts, n'altérèrent la sensibilité, fond de son tempérament.
Il eut l'occasion, toute sa vie, d'exercer sa volonté, de sentir le
désavantage que lui portaient sa faiblesse, ses concessions au

vico, ses défaillances, son incapacité d'application, sa délicatesse extrême dans les rapports d'affaires, son défaut d'amis
influents, son incorruptibilité de critique ; le souci pour les
siens devait le rendre plus attentif à ces manquements. Il
avait sous les yeux l'exemple instructif d'un peuple pratique,
mercantile, et était aiguillonné par ses goûts dispendieux
d'artiste, par la vue de ce que pratiquaient ses rivaux in-
fimes. Mais son caractère ne plia pas sous ces influences
et resta tel qu'il avait été dès ses débuts. Sa volonté ne
devint pas plus tenace, ni son sens plus pratique, ni sa
délicatesse et sa franchise moindres, ni son optimisme
intermittent moins assuré. Les circonstances défavorables
n'agirent sur lui que pour exagérer certains traits de son
individualité, mais n'en ajoutèrent pas de nouveaux. De
généreux, d'inconstant, de capricieux, d'impressionnable,
d'aimant, il ne devint ni cupide, ni bas, ni égoïste, ni vé-
nal, mais simplement plus impressionnable et plus aimant
qu'il ne l'eût été dans de meilleures chances. Peut-être est-
ce là, en définitive, la mesure exacte de l'influence du milieu sur les individus.

Il resterait à parler maintenant d'Edgar Poe, nouvelliste
ou poète, et l'on pourrait se trouver étonné de la distance
que l'on apercevrait entre son intelligence pure et sa raison
pratique. Mais cette analyse nous ferait dépasser les limites
extrêmes d'une préface et nous paraît moins utile que celle
que nous terminons. Les maladies de l'intelligence nous
sont infiniment plus familières depuis M. Taine, que celles
de la volonté. Nous avons voulu nous en tenir à la seule
biographie d'Edgar Poe. Celui-ci avait été condamné et
absous sans mesure. Nous ne pensons pas qu'il y ait autre
chose à blâmer ou à louer en un homme que le mal ou le
bien qu'en ont éprouvé d'autres hommes. Pour Poe, il nous
semble qu'il n'a nui qu'à lui-même, et nous lui restons re-

devables de contes et de poésies dont aucun prix ne peut
payer la beauté.

ÉMILE HENNEQUIN.

Les traductions qui suivent se composent de huit nouvelles, d'un fragment, et d'une suite de notes et maximes
intitulées *Marginalia*. Une des nouvelles, *L'homme sans souffle*,
était inédite à l'époque où Baudelaire a entrepris ses traductions, et n'a été publiée que dans l'édition de M. Ingram
(1873). Le fragment n'est compris dans aucune des éditions
du nouvelliste américain ; il nous a été communiqué par
M. Ingram sur le texte paru dans le *Gentleman's Magazine*.
Quant aux sept autres nouvelles, l'une, la *Caisse oblongue*, a
fait partie d'un volume de M. Hughes, mais traduite insuffi-
samment à notre sens ; les six autres sont inconnues du
public français. Nous tenons à déclarer que pour trois de
ces nouvelles, *l'Inhumation prématurée*, le *Philosophe Bon-Bon*,
et la *Découverte de Von Kempelen* nous avons négligé de tra-
duire une partie du texte anglais, afin d'éviter quelques
paragraphes purement scientifiques qui nous semblaient
superflus. Parmi les *Marginalia*, nous avons choisi ceux qui
nous ont paru pouvoir intéresser le lecteur français, en
omettant ainsi plus de la moitié.

Nous nous sommes attaché à reproduire exactement
dans ces traductions les particularités de l'original, ses
duretés, ses subtilités. Ce soin pourra déplaire. Mais la
langue de Poe n'est pas telle qu'on puisse la rendre en
périodes élégantes. D'ailleurs la notoriété acquise par les

traductions de Baudelaire prouve que le public consent à ces audaces et préfère une reproduction violentant par endroits la tradition, mais fidèle, à une imitation plus lointaine et plus pâle.

Il me reste à remercier M. Odilon Redon d'avoir consenti à mettre son merveilleux talent au service de ce volume. L'auteur de *Dans le Rêve,* des planches *A Edgar Poe,* et d'autres compositions étrangement belles, est un artiste d'assez large envergure, pour doubler, par sa collaboration, la valeur des œuvres signées des plus grands noms. Nous sommes heureux de lui exprimer notre très-profonde admiration, publiquement.

E. H.

CONTES GROTESQUES

L'INHUMATION PRÉMATURÉE

Il est certains sujets portant en eux un intérêt poignant, mais qui causent trop d'horreur pour qu'on puisse légitimement les traiter dans une fiction. Les romanciers, s'ils ne veulent offenser ou dégoûter le lecteur, doivent éviter de les mettre en œuvre. On ne peut y toucher que sanctionné et soutenu par la majesté du vrai. Le passage de la Bérésina, le tremblement de terre de Lisbonne, la peste de Londres, le massacre de la Saint-Barthélemy, la mort des cent vingt-trois prisonniers étouffés dans le trou noir de Calcutta, nous font passer par la plus intense des souffrances voluptueuses. Mais c'est le fait, c'est la réalité historique qui nous émeuvent dans ces récits. Inventés de toutes pièces, nous les considérerions avec horreur.

Je viens de mentionner les plus augustes et les plus formidables calamités dont on se souvienne. Notre fantaisie y est impressionnée par la grandeur autant que par la nature de la catastrophe. Mais je n'ai pas besoin de rappeler au lecteur que, dans la liste longue et fatale des infortunes humaines, j'aurais pu choisir des exemples individuels plus saturés d'horreur, qu'aucun de ces vastes désastres. La véritable misère, la souffrance extrême échoient au petit nombre seul et non pas à la multitude. Remercions un Dieu de miséricorde d'avoir réservé les agonies dernières à l'homme-unité et d'en avoir préservé l'homme-foule.

Etre enterré vivant est certes la plus terrible des extrémités qui se soient jamais appesanties sur une créature mortelle. Que cela soit arrivé fréquemment, très fréquemment, aucun homme de sens ne le niera. Les limites qui séparent la mort de la vie sont, à prendre les choses au mieux, obscures et vagues. Qui dira où l'une finit et où l'autre commence? Nous savons qu'il existe des cas pathologiques dans lesquels toutes les fonctions apparentes de la vie semblent cesser et ne sont, à proprement parler, que suspendues. Ce sont les arrêts temporaires d'un mécanisme incompréhensible. Une période indéfinie s'écoule, et quelque principe mystérieux, imperceptible, met de nouveau en branle les pignons magiques et les roues enchantées. Le lien d'argent n'était pas dénoué à jamais, ni le globe d'or irréparablement brisé. Mais, pendant ce temps, l'âme qu'était-elle devenue?

D'ailleurs, outre la conclusion inévitable et *a priori*,

qu'une cause devant forcément produire son effet, il est
nécessaire que les cas fréquents et connus de mort apparente donnent lieu çà et là à des enterrements hâtifs,
outre cette considération, nous avons le témoignage
direct de l'expérience et des hommes de savoir pour
démontrer que souvent de pareilles inhumations ont été
accomplies. Je pourrais en citer immédiatement, si cela
était nécessaire, une centaine d'exemples bien authentiques. Il serait aisé de multiplier ces histoires, mais je m'en
abstiens. Elles nous sont inutiles pour établir une thèse
évidente. Et si nous songeons combien il est rare que
nous puissions constater ces cas d'enterrement préma
turé, il nous faudra admettre encore qu'ils doivent fréquemment se produire sans que nous le sachions. En
réalité il n'arrive pas souvent qu'un cimetière soit détourné de sa destination, sans que l'on y trouve des
squelettes tordus en postures qui suggèrent les plus
épouvantables soupçons. Terribles en effet ces soupçons.
mais combien plus terrible la chose !

On peut affirmer sans hésitation que rien n'est plus
fait pour inspirer le dernier degré de la détresse physique et morale, que de se sentir enterré vivant. L'op-
pression insupportable des poumons, les vapeurs étouf-
fantes de la terre humide, l'enlacement des vêtements
mortuaires, le contact rigide de la maison étroite, la
noirceur des ténèbres absolues, le silence qui vous
accable, profond et pesant comme une mer, la présence invisible mais perçue du ver, l'universel con-
quérant, ces épouvantes jointes à l'idée d'herbe verte
et d'air au-dessus, avec le souvenir d'amis chers qui

voleraient à votre secours s'ils savaient ce que vous
souffrez, la certitude que jamais ils n'en seront informés,
que votre part désespérée est celle des vraiment morts,
ces idées, dis-je, portent dans le cœur encore palpitant
une terreur insupportable devant laquelle blêmit et se
détourne l'homme le plus déterminé. Nous ne connaissons pas d'agonie plus dure sur terre, nous ne pouvons
rêver qu'il y ait un supplice plus hideux dans le dernier
cercle de l'enfer. Et c'est là ce qui donne à ce sujet son
intérêt extrême, mais dépendant, à cause de l'horreur
dont il procède, de notre conviction que les choses con-
tées sont vraies. Or ce que je vais dire est tiré de ma
connaissance propre, de mes souvenirs personnels et
positifs.

Pendant plusieurs années, j'ai été sujet à des attaques
de ce mal singulier que les médecins se sont accordés à
appeler catalepsie, faute de dénomination plus précise.
Quoique les causes lointaines et immédiates de ce mal,
quoique ses diagnostics mêmes, soient encore mystérieux,
ses caractères apparents sont suffisamment connus. La
maladie a divers degrés. Dans l'un, le patient demeure
en une sorte de léthargie extraordinaire, tantôt durant
un jour, tantôt durant un temps moindre. Il reste sans
sentiment, sans mouvement extérieur ; mais le pouls est
encore faiblement perceptible ; quelques traces de chaleur ont persisté ; une faible rougeur colore le centre
des joues et, en appliquant un miroir aux lèvres, on
arrive à reconnaître l'action tardive, inégale, vacillante
des poumons. D'autres fois l'attaque dure des semaines,
des mois ; et alors l'examen le plus détaillé, les épreuves

médicales les plus rigoureuses ne parviennent pas à établir de distinction entre l'état du patient et ce que nous sommes convenus d'appeler la mort absolue. Habituellement le malade échappe à l'inhumation prématurée, par la connaissance qu'ont ses proches de ses accès précédents, les soupçons qui en résultent, et surtout par l'état de conservation où se maintient son corps. Les progrès de la maladie, heureusement, sont lents. Ses premières manifestations quoique marquées, sont équivoques. Ensuite les accès se caractérisent et se prolongent. C'est cette gradation qui seule assure contre l'inhumation prématurée. Le malheureux qui, du premier coup, serait en butte à une attaque violente, comme cela arrive parfois, serait presque inévitablement livré vif à la tombe.

Mon cas ne se distinguait par aucune particularité marquante de ceux décrits dans les livres de médecine. Quelquefois sans aucune raison apparente, je tombais dans un état de demi syncope, et, sans souffrance, sans pouvoir remuer, ni même penser, éprouvant la connaissance sourde et somnolente de mon existence, de la présence des personnes autour de mon lit, je demeurais inerte, jusqu'à ce que la crise de mon mal me rétablit subitement dans la plénitude de mes facultés. D'autres fois, j'étais frappé rapidement et impétueusement. J'étais saisi de faiblesse, d'engourdissement, de frissons, de vertiges et je tombais tout à coup en une prostration profonde. Alors, des semaines durant, tout était vide, silencieux, noir, et l'univers s'annihilait. Je revenais de ces dernières attaques, aussi graduellement et aussi len-

tement que l'accès avait été soudain. Comme le jour
poind pour un mendiant errant sans demeure et seul
pendant les longues nuits d'hiver, aussi tardive, aussi
réconfortante renaissait en moi la lumière de l'âme.

A part ces attaques, ma santé générale paraissait
bonne, et je ne pouvais m'apercevoir qu'elle déclinât
par mon mal, à moins que celui-ci ne fût cause d'une
sorte d'idiosyncrasie qui me prenait pendant mon sommeil ordinaire. En me réveillant le matin, je ne parve-
nais jamais à reprendre immédiatement la pleine possession de mes sens. Je demeurais toujours en grand
effarement et perplexité, mes facultés mentales, et particulièrement ma mémoire, tardant à m'obéir.

Toutes mes sensations, libres d'ailleurs de souffrance
physique, étaient pénétrées d'une infinie détresse morale. Ma fantaisie se prit à hanter les charniers. Je par-
lais de tombeaux, d'épitaphes, de décomposition. Je me
perdais en rêveries funèbres, et la pensée d'être enterré
vif régnait en maître dans mon cerveau. Le danger horrible auquel j'étais exposé, je m'en souvenais jour et
nuit, torture excessive dans l'un, suprême dans l'autre.
Quand l'obscurité pleine d'épouvantes tombait sur terre,
alors, de toutes les horreurs de la pensée, je tremblais,
comme les plumes sombres qui vacillent aux quatre
coins d'un corbillard. Quand je ne pouvais plus endurer
la veille, il me fallait lutter pour me contraindre à dormir, car je frissonnais en me disant qu'à mon réveil, je
pouvais me trouver clos dans une tombe. Et quand enfin je cédais au sommeil, ce n'était que pour tomber
dans un monde de fantômes où planait seule sur ses

ailes noires et ombreuses mon éternelle idée sépulcrale.

Parmi les innombrables images de deuil qui m'oppressèrent ainsi en songe, je prends, pour la rappeler, une vision unique.

Je me crus saisi une fois d'une attaque de catalepsie de durée et d'intensité plus qu'ordinaires. Tout à coup une main froide vint sur mon front, une voix impatiente et chevrotante murmura les mots : « Lève-toi, » à mon oreille.

Je me dressai sur mon lit, et, l'obscurité étant totale, je ne pus voir la figure de celui qui m'éveillait. Je n'arrivais pas à me rappeler à quelle époque j'étais tombé en catalepsie, ni l'endroit où j'étais alors couché. Comme je demeurais sans mouvement, et m'occupais à rassembler mes pensées, la main froide me saisit durement au poignet et la voix chevrotante reprit :

— Lève-toi. Ne t'ai-je pas dit de te lever ?

— Et qui es-tu ? demandai-je.

— Je n'ai pas de nom dans les régions que j'habite, répliqua la voix lugubre. J'étais mortel, et suis un esprit ; j'étais sans pitié, et suis compatissant. Tu sens que je tremble. Mes dents, pendant que je parle, claquent. Et cependant ce n'est pas du froid de la nuit, de la nuit sans fin. Mais cette horreur est insupportable. Comment peux-tu dormir tranquille ? Je ne puis me reposer à cause de la clameur de ces grandes agonies, et les voir est plus que je ne puis supporter. Lève-toi. Viens avec moi dans la nuit extérieure et laisse-moi te découvrir les tombes. N'est-ce pas une vue pitoyable ? Regarde !

Je regardai. La figure invisible qui me tenait encore

par le poignet, avait entr'ouvert les tombes de toute l'humanité, et de chacune sortait une faible phosphorescence produite par la putréfaction. En sorte que je pouvais sonder les retraites cachées et inspecter les corps emmaillotés, pris dans leur somme morose en compagnie du ver. Mais hélas ! Les éveillés étaient plus nombreux que les dormeurs. Sur toute la plaine régnait comme une faible agitation, comme une irréquiétude générale, et de la profondeur des fosses sans nombre montait le bruissement lugubre des suaires froissés. Même de ceux qui semblaient reposer tranquillement, j'en voyais un grand nombre qui avaient modifié la posture rigide et incommode dans laquelle ils avaient été mis en tombe. Et la voix me dit encore comme je regardais :

— N'est-ce pas une vue pitoyable ?

Mais avant que j'eusse pu trouver un mot de réponse, le fantôme avait cessé de tenir mon poignet, les lueurs phosphorescentes s'éteignirent et les tombes se fermèrent avec une violence soudaine, tandis que de leur sein sortait une clameur d'appels désespérés répétant :

— N'est-ce pas, ô Dieu, n'est-ce pas une vue très-pitoyable ?

Ces apparitions nocturnes étendirent leur influence terrifiante à mes heures de veille. Mes nerfs se détendirent complètement et je tombai en proie à une terreur immense. J'hésitais à aller à cheval, à marcher, à m'adonner à aucun exercice qui pût m'éloigner de chez moi. En fait je n'osais plus me hasarder hors de la présence immédiate de ceux qui me savaient sujet à mes attaques, craignant que si je tombais malade, je ne fusse enterré

vif avant que mon véritable état ne fût reconnu. Je dou-
tai de la sollicitude, de la fidélité de mes plus chers amis.
Je m'imaginai que si j'étais saisi d'une attaque plus longue que d'habitude, on leur persuaderait facilement que
je ne pouvais plus revenir à la vie. J'allai même jusqu'à
me dire que je les incommodais beaucoup et qu'ils seraient
heureux de considérer tout accès prolongé comme un prétexte suffisant pour se débarrasser de moi d'un coup.
C'était en vain qu'ils tâchaient de me rassurer par les
promesses les plus solennelles. Je leur arrachai le ser-
ment sacré que, dans aucun cas, ils ne m'enterreraient
avant que mon cadavre ne fût décomposé au point de
rendre toute conservation ultérieure impossible. Et
même alors mes angoisses mortelles ne voulurent entendre raison ni accepter de consolation.

J'entrepris une série de précautions laborieuses. Entre
autres, je fis rebâtir mon caveau de famille, de façon
qu'on pût l'ouvrir aisément de l'intérieur. La plus légère
pression sur une longue barre de fer qui s'étendait au
loin sous la voûte ferait retomber en dedans les battants
ferrés de la porte. J'avais pris garde aussi de laisser entrer l'air et la lumière, d'établir des réceptables propres
à contenir des aliments et de l'eau, à portée du cercueil
destiné à me recevoir. Celui-ci était chaudement et mol-
lement capitonné. Son couvercle était pourvu comme la
porte du tombeau de ressorts arrangés de manière que
le plus léger mouvement du cadavre suffît à les faire
jouer. En outre, au toit du caveau était suspendue une
grosse cloche dont la corde devait passer par un trou
dans le cercueil et être attachée à ma main. Mais que va-

lent les précautions contre la destinée ! Toutes les mien-
nes, si bien combinées, ne devaient pas sauver des dernières agonies un malheureux condamné à être enterré vif.

Une fois, je me trouvai passant, comme cela m'était
souvent arrivé, d'une inconscience totale dans le premier sentiment faible et indéfini de mon existence. Lentement, avec la marche d'une tortue, arrivait la faible
lueur grise de la lumière mentale. Un malaise torpide, le
sentiment apathique d'une souffrance sourde, pas d'in-
quiétude, pas d'espérance, pas d'effort. Puis, après
un long intervalle, un tintement dans les oreilles ;
puis, après une durée plus longue encore, une sensation de fourmillement aux extrémités. Ensuite, une période comme éternelle de repos voluptueux, pendant
lequel mes sensations renaissantes travaillaient à se
façonner en pensées. Encore une lourde rechûte dans
l'inconscience, un retour soudain, enfin le léger trem-
blotement de la paupière, et, immédiatement, un choc
électrique de terreur mortelle qui chassa le sang du cœur
aux tempes, furieusement.

Alors je fis le premier effort positif pour penser, la
première tentative pour me ressouvenir. Le succès fut
d'abord partiel et éphémère, puis la mémoire revint peu
à peu, et j'eus, en quelque mesure, connaissance de mon
état. Je sens que je ne sors pas de mon sommeil ordinaire. Je me rappelle que je suis sujet à la catalepsie, et
maintenant enfin, de l'élan de toute une mer, s'abat sur
mon esprit frémissant l'idée du danger effroyable, la vision spectrale et toujours prévalente de mon inhumation
prématurée.

Après que mon idée fixe m'eut ressaisi, je restai quelques minutes sans mouvement. Je ne pouvais me donner le courage de remuer. Je n'osais pas faire l'effort qui devait me renseigner sur ma situation ; et, cependant, quelque chose me chuchotait à l'oreille que ma peur était juste. Le désespoir, un désespoir comme aucune autre misère n'en inspire, me poussa seul, après une longue irrésolution, à lever les lourdes paupières de mes yeux. Il faisait sombre, tout était sombre. Je savais que mon accès était terminé, que ma crise était passée depuis longtemps, que j'avais de nouveau pleinement recouvré l'usage de mes facultés visuelles, et cependant, il faisait sombre, tout était sombre ; c'était l'absence absolue de lueurs qui règne dans la nuit sans fin.

J'essayai de crier ; mes lèvres et ma langue desséchées se murent convulsivement, mais aucune voix ne sortit de mes poumons oppressés qui, comme sous le poids de quelque montagne, se dilataient et palpitaient avec le cœur, à chacune de mes aspirations haletantes.

Le mouvement que firent mes mâchoires dans mon effort pour crier, me montra qu'elles étaient attachées comme on le fait aux morts. Je sentis aussi que j'étais couché sur une substance dure et que mes côtés étaient comprimés étroitement entre des parois rigides. Jusque là je n'avais tenté de mouvoir aucun de mes membres. Maintenant je levai violemment mes bras que j'avais trouvés étendus, les poignets croisés. Ils frappèrent une paroi solide, ligneuse, qui s'étendait au dessus de mon corps à une hauteur de 6 pouces environ. Je ne pouvais plus douter que je ne fusse enfermé dans un cercueil.

Alors au milieu de ma misère infinie, vint doucement l'ange de l'espérance. Je me rappelai mes précautions. Je me tordis, je fis des efforts spasmodiques pour briser le cercueil. Il ne voulut pas céder. Je tâtai mes mains cherchant la corde de la cloche. Je ne pus la trouver. Et le consolateur s'enfuit à jamais ; un désespoir plus âpre encore reprit le dessus. Car je ne pouvais m'empêcher de m'apercevoir que mon cercueil n'était point capitonné comme celui que j'avais fait préparer avec tant de soin. Soudain, mes narines furent frappées de l'odeur forte et particulière qu'exhale la terre humide. La conclusion s'imposait. Mon mal m'avait surpris hors de chez moi, parmi des étrangers, — quand ou comment, je ne pouvais m'en souvenir, — et c'étaient eux qui m'avaient enterré vif comme un chien, qui m'avaient cloué dans un cercueil commun et jeté profondément, à tout jamais, dans une fosse ordinaire et sans nom.

Comme cette horrible conviction pénétrait tout au fond de mon âme, je tâchai encore une fois de crier haut, et, dans cette seconde tentative, je réussis. Un cri long, continu, un hurlement d'agonie, résonna par les royaumes de la nuit souterraine.

— Eh bien, eh bien ! Hé ! là bas, répondit une voix rude !

— Que diable y a-t-il maintenant ? dit une seconde voix.

— Dites donc, avez-vous fini ? dit une troisième.

— Voulez-vous bien ne pas hurler ainsi, comme une chatte amoureuse ? dit une quatrième.

Et là-dessus, je fus saisi, et rudement secoué pendant

plusieurs minutes par deux ou trois individus d'apparence grossière. Ils ne me sortirent pas de mon sommeil, car j'étais grandement éveillé quand j'avais crié, mais ils me rendirent la pleine possession de ma mémoire.

Mon aventure avait eu lieu près de Richmond en Virginie. Accompagné d'un ami, j'étais allé à la chasse et nous avions suivi pendant quelques milles la rive du James River. La nuit approchait quand nous fûmes surpris par une tempête. L'entrepont d'un petit sloop, ancré dans la rivière et chargé de terreau, fut le seul abri qui s'offrît à nous. Nous nous y installâmes de notre mieux et passâmes la nuit à bord. Je me mis pour dormir dans l'une des deux seules cabines de l'embarcation, et les cabines d'un sloop de 60 à 70 tonnes, n'ont pas besoin d'être décrites. Celle que j'occupai ne contenait aucun effet de literie. Sa largeur extrême était de 18 pouces, et sa hauteur, du sol au pont qui la couvrait, exactement la même. Je trouvai assez difficile de m'y fourrer. Néanmoins je dormis profondément, et mon illusion entière, — car ce n'était ni un songe ni un cauchemar, — provint naturellement de la posture où je me retrouvai, de mon courant habituel d'idées, de la difficulté que j'éprouvais, comme je l'ai dit, à reprendre mes sens et particulièrement ma mémoire, à mon réveil. Les hommes qui vinrent me secourir, étaient les maîtres du sloop et quelques paysans engagés pour le décharger. L'odeur de terre provenait de la cargaison même. Quant au bandage qui enserrait mes mâchoires, c'était un foulard que je m'étais attaché autour de la tête à défaut de mon bonnet de nuit accoutumé.

Cependant les tortures que j'avais souffertes étaient égales assurément, sauf pour la durée, à celles qu'éprouverait un homme enterré vif. Elles avaient été effroyables, au delà de toute idée. Mais le bien sortit du mal. Car l'excès même de ces tourments produisit en mon esprit une révulsion inévitable. Mon âme prit du ton, de la fermeté. J'allai à l'étranger, je m'adonnai à de rudes exercices. Je portai ma pensée sur d'autres sujets que la mort. Je me débarrassai de mes livres de médecine. Je brûlai Buchan. Je ne lus plus de *Pensées nocturnes*, plus de galimatias sur les cimetières, plus de contes de nourrice comme celui que je viens d'écrire. Bref, je devins un homme nouveau et je vécus de la vie de tous. Depuis cette nuit mémorable, je renvoyai à jamais mes appréhensions funèbres, et avec elles partirent mes accès de catalepsie, qui avaient été peut-être moins la cause que la conséquence de mon tour d'esprit.

Il y a des moments où, même aux yeux de la raison froide, notre triste monde peut prendre l'aspect d'un enfer. Mais l'imagination de l'homme n'est pas une Carathis pour explorer impunément tous les abîmes. Ses terreurs sépulcrales, légion redoutable, ne peuvent, hélas ! être tenues pour purement fictives. Mais comme les démons avec lesquels Afrasias descendit l'Oxus, il est nécessaire que ces effrois dorment ou qu'ils nous dévorent, qu'on les laisse sommeiller ou qu'on se résigne à périr.

L'HOMME SANS SOUFFLE

La mauvaise fortune la plus tenace doit enfin céder au courage constant que donne la philosophie, comme la ville la plus têtue succombe à la vigilance infatigable de ses assiégeants. Salmanasar, à ce que dit le Livre des Rois, campa trois ans devant Samarie; et cependant elle tomba. Sardanapale (voyez Diodore), se maintint sept ans dans Ninive, mais cela ne lui servit de rien. Troie fut prise à la fin du second lustre, et Azoth, à ce qu'affirme Aristée sur son honneur, n'ouvrit ses portes à Psammétique qu'après les avoir tenues verrouillées pendant la cinquième partie d'un siècle.

« Misérable, mégère, pie-grièche, disais-je à ma femme au lendemain de mes noces, sorcière. suppôt d'enfer, créature infime, puits d'iniquité, quintessence de tout ce qui est abominable », — et me levant sur mes orteils, et la prenant à la gorge, et plaçant ma bouche près de son oreille, je me préparais à lui jeter une nouvelle et plus accablante épithète d'opprobre, qui ne devait pas man-

quer, une fois proférée, de la convaincre de son insigni-
fiance, — quand, à mon horreur et étonnement extrêmes,
je découvris que *j'avais perdu le souffle.*

Les phrases, « le souffle me manque », ou « j'ai perdu
le souffle » etc., se répètent assez souvent dans la conversation usuelle ; mais je ne m'étais jamais imaginé
que cette terrible infortune, dont on parle tant, pût
réellement et *bona fide* se produire. Imaginez donc, si
vous avez un tour d'esprit imaginatif, imaginez, dis-
je, mon étonnement, ma consternation, mon désespoir.

Il y a cependant un bon génie qui ne m'abandonne
jamais. Dans mes colères les plus furieuses je garde toujours un certain sens du convenable, et « le chemin des
passions », comme dit Lord Edouard dans la *Nouvelle
Héloïse*, « me conduit à la philosophie véritable ».

Quoique je ne fusse pas arrivé à me rendre compte
tout d'abord de l'étendue précise de mon malheur, je
résolus à tout hasard de cacher la chose à ma femme, et
d'attendre que des expériences plus approfondies m'eussent éclairé sur la calamité qui m'était échue. Changeant
donc de physionomie, dépouillant soudain mes traits de
leur bouffissure colère, prenant un air de bénignité
coquette et insigne, je donnai à ma moitié une caresse
sur une joue, un baiser sur l'autre ; puis sans dire un
mot de plus (ô rage, je ne le pouvais pas !) je la laissai
surprise de ma drôlerie, et pirouettai hors de la chambre
en un pas de zéphir.

Me voici donc sain et sauf, soustrait aux regards,
caché dans mon cabinet, exemple terrible des suites

mauvaises de l'irascibilité, vivant, avec le signe des morts, mort, avec les passions des vivants, une anomalie sur la face de la terre, très-calme et cependant sans souffle !

Oui, sans souffle ! Je suis sérieux quand je dis que mon souffle était parti. Je n'aurais pas été capable de faire bouger une plume, si ma vie avait été en jeu, ou même de souiller l'éclat d'un miroir. Dure destinée !

Cependant, il me vint quelque soulagement dans le premier paroxysme de ma douleur. Je trouvai, après essai, que la faculté d'articuler, dont je me croyais entièrement privé, n'ayant pu continuer ma conversation avec ma femme, n'était que partiellement empêchée. Je découvris que si, dans ma crise conjugale, j'avais abaissé ma voix à un diapason singulièrement guttural, j'aurais pu continuer à ma femme la communication de mes sentiments, ce ton de voix (le guttural) dépendant, comme il m'apparut, non du courant de la respiration, mais de certaines contractions spasmodiques des muscles du gosier.

Me jetant sur une chaise, je restai donc quelque temps absorbé en méditations. Mes pensées, certes, ne prenaient nullement un tour consolant. Mille fantaisies vagues et lacrimatoires s'installèrent dans mon âme. L'idée de me suicider vola même par mon cerveau. Mais, — et c'est là un trait de la perversité humaine, — on rejette communément les choses présentes et sous la main, pou les distantes et les incertaines. C'est ainsi que je frémis à l'idée de me tuer, tenant cet acte pour la plus énorme des atrocités. Mon chat tacheté, cependant, ronronnait violemment sur le tapis, et même mon chien soufflait bruyamment sous la table, tous deux se targuant de la force de leurs poumons et s'appliquant, sans doute, à railler mon impuissance respiratoire. Oppressé d'un vague tumulte d'espoirs et de craintes, j'entendis enfin le pas de ma femme descendant l'escalier. Sûr de son absence, je revins avec un cœur palpitant sur la scène de mon désastre.

Fermant soigneusement la porte après moi, j'entrepris de persévérantes recherches. Il était possible que, caché dans quelque coin obscur, tapi dans un tiroir ou une armoire, l'objet que j'avais perdu se retrouvât. Il pouvait avoir une forme vaporeuse ou même une forme tangible. Bien des philosophes, sur bien des points de philosophie, sont très-peu philosophiques. William Godwin dit cependant dans son *Mandeville* que « les choses invisibles sont les seules réelles. » Cela s'appliquait parfaitement à mon cas. Je voudrais que le lecteur y regardât à deux fois avant de reprocher à mes assertions une dose trop forte d'absurdité. Anaxagoras, qu'on s'en souvienne, maintint que la neige était noire, et depuis, j'ai trouvé qu'il avait raison.

Longuement et sérieusement je continuai mes investigations ; le prix illusoire de ma peine et de ma persévérance fut un dentier, deux paires de fausses hanches, un œil de verre et un paquet de billets doux adressés par M. Soufflassez à ma femme.

Je puis tout aussi bien dire ici que cette trouvaille confirmant la partialité de ma femme pour M. Soufflasse ne me causa que peu d'humeur. Que Mme Pasdesouffle dût en venir à aimer quelqu'un qui me ressemblait aussi peu, c'était un mal fatal et naturel. Je suis, on le sait, d'une apparence robuste et corpulente, d'une stature quelque peu diminutive. Qu'y avait-il donc d'étonnant à ce que la ténuité en lame de couteau de mon ami, et son altitude qui était devenue proverbiale, trouvassent toute grâce aux yeux de Mme Pasdesouffle ?

Mais revenons à notre sujet. Mes efforts, comme je l'ai dit, furent vains. Armoire après armoire, tiroir après tiroir, recoin après recoin, je scrutai tout, sans résultat. Le cœur gros, je revins dans mon cabinet pour réfléchir. Je cherchai le moyen d'éluder la perspicacité de ma femme, jusqu'à ce que j'eusse achevé mes préparatifs de départ. Car j'étais déterminé à quitter le pays. Sous un ciel étranger, inconnu, je pourrais avec quelque chance de succès, tâcher de dissimuler ma malheureuse infirmité, faite, plus que la mendicité, pour m'ôter l'affection de la foule et attirer sur moi, misérable, l'animadversion bien méritée des gens vertueux et heureux. Je n'hésitai pas longtemps. Étant naturellement actif, je me mis en mémoire toute la tragédie *Matamora*. J'eus la bonne fortune de me rappeler que, dans la déclamation de ce drame, ou, tout au moins, du rôle réservé au protagoniste, les tons de voix dont je me trouvais manquer n'étaient nullement requis. La profondeur gutturale devait y régner en toute monotonie.

Je m'exerçai quelque temps au bord d'un marais bien peuplé, sans songer pour cela au procédé similaire de Démosthène, mais bien dans un dessein qui m'appartenait particulièrement et consciencieusement en propre.

Ainsi préparé, je résolus de faire croire à ma femme que j'avais été soudainement pris de passion pour le théâtre. Par là, je réussis à merveille ; et à toute question ou suggestion, je me trouvai libre de répliquer de mon ton le plus sépulcral et le plus coassant quelque passage de ma tragédie.

De celle-ci, tout vers, je fus heureux de l'observer, pouvait s'appliquer également à tout sujet particulier. Il ne faut pas supposer d'ailleurs qu'en déclamant mes citations j'aie manqué à regarder de travers, à grincer des dents, à traîner mes pieds, à trembler des genoux, ni à aucune de ces grâces innombrables qui maintenant sont tenues à bon droit pour le fin de l'art populaire. On parla, il est vrai, de me mettre la camisole de force ; mais, Dieu soit loué, personne ne me soupçonna jamais d'avoir perdu le souffle.

Ayant enfin mis ordre à mes affaires, je pris place un matin, de très bonne heure, dans la diligence qui allait à M.. donnant à entendre à mes connaissances que des affaires de la dernière gravité exigeaient ma présence dans cette ville.

La voiture était comble ; mais dans le demi-jour, je ne pouvais distinguer mes compagnons de route. J'eus beau faire, je dus souffrir qu'on me plaçât entre deux messieurs de dimensions colossales, tandis qu'un troisième encore plus gros, demandant pardon de la liberté qu'il allait prendre, se jeta sur mon corps de toute sa longueur. Il s'endormit aussitôt et noya tous mes cris gutturaux dans un ronflement qui eût fait honte à la clameur du taureau de Phalaris. Heureusement que l'état de mes voies respiratoires me mettait à l'abri d'un accident tel que la suffocation.

Cependant, comme le jour devint plus distinct, dans les environs de la ville, mon tourmenteur, relevant et arrangeant son col, me remercia amicalement de ma civilité. Voyant que je restais sans mouvement (tous mes membres s'étaient disloqués et ma tête pendait de côté), il commença à ressentir des appréhensions. Il réveilla le reste des voyageurs et leur communiqua d'une façon très-décidée son opinion que, pendant la nuit, on avait fait monter dans la voiture, au lieu d'un compagnon de voyage vivant et responsable, un cadavre.

Pour démontrer la vérité de son dire, il me donna à cet endroit de son discours, un coup de poing sur l'œil. Là dessus, les passagers l'un après l'autre (il y en avait neuf dans la diligence) estimèrent de leur devoir de me tirer chacun l'oreille. Un jeune praticien appliqua un miroir de poche à ma bouche et me trouva sans souffle ; l'assertion de mon persécuteur fut prononcée vraie. Toute la société exprima l'intention de ne pas endurer patiemment, de la part de l'administration, de pareils abus de pouvoir, et de ne plus faire route avec une simple carcasse. Je fus donc jeté dehors par la portière devant le « *Corbeau* », taverne près de laquelle la malle se trouvait passer. Je ne subis pas d'autre accident que la fracture de mes deux bras écrasés sous la dernière roue gauche de la diligence. Il faut d'ailleurs que je rende justice au conducteur. Il n'oublia pas de me jeter la plus grosse de mes malles. Celle-ci malheureusement me tomba sur la tête et me brisa mon crâne d'une façon à la fois extraordinaire et intéressante.

Le propriétaire du *Corbeau*, qui était un homme hospitalier, trouvant que ma malle contenait assez d'effets pour l'indemniser du peu de peine qu'il pourrait prendre, appela immédiatement un chirurgien de sa connaissance et me confia à lui moyennant dix dollars.

Mon acheteur m'emporta dans son cabinet, et commença à me disséquer. Cependant en coupant mes oreilles, il découvrit des signes d'animation. Il sonna et envoya chercher l'apothicaire du lieu, pour le consulter. Dans l'entre-temps, craignant que ses soupçons ne se trouvassent confirmés, il me fit une incision à l'estomac et en retira divers viscères, pour les examiner à part.

L'apothicaire pensa que j'étais réellement mort. J'essayai de confondre cette opinion, en remuant, en bougeant des pieds de toute ma force, en faisant les plus furieuses contorsions ; — car les agissements du chirurgien m'avaient, en quelque mesure, remis en possession de mes sens. Mais toute mon agitation fut attribuée aux effets d'une batterie galvanique neuve, avec laquelle l'apothicaire (qui était réellement un homme de savoir) faisait sur moi plusieurs expériences curieuses. Vu la part personnelle que j'y jouais, je ne pouvais m'empêcher de me sentir profondément intéressé à leur réussite. J'eus cependant la mortification de ne pouvoir, quoique je m'y prisse à plusieurs reprises, engager l'entretien. Ma parole m'obéissait si peu que je ne parvins même pas à ouvrir la bouche, encore moins à relever certaines théories ingénieuses mais fantaisistes, émises en ma présence, et dont, en une autre occasion, ma parfaite science de la pathologie hippocratique m'eût permis de faire une réfutation rapide.

Incapables d'arriver à rien de définitif, mes praticiens me remirent à un examen ultérieur. On me porta dans une mansarde. La femme du docteur me munit de bas et d'un caleçon ; le docteur lui-même attacha mes mains et noua un foulard autour de ma tête, puis verrouilla la porte et courut dîner, me laissant silencieux et méditant.

Je découvris alors, à mon plaisir extrême, que j'aurais pu parler si la bouche ne m'eût été close par un mouchoir. Me consolant en cette réflexion, j'étais en train de répéter mentalement quelques passages d'un poème intitulé *l'Omniprésence de la Déité* (telle est mon habitude avant de me mettre à dormir), quand deux chats d'un tour d'esprit vorace et effronté, passant par un trou du mur, bondirent dans la chambre en lançant quelques fioritures à la Catalani.

Ils s'abattirent immédiatement l'un vis-à-vis de l'autre sur mon visage et commencèrent à se livrer une lutte inconvenante pour la pauvre possession de mon nez. Mais de même que le mage ou *mige gusch* de Perse, dans la perte de ses oreilles, trouva le moyen de monter au trône de Cyrus, de même que Zopyre prit Babylone en se taillant le nez, de même l'ablation de quelques grammes de chair à mon visage tourna au salut de mon corps entier. Je rompis d'un seul effort, réveillé par la souffrance et brûlant d'indignation, mes liens et mes bandages. Marchant à travers la chambre, je jetai un regard de mépris sur les belligérants, ouvris à leur horreur et désappointement la fenêtre, et me précipitai très-adroitement en bas.

W... le voleur de grand chemin, avec qui j'avais une singulière ressemblance, passait en ce moment, allant de la geôle de la ville, au gibet dressé dans le faubourg. Ses infirmités, sa longue maladie, lui avaient valu le privilège de demeurer sans menottes. Habillé de son costume de galérien, qui ressemblait beaucoup à celui que je portais, il était couché tout de son long au fond de la charrette du bourreau. Celle-ci se trouva être sous les croisées du médecin, au moment précis où je m'en jetai. W... n'était gardé que par le charretier qui dormait, et par deux recrues du 6ᵉ de ligne qui étaient ivres.

Le malheur voulut que je m'abattis sur mes pieds dans le véhicule. W... qui était un garçon avisé, s'aperçut de sa chance. Se levant immédiatement, il sauta du char, et se faufilant par une allée, fut hors de vue en un clin d'œil. Les deux recrues à demi réveillées par tout ce va et vient, ne comprirent pas exactement la transaction qui venait de s'opérer. Voyant toutefois un homme, l'imitation exacte de leur prisonnier, debout dans le char, ils opinèrent que le coquin (ils entendaient W.) était en train de filer. S'étant communiqué cette idée, ils burent tous deux un coup et ensuite m'abattirent au fond du char avec la crosse de leurs mousquets.

Il ne nous fallut pas longtemps pour arriver sur les lieux. Naturellement, je n'avais rien à dire pour ma défense. J'allais être pendu, c'était fatal. Je m'y résignai avec un sentiment moitié stupide, moitié acrimonieux.

Bien que je n'eusse rien d'un cynique, je me sentais malheureux comme un chien. Le bourreau cependant me mit le nœud coulant autour du cou et la trappe bascula.

Je m'abstiens de dépeindre mes sentiments de pendu. Pourtant je pourrais sans doute en dire long. Le sujet n'a été jusqu'ici que piètrement traité. En fait, pour écrire sur cette matière, il faut soi-même avoir passé par le gibet. Tout auteur devrait se borner à ce qu'il connaît par expérience. C'est ainsi que Marc Antoine composa un libelle sur l'ivrognerie.

Cependant je ferai aussi bien de dire tout de suite que, quant à mourir, je ne mourus pas. Mon corps était bien suspendu, mais non pas mon souffle, que j'avais perdu. Si ce n'eût été pour une bosse qui me poussait derrière l'oreille gauche et qui m'avait tout l'air de provenir de la crosse d'un garnisaire, je n'aurais éprouvé que peu de désagrément. Quant à la saccade que souffrit mon cou quand je tombai dans le vide, elle servit de correctif au torticolis que m'avait infligé le gros Monsieur de la diligence.

Cependant, pour de bonnes raisons, je fis de mon mieux pour donner à la foule le prix de son dérangement. On m'a dit que mes convulsions avaient été extraordinaires ; quant à mes spasmes, il eût été difficile de me surpasser. Le populaire cria bis. Plusieurs Messieurs s'évanouirent et nombre de dames durent être emportées chez elles, atteintes de crises hystériques. *Pinxit* profita de l'occasion et prit de mon supplice un dessin qui lui servit à retoucher son admirable tableau « Marsyas écorché vif. »

Quand j'eus assez amusé le monde, on me dépendit,

d'autant plus que le vrai criminel avait dans l'entretemps
été repris et reconnu, fait que j'ignorais malheureusement. On me témoigna beaucoup de sympathie, et,
comme personne ne réclamait mon corps, on ordonna
que je fusse enterré dans le caveau public. C'est là
qu'on me déposa, après le temps convenable. Le fos-
soyeur partit, et je restai seul.

A ce moment un vers du *Malcontent* de Marston, qui
m'avait frappé autrefois :

La mort est bonne fille et tient maison ouverte

me parut un mensonge palpable. Je parvins pourtant à
briser mon cercueil, et j'en sortis. L'endroit où je me
trouvais était horriblement obscur et humide. Je fus
saisi d'ennui. Pour m'amuser, je m'avançai en tâtonnant
au milieu des nombreux cercueils rangés le long du
mur. Je les descendais de leur niche un à un, et rompant
leurs couvercles, je m'occupais à spéculer sur la chair
mortelle qu'ils contenaient.

« Celui-ci, soliloquai-je, en me buttant contre une
carcasse bouffie, distendue, boursoufflée et ronde, celui-
ci a été, sans conteste et dans tous les sens du mot, un
homme malheureux, un infortuné. Il a eu le lot
effroyable de ne point marcher, mais de se dandiner ;
de passer à travers la vie, non comme un homme, mais
comme un éléphant : non comme un homme, mais
comme un rhinocéros.

« Ses tentatives pour avancer ont été de purs avorte-
ments ; ses détours giratoires, un fiasco complet. Quand
il faisait un pas en avant, c'a été son malheur d'en faire

deux vers la droite et trois vers la gauche. Ses études
ont dû se confiner aux poésies de Crabbe. Il ne peut avoir
conçu la merveille d'une pirouette. Pour lui, un pas de
zéphyr était une idée pure. Il n'est jamais monté au
sommet d'une colline. Il n'a jamais contemplé du haut
de quelque clocher les splendeurs de la métropole. La
chaleur a été son ennemie mortelle. Pendant la canicule,
ses journées étaient celles d'un chien. En cette saison là,
il ne rêvait que flammes et suffocation, montagne sur
montagne, Pélion sur Ossa. Pour tout dire en un mot,
c'était un homme à souffle court ! Pour lui, jouer d'un
instrument à vent, c'était une extravagance. Il a été
l'inventeur des éventails automatiques, des jalousies,
des ventilateurs. Il a patronné du Pont, le fabricant de
soufflets ; il est mort misérablement, en tentant d'aspi-
rer la fumée d'un cigare. Sien fut un sort auquel je m'in-
téresse profondément, auquel je compatis en toute
sincérité.

« Mais voici, dis-je, voici, — et je tirai méchamment
hors de son réceptacle une forme décharnée, longue,
étrange, dont l'apparence bizarre me frappa d'un ressouvenir malvenu, — voici un misérable qui n'est digne
d'aucune commisération sur terre.

« Indigne, répétai-je, de toute commisération sur
terre. Qui, en effet, songerait à plaindre une ombre ? »

Et en parlant ainsi, pour obtenir une vue plus distincte de mon sujet, j'appliquai mon pouce et mon index
sur son nez, et, lui faisant prendre la position d'un
homme assis sur le sol, je le tins ainsi au bout de
mon bras pendant que je continuai mon monologue.

« D'ailleurs, n'a-t-il pas eu, dis-je, sa pleine part des
bénédictions humaines? Il a été le fauteur des monu-
ments élevés, des cheminées de fabrique, des paraton-
nerres, des peupliers de Lombardie. Son traité *Des
ombres* l'a immortalisé. Il a édité avec une habileté peu
commune les *Leçons sur l'ossature* de South. Il alla de
bonne heure à l'Université et y étudia la pneumatique.
Il revint ensuite chez lui; il parla éternellement et joua
du cor. Il eut un faible pour les cornemuses. Le capitaine Barclay, qui allait plus vite que le temps, n'aurait
pu le suivre. Le père Ventadure et M. Soufflet ont été
ses écrivains favoris; son artiste à lui, c'était le grand
Ouf. Il mourut glorieusement en inhalant des gaz délé-
tères, *levique flatu corrupitur*, comme la *fama pudicitiæ*
d'Hiéronyme. C'était indubitablement...

— « Comment pouvez-vous, comment pouvez-vous,
m'interrompit ici l'objet de mes animadversions, qui res-
pira bruyamment et déchira les bandes autour de ses mâchoires, comment pouvez-vous, M. Pasdesouffle, avoir la
cruauté infernale de me pincer ainsi le nez? N'avez-vous
pas vu comment on m'a lié les mâchoires? Et vous de-
vriez savoir, s'il est quelque chose que vous sachiez, de
quel trop plein de souffle je dispose. Cependant, si vous
l'ignorez, asseyez-vous et vous allez voir. Dans ma situation, le soulagement est grand de pouvoir ouvrir la bouche, de pouvoir disserter, de pouvoir converser avec une
personne qui, comme vous, ne se croit pas obligée à
chaque phrase, d'interrompre le fil du discours. Les in-
terruptions sont une chose ennuyeuse et devraient indubitablement être proscrites. N'est-ce pas votre avis? —

Pas de réponse, je vous prie ; il suffit qu'une seule personne parle à la fois. J'aurai fini dans quelque temps, et alors vous pourrez commencer. Comment diable, Monsieur, êtes-vous arrivé en cet endroit ? — Pas un mot, je vous en supplie. J'ai été ici quelque temps moi-même. Un terrible accident, vous en avez entendu parler, je présume ? — une horrible calamité, — en passant sous vos fenêtres, il y a peu de temps, vers l'époque où vous avez été pris de théatromanie, — un affreux malheur, — avez-vous jamais entendu dire qu'on pût attraper le souffle de quelqu'un, hein ? — Tenez votre langue, vous dis-je. — Eh bien moi, j'ai attrapé le souffle de quelqu'un. J'avais toujours eu trop du mien déjà ; j'ai rencontré De Blaterer au coin de la rue ; il ne me laissa pas le temps de placer un mot ; pas possible d'intercaler une syllable, même de tranche. Je fus donc pris d'épilepsie ; De Blaterer s'enfuit ; que le diable emporte tous les fous ! On me releva pour mort et me mit dans cet endroit. Une belle affaire qu'ils ont faite là. Ai entendu tout ce que vous avez dit sur mon compte ; autant de mots autant de mensonges. Horrible, étonnant, stupéfiant, affreux...

Il est impossible de concevoir ma surprise quand on me tint ce discours si inattendu, ou la joie avec laquelle je me convainquis peu à peu que le souffle heureusement attrapé par mon interlocuteur (en qui je reconnus bientôt mon voisin, Soufflassez) était juste celui que j'avais moi-même perdu dans ma conversation avec ma femme. Le lieu, le temps, les circonstances mettaient la chose hors de doute. Cependant je ne relâchai pas immédiate-

ment ma prise sur la proboscis de M. Soufflassez, tout
au moins pendant la durée assez longue où mon inventeur des peupliers de Lombardie continua à me favoriser
de ses explications.

Dans cette conduite, j'étais inspiré par cette prudence
habituelle qui est le trait prédominant de mon caractère.
Je réfléchis que beaucoup d'obstacles pouvaient encore
entraver la récupération que je méditais. Quantité de
gens, considérai-je, sont enclins à évaluer les commo-
dités qu'ils possèdent, — en quelque petite estime qu'ils les
tiennent d'ailleurs, quelque inutiles qu'elles leur soient, —
de les estimer, pensai-je, d'après les avantages qu'en déri-
veraient d'autres les acquérant. Est-ce que ce ne pouvait
être le cas pour M. Soufflassez ? En montrant mon désir
de recouvrer le souffle dont il était présentement si porté
à se défaire, ne prêterais-je pas le flanc à son avarice?
Il y a des canailles en ce monde, me souvins-je en sou-
pirant, qui ne se feraient pas scrupule d'user déloyale-
ment des avantages qu'ils peuvent avoir sur un voisin, celui-ci fût-il même porte à porte avec eux. « C'est précisément, dit Epictète, au moment où les hommes désirent
le plus se débarrasser du fardeau de leurs propres calamités qu'ils se sentent le moins enclins à en soulager
d'autres. » C'est sur des considérations semblables, et
en tenant toujours serré le nez de M. Soufflassez, que je
crus devoir tourner ma réplique.

— « Monstre, commençai-je du ton de la plus profonde indignation, monstre et idiot à double souffle, est-
ce que toi, qu'il a plu au ciel pour tes iniquités de
charger de deux respirations, est-ce que toi, dis-je, tu

oses t'adresser à moi dans les termes familiers d'une
vieille connaissance? « Je mens, » en vérité, et « tiens ta
langue! » Assurément voilà de jolis propos à tenir à une
personne qui n'a qu'un seul souffle et cela de plus, quand
j'ai en mon pouvoir de soulager l'infortune qui t'accable si
justement, de t'ôter le superflu de ta honteuse respiration.

Comme Brutus, j'attendis une réponse dont M. Soufflassez m'assourdit immédiatement. Les protestations
succédèrent aux protestations, les excuses aux excuses.
Il n'y avait pas de conditions auxquelles il refusât de
souscrire; il n'y en eut pas dont je manquai à tirer
avantage. Les préliminaires étant enfin conclus, mon
ami me fit livraison de mon souffle, dont je lui donnai
reçu, l'ayant soigneusement examiné.

Je sais bien que beaucoup de gens me blâmeront de
traiter d'une manière si superficielle, une transaction si
impalpable. On pensera que j'aurais dû entrer dans des
détails plus minutieux, touchant un événement dont la
connaissance, — et cela est très-vrai, — pourrait jeter
de nouvelles lumières sur une branche intéressante de
la physique.

A tout cela, je suis affligé de ne pouvoir répondre.
Une indication discrète est tout ce que je peux faire.
Notre transaction fut entourée de circonstances..... (mais
après réflexion j'estime qu'il est beaucoup plus sûr d'en
dire aussi peu que possible sur une affaire aussi sca-
breuse), — de circonstances excessivement délicates et
où sont impliqués les intérêts d'un tiers dont je n'ai pas
la moindre envie, pour le moment, d'encourir le ressentiment infernal.

Notre échange accompli, nous ne mîmes pas longtemps
à effectuer notre fugue hors des donjons de la mort. La
force de nos voix restaurées apparut bientôt. Ciseaux,
le journaliste whig, publia de nouveau son *Traité de la
nature et l'origine des bruits souterrains.* Une réplique,
une rectification, une duplique, une réfutation, se succédèrent à ce sujet dans les colonnes de la *Gazette démo-
cratique.* Ce ne fut qu'à l'ouverture du caveau, faite pour
trancher la controverse, que l'apparition de M. Soufflassez et de moi-même, prouva que tout le monde était
décidément dans le faux.

Je ne puis terminer ces détails sur quelques incidents
singuliers de ma vie, qui fut de tout temps suffisamment
aventureuse, sans de nouveau rappeler à l'attention du
lecteur les mérites de cette philosophie sans finesse, de
ce bouclier sûr, seul capable de nous garantir contre
certains coups de la fortune, qui ne peuvent être ni vus,
ni ressentis, ni parfaitement compris. C'est imbus de
cette sagesse que les anciens Hébreux croyaient le ciel
promis à tout pécheur ou saint qui, avec de bons pou
mons et une foi robuste, vociférerait le mot *Amen.* C'est
imbu de cette sagesse qu'à Athènes, une grande peste
faisant rage, et tout ayant été tenté en vain pour la
chasser, Epiménide, à ce que relate Laërte dans son
second livre, conseilla l'érection d'un autel et d'un temple « au vrai Dieu. »

UNE MYSTIFICATION

Le baron Ritzner von Yung appartenait à une grande
famille hongroise dont tous les membres ont été, de
temps immémorial, plus ou moins remarquables par
quelque bizarrerie de caractère ; le plus grand nombre, par une sorte d'étrangeté dans les conceptions,
dont le poète Tiek, un des rejetons de cette race, a
donné des marques frappantes, sinon le plus frappantes.
Ma liaison avec le baron Ritzner prit origine au château
de Yung, où je fus jeté pour quelques mois pendant l'été
18..., par une suite d'aventures merveilleuses qui doivent rester cachées. C'est là que je m'acquis une certaine
place dans son estime, et, avec un peu plus de peine,
une vue imparfaite de sa constitution mentale. Plus
tard cette connaissance devint plus profonde, à mesure
que l'intimité qui l'avait fait naître, grandissait ; et
quand, après trois années de séparation nous nous re-
trouvâmes à l'université de G — n, je savais tout ce qu'il
était nécessaire de savoir sur le caractère du baron.

Je me rappelle les sentiments de curiosité que souleva son arrivée aux bâtiments universitaires, dans la nuit du 25 juin. Je me rappelle plus distinctement encore que tous les étudiants, à première vue, le déclarèrent l'homme le plus étrange au monde, sans que personne tentât de motiver cette opinion. La disparité de Ritzner semblait si indéniable, que l'on trouvait impertinente la recherche de ce qui faisait le distinguer. Mais laissons ceci. Je veux simplement dire que, du premier moment où le baron parut à G — n, il exerça sur les habitudes, les manières, la personne, les dépenses, les goûts de toute la communauté l'influence la plus étendue, la plus despotique, mais en même temps la plus mal définie et la plus inexplicable. C'est ainsi que la courte période de son séjour fit ère dans les annales de l'université, et s'appelle pour tous ceux qui y appartiennent ou en dépendent, « l'époque très-extraordinaire où dominait le baron Ritzner von Yung ».

Dès son arrivée à G — n, celui-ci vint me voir à mes chambres. Il ne marquait pas d'âge à cette époque, par quoi je veux dire que son âge n'était décelé par aucune trace extérieure. Il aurait pu avoir de 20 à quarante ans, et en avait en réalité 21. Il n'était nullement un bel homme ; peut-être bien, semblait-il le contraire. Le contour de son visage était anguleux et rude. Son front était haut et très-blanc ; son nez était camus ; ses yeux, grands, lourds, vitreux, inexpressifs. La bouche était digne de plus de remarque : Les lèvres en étaient saillantes et reposaient l'une sur l'autre d'une façon telle qu'il est impossible de concevoir aucune combinaison de traits humains, même la plus complexe, figurant si parfaitement et si exclusivement l'idée de la solennité, du calme, de la gravité inaltérable.

On aura vu sans doute par ce que j'ai déjà dit, que le baron était une de ces anomalies humaines que l'on rencontre de temps à autre et qui font de la mystification l'étude et l'affaire de leur vie. De cette science, un tour d'esprit particulier lui avait d'instinct assuré le don, tandis que son apparence physique le fournissait pour la pratiquer, de facilités peu communes. Je crois fermement qu'aucun étudiant, pendant l'époque fameuse si curieusement nommée « l'ère du baron Ritzner », ne pénétra à vrai dire le secret de cette étrange nature. Je pense réellement que personne à l'université, hors moi, n'a cru mon ami capable d'une plaisanterie de mots où d'action. Le vieux bull-dog à la grille du jardin en eût plutôt été accusé, ou l'esprit d'Héraclite, ou la perruque du professeur de théologie. Et cela, quand il était visible que les plus excellents et les plus impardonnables de tous les tours possibles, les plus bizarres et les plus bouffons, étaient mis en train, sinon par lui, tout au moins par son fait, et avec sa complicité indirecte.

La beauté, si je puis ainsi m'exprimer, de son art de mystificateur, était dans son habileté consommée (résultat d'une connaissance presque intuitive des hommes, et d'un sang-froid surprenant,) par laquelle il ne manquait jamais à faire paraître que les drôleries qu'il s'occupait à mener à point, se produisaient, soit malgré lui, soit par suite de ses efforts pour les prévenir, pour préserver le bon ordre et la dignité de l'université. La profonde, poignante, suprême mortification qui, à chaque insuccès de ses vertueuses tentatives, se marquait sur tous les linéaments de sa physionomie, ne laissait pas la moindre place aux doutes sur sa sincérité, dans l'esprit de ses compagnons, même les plus sceptiques.

Son adresse aussi n'était pas moins digne de remarque, à faire passer le ridicule de l'auteur à l'œuvre, de lui-même aux absurdités qu'il avait suscitées. Je n'ai connu personne, sauf mon ami, qui fît de la mystification son habitude et qui échappât à la conséquence naturelle de ses manœuvres, celle que son caractère ou sa personne tombassent en quelque discrédit. Le baron au contraire, adonné, comme il l'était, à la drôlerie, ne semblait pourtant vivre que pour les sévérités du monde, et pas même sa famille n'a associé un instant à sa mémoire, d'autres idées que celle de majesté et de hauteur.

Pendant le temps où Ritzner séjourna à G-n, il sembla vraiment que le génie du *far niente* planât comme un incube sur l'Université. On n'y faisait rien que boire, manger et s'amuser. Les chambres des étudiants étaient converties en autant de cabarets, et il n'y en avait pas de plus fameux ou de plus fréquenté que celui du baron. Nos orgies y furent nombreuses, longues, bruyantes et jamais infécondes en événements.

Une nuit, nous avions prolongé notre réunion presque jusqu'au point du jour, ayant bu plus de vin que de coutume. La compagnie se composait de sept ou huit personnes, outre le baron et moi-même. La plupart de ceux qui se trouvaient là, étaient des jeunes gens de

haute et orgueilleuse famille, de grandes relations et imbus d'idées exagérées touchant le point d'honneur. Ils
abondaient dans les opinions allemandes les plus extrêmes sur le duel. Certaines publications parisiennes
récentes, appuyées par trois ou quatre rencontres dé-
sespérées et meurtrières à G-n, avaient donné une vigueur et une impulsion nouvelles à ces idées à la Don
Quichotte. Aussi, la conversation, pendant la plus grande
partie de la nuit, avait-elle roulé sur ce sujet préoccu-
pant.

Le baron qui avait gardé un silence peu accoutumé
pendant le commencement de la soirée, sembla enfin se
réveiller de son apathie, prit la conduite de l'entretien
et s'étendit sur les bienfaits, sur les beautés du code
reçu et de l'étiquette dans les rencontres. Il parla avec
une ardeur, une éloquence, un sentiment, une onction
qui inspirèrent le plus grand enthousiasme à ses auditeurs en général et me stupéfièrent absolument moi-
même qui savais bien qu'au fond de l'âme, le baron était
un contempteur des matières pour lesquels il s'échauf-
fait, et qu'il tenait particulièrement toute la fanfa-
ronnade de l'étiquette en duel, dans le mépris souverain
qu'elle mérite.

Regardant autour de moi pendant une pause du baron,
(dont mes lecteurs pourront s'imaginer le discours, quand
j'aurai dit qu'il était tenu dans la manière fervente,
chantante, monotone, musicale cependant, et prêchante
de Coleridge), je surpris les marques d'un intérêt plus
qu'ordinaire pour ce que l'on disait, sur la physionomie
d'un des auditeurs.

Celui-ci que j'appellerai Herrmann, était un original à tous égards, excepté peut-être en ce seul fait qu'il était un grand fou. Il avait trouvé moyen cependant, de s'acquérir dans une certaine coterie de l'Université une réputation de profond métaphysicien et, je crois, de quelque talent en logique. Comme duelliste, il était un des plus renommés à G-n. J'oublie le nombre précis des victimes qui étaient tombées de sa main, mais la somme en passait pour considérable. C'était un homme courageux incontestablement. Mais il s'enorgueillissait surtout de ses connaissances minutieuses en fait d'étiquette et de sa délicatesse de point d'honneur. C'était là le dada qu'il chevauchait à mort.

Ritzner, toujours à l'affût des types grotesques, avait longtemps trouvé matière à mystification dans les particularités de Herrmann. Je ne songeais pas à cette circonstance, et je m'apercevais pourtant que mon ami machinait quelque tour bizarre dont le duelliste était l'objet.

Comme le baron continuait son discours ou plutôt son monologue, je vis clairement que l'excitation de Herrmann croissait peu à peu. Enfin il parla, présentant une objection à un point sur lequel Ritzner avait insisté, et donnant ses raisons en détail.

A celles-ci, le baron répondit tout au long, conservant toujours son ton sentimental et terminant sa réplique d'une façon que je trouvai de très-mauvais goût, par un sarcasme et une moquerie à l'adresse de Herrmann. Le dada de ce dernier prit alors le mors aux dents. Je m'en aperçus au fatras affecté et pointilleux de sa réplique. Je me rappelle distinctement ses **dernières paroles** :

— Vos opinions, dit-il, permettez-moi de vous le faire remarquer, baron Ritzner von Yung, quoique correctes en général, font, en plusieurs points délicats, peu de crédit à vous-même et à l'Université dont vous êtes membre. Dans certaines parties, elles sont même indignes d'une réfutation sérieuse. J'irais encore plus loin, si je ne craignais de vous offenser ; (ici, l'orateur sourit d'une façon affable) je dirais, Monsieur, que vos opinions ne sont pas celles que l'on est en droit d'attendre d'un homme d'honneur.

Comme Herrmann terminait cette phrase peu équivoque, tous les yeux se tournèrent vers le baron. Celui-ci devint pâle, puis excessivement rouge, puis laissant tomber son mouchoir, se baissa pour le ramasser. Je parvins alors à apercevoir sa figure, au moment où elle ne pouvait être vue d'aucune autre personne autour de la table. Sa physionomie rayonnait de cette expression sardonique qui était naturelle au baron, mais que je n'avais jamais surprise en lui que quand il était seul avec moi et qu'il se détendait librement. Un instant après, il était debout, toisant Herrmann.

Jamais auparavant, certes, je n'ai assisté à une altération de traits plus entière en un temps aussi court. Je m'imaginai même un moment que je m'étais trompé et que le baron était terriblement en son sérieux. Il .semblait étouffer de rage, et sa face était d'une blancheur cadavérique. Pendant quelque temps, il demeura silencieux, s'efforçant visiblement de maîtriser son émotion. Ayant enfin réussi en apparence, il saisit une carafe qui était près de lui, disant comme il la tenait fermement :

— Les paroles que vous avez jugé à propos d'employer, Mein Herr Herrmann, en vous adressant à moi, sont sujettes à des objections de toutes sortes, que je n'ai ni l'humeur, ni le temps de spécifier. Mais dire que mes opinions ne sont pas celles que l'on est en droit d'atten dre d'un homme d'honneur, est une assertion si directement offensante, qu'il ne me reste plus qu'une seule ligne de conduite. Quelque courtoisie, néanmoins, est due à la présence de cette compagnie et à vous-même, qui êtes mon hôte. Vous m'excuserez donc si, pour ces considérations, je manque légèrement à l'usage constant entre gens d'honneur, en des cas semblables d'affront personnel. Vous me pardonnerez le petit effort que je vais exiger de votre imagination. Vous vous appliquerez à considérer pour un instant la réflexion de votre personne dans ce miroir, comme le vivant Herr Herrmann lui-même. Cela fait, il n'y aura plus aucune difficulté. Je vais décharger cette carafe sur votre image dans le miroir, et satisferai ainsi en esprit, sinon à la lettre, le ressentiment que me cause votre insulte, tout en évitant de me porter à une violence sur votre personne.

À ces mots, il lança la carafe pleine de vin au miroir qui pendait en face de Herrmann, atteignant l'image de ce dernier avec une grande précision et, comme de juste, brisant la glace en mille morceaux. La compagnie entière se leva et partit, me laissant seul avec Ritzner.

Celui-ci, comme Herrmann sortait, me dit à l'oreille de le suivre et de lui offrir mes services. J'y consentis, ne sachant que faire précisément, dans une affaire aussi ridicule.

Herrmann m'agréa avec son air raide et affecté. Prenant mon bras, il me conduisit à ses chambres. Je pouvais à peine m'empêcher de lui rire au nez comme il continuait à discourir avec la gravité la plus profonde, sur ce qu'il appelait « la nature particulièrement raffinée de l'insulte qu'il avait reçue. »

Après m'avoir tenu une harangue fatigante et conçue dans son style ordinaire, il descendit d'un rayon un certain nombre de volumes surannés relatifs au duel et m'entretint longtemps de leur contenu, en lisant à haute voix des passages qu'il commentait à mesure. Je puis tout juste me rappeler les titres de quelques-uns de ces ouvrages. Il y avait l'*Ordonnance de Philippe le Bel sur le combat singulier*, le *Théâtre de l'honneur* par Tavyn, un *Traité sur la permission des duels* par Andiguier. Herrmann m'exhiba encore en grande pompe les *Mémoires du duel* par Brantôme, Cologne, 1660, un elzévir précieux, unique, sur papier vélin, grand de marges, relié par Derôme.

Mais il réclama particulièrement, avec un air de finesse mystérieuse, mon attention pour un in-octavo épais, écrit en latin barbare par un certain Hedelin, un Français, et portant ce titre singulier : *Duelli lex scripta et non, aliterque*. De ce dernier ouvrage, il me lut un chapitre, le plus drôle du monde, sur les *Injuriæ per applicationem, per constructionem et per se*, dont la moitié, à ce qu'il m'assura, concernait directement son cas propre « particulièrement raffiné, » quoique je n'eusse pu comprendre une syllabe de tout son fatras, si ma tête avait été en jeu.

Ayant fini le chapitre, il ferma le livre et me demanda ce que je pensais qu'il fallût faire. Je répliquai que j'avais une confiance entière dans la délicatesse de ses sentiments et que je m'en tiendrais à ce qu'il proposerait. Il parut flatté par cette réponse et s'assit pour écrire une missive au baron.

La voici :

Monsieur,

Mon ami, Monsieur P., vous remettra ce billet. J'estime qu'il m'appartient de vous demander, pour aussitôt qu'il vous sera loisible, une explication de ce qui s'est passé cette nuit dans vos chambres. Au cas où vous déclineriez ma requête, Monsieur P., sera heureux d'arranger avec un ami que vous désignerez les préliminaires d'une rencontre.

Avec les sentiments d'un profond respect, je suis, Monsieur, votre humble serviteur.

HANS HERMANN.

Au baron Ritzner von Yung.

18 Août, 18....

Ne sachant que faire de mieux, je rendis visite à Ritzner avec mon épître. Il s'inclina quand je la lui présentai ; ensuite, avec un air grave, m'indiqua un siège. Ayant parcouru le cartel de Herrmann, il écrivit la réponse suivante que je portai à ce dernier.

Monsieur,

Par notre ami commun, Monsieur P., j'ai reçu votre billet de ce matin. Après due réflexion, je reconnais franchement l'opportunité de l'explication que vous suggérez. Ceci étant admis j'éprouve cependant beaucoup de difficulté, considérant la nature particulièrement raffinée de notre différend et de l'affront personnel commis par moi sur votre personne, à exprimer ce que j'ai à dire comme excuse, et à adapter mon langage à toutes les exigences minutieuses et les nuances de notre litige. J'ai cependant grande confiance en cette extrême délicatesse et en ce discernement touchant l'étiquette, pour lesquels vous avez été distingué si longtemps et si éminemment. C'est avec la certitude parfaite d'être compris, que je vous demande la permission, au lieu de vous offrir l'expression de mes sentiments, de vous adresser aux opinions du sieur Hédelin, telles qu'elles sont énoncées, dans le premier paragraphe du chapitre *Injuriæ per applicationem, per constructionem et per se* dans son *Duelli lex Scripta et non, aliterque.*

La perfection de votre science sur le sujet traité dans cet écrit suffira, j'en suis certain, à vous convaincre qu'en vous renvoyant à ce passage je satisfais pleinement à votre demande d'explications.

Avec les sentiments du plus profond respect, je suis, Monsieur, votre très obéissant serviteur.

VON YUNG.

A Monsieur Hans Hermann.

18 Août, 18...

Herrmann commença à parcourir cette lettre avec un air farouche qui cependant se changea en un sourire de la plus ridicule complaisance, quand il arriva aux niaiseries sur les *Injuriæ per applicationem, per constructionem* etc. Ayant fini sa lecture, il me pria avec la plus affable des physionomies de m'asseoir, tandis qu'il se référerait au traité en question. Prenant au passage indiqué, il le lut soigneusement à part, ensuite ferma le livre et me chargea, en ma qualité de confident, d'exprimer au baron ses sentiments d'admiration pour la conduite chevaleresque qu'il tenait, et, en ma qualité de témoin, de l'assurer que l'explication donnée était la plus complète, la plus honorable, la plus satisfaisante et la plus catégorique possible.

Quelque peu surpris de tout cela, je me retirai chez le baron. Il sembla recevoir le message de Herrmann comme une chose naturelle. Après quelque conversation insignifiante, il passa dans une autre chambre et en rapporta l'éternel *Lex duelli*, etc. Il me donna le volume et me pria d'en parcourir un passage. Je le fis, mais sans grand résultat, n'étant pas capable d'y surprendre la moindre trace de sens. Je rendis l'ouvrage au baron, et il en lut un chapitre à haute voix. A ma surprise, ce qu'il lisait était le récit horriblement absurde d'un duel entre deux babouins.

Il m'expliqua alors le mystère, me montrant que le volume tel qu'il apparaissait *prima facie* était écrit sur le modèle des vers de Du Bartas; c'est à dire que le discours était ingénieusement tourné de façon à présenter tous les signes extérieurs de l'intelligibilité et même de la profondeur, tandis qu'en fait, il ne contenait pas l'ombre de sens. Pour pénétrer le secret, il fallait sauter alternativement tous les deuxièmes et troisièmes mots ; alors on découvrait une série de brocards bouffons sur un combat singulier tel qu'on les pratique aujourd'hui.

Le baron m'informa plus tard qu'il avait fait exprès, trois semaines avant l'aventure, de passer son livre à Herrmann, qu'il s'était assuré en causant avec sa victime, qu'elle avait étudié la *Lex Duelli* avec la plus profonde attention et qu'elle la tenait fermement pour un ouvrage d'un mérite peu commun. C'est sur ces indices que le baron avait agi. Herrmann aurait plutôt souffert mille morts, que de reconnaître son incapacité à comprendre tout et quoi que ce fût touchant le duel.

LE PHILOSOPHE BON-BON

Quand on avait passé le seuil de la petite maison qu'habitait notre philosophe, dans le Cul-de-sac Lefébvre, à Rouen, on apercevait une chambre profonde, basse de plafond, de construction antique. Dans un coin était le lit du métaphysicien. Un système de rideaux et un canapé à la grecque l'entouraient classiquement et confortablement. Dans l'angle opposé gisaient des livres. Une grande cheminée s'épandait vis-à-vis de la porte. A droite, dans une armoire entrebâillée, on découvrait un bataillon formidable de bouteilles étiquetées.

C'est dans ces lieux qu'une nuit, vers une heure, dans l'hiver de 17.... Pierre Bon-Bon, ayant écouté quelque temps les propos de ses voisins et leurs allusions à ses singularités, les mit tous à la porte, poussa le verrou en tempêtant et se jeta de mauvaise humeur dans son vieux et commode fauteuil de cuir, près d'un feu de fagots flambant.

C'était une nuit terrible, comme on n'en voit qu'une
ou deux tous les cent ans. Il neigeait furieusement, et la
maison branlait tout entière sous les rafales de la tour-
mente. Le vent sifflait dans les interstices des cloisons
et s'engouffrait rageusement dans la cheminée, plissant
et déployant les rideaux du lit, ou mettant en désarroi
les papiers qui dormaient près des livres.

Le métaphysicien n'était nullement d'humeur placide.
Il éprouvait cette agitation anxieuse que donne la furie
d'une nuit de tempête. Il siffla plus près de lui son gros
chien noir et, comme il s'assit avec un certain malaise
dans le fauteuil, il ne put se retenir de jeter un regard
soupçonneux dans les recoins éloignés de la chambre,
ceux d'où le flamboiement rouge de la cheminée, ne parvenait à chasser complètement les ténèbres. Ayant achevé
cet examen, dont il n'aurait pu dire le but exact, il attira
tout près de lui une petite table couverte de livres, de
papiers, et s'absorba bientôt à retoucher un manuscrit
volumineux qui devait paraître le lendemain.

Bon-Bon travaillait depuis quelques minutes quand
« je ne suis pas pressé, Monsieur Bon-Bon », murmura
tout à coup, du fond de la chambre, une voix humble.

— Diable, exclame notre héros, sursautant sur son
siège, jetant à terre la table à ses côtés et regardant stupéfait tout autour de lui.

— C'est cela, répliqua calmement la voix.

— Quoi « c'est cela »? Comment êtes-vous venu ici,
vociféra le métaphysicien? Son regard était tombé sur
quelque chose de long étendu sur son lit.

— Je disais, dit l'intrus sans s'inquiéter de ces interrogations, je disais que j'avais tout le temps, que l'affaire pour laquelle je suis venu n'est point pressante ; bref, que je puis parfaitement attendre que vous ayez fini votre *Exposé*.

— Mon *Exposé*? Eh bien mais, comment savez-vous, comment êtes-vous arrivé à savoir que j'écrivais un *Exposé*, bon Dieu?

— Chut, répondit l'intrus à voix basse et aigüe.

Il se leva rapidement du lit et fit un pas vers Bon-Bon; la lampe de fer qui pendait du plafond se mit à osciller par saccades à son approche.

Notre philosophe, bien que stupéfait, ne s'abstint pas cependant d'examiner le costume et l'apparence de l'étranger. Les lignes de sa personne, mince, mais d'une taille au-dessus du commun, saillissaient aux yeux par le menu, grâce à un costume noir et râpé qui collait étroitement à la peau, et qui semblait dater, pour la coupe, du siècle passé. Ces habits avaient évidemment été faits pour quelqu'un de bien moins grand que leur possesseur actuel. Aux poignets et aux chevilles, on apercevait la chair. Une paire de boucles brillantes aux souliers contrastaient avec la pauvreté extrême du reste. De la tête pendait une queue terriblement longue. Une paire de lunettes vertes, à verres de côté, protégeaient ses yeux contre la lumière et empêchaient Bon-Bon d'en discerner la forme et la couleur. Sur toute la personne de l'étranger, il n'y avait pas apparence de chemise. Mais une cravate blanche, mince, était nouée avec un soin extrême autour du cou ; les bouts **en** pendaient cérémonieusement tout droits et

parallèles. Cette cravate donnait à l'étranger, (quoique,
j'ose le dire, sans intention aucune) l'air d'un ecclésiasti-
que. En vérité, plusieurs autres points, soit de sa mise,
soit de ses manières, auraient pu servir à confirmer cette
idée. Au-dessus de son oreille gauche, il portait, comme
les clercs d'aujourd'hui, un instrument pareil au *stilus*
des anciens. De la poche de son habit, sortait un
petit livre noir, garni de fermoirs en acier, et tourné,
accidentellement ou non, de façon à montrer les mots
Rituel catholique, imprimés en lettres blanches sur son
dos. La physionomie de l'intrus était saturnine, d'une
pâleur intéressante et même cadavérique. Le front était
haut, raviné par les rides de la méditation. Les coins des
lévres s'abaissaient en une expression d'humilité très-
soumise. Il eut aussi une façon de joindre les mains,
quand il s'avança vers notre philosophe, un soupir et
un regard d'une telle onction, qu'on n'aurait pu se
défendre de lui faire bon accueil.

Toute trace de colère disparut de la physionomie de
Bon-Bon, et, ayant terminé à sa satisfaction l'examen de
l'inconnu, il lui serra cordialement la main et le conduisit à un siège.

On se tromperait cependant en attribuant le changement à vue qui s'était produit dans les dispositions du
philosophe, à quelque cause commune. En vérité, Pierre
Bon-Bon, d'après ce que j'ai pu apprendre sur son
compte, était de tous les hommes le moins capable de
s'en laisser imposer par une apparence spécieuse. Un
observateur aussi exact que lui des hommes et des choses,
n'avait pu manquer de découvrir du premier coup la

véritable qualité du personnage qui venait réclamer son hospitalité. A ne rien dire de plus, les pieds de son visiteur étaient d'une conformation bizarre ; il maintenait légèrement sur sa tête un chapeau d'une hauteur remarquable. A la partie postérieure de ses culottes, on pouvait observer un ballonnement agité ; les oscillations subites des pans de son habit à queue étaient un fait palpable. Jugez donc avec quel sentiment de satisfaction, Bon-Bon se trouvait tout à coup mis en rapport avec un personnage pour lequel il avait le respect le plus indéfini. Mais notre philosophe était trop diplomate pour laisser échapper la moindre marque des soupçons qui l'agitaient. Il n'entrait pas dans ses vues de paraître avoir conscience de l'honneur qui lui était fait ainsi à l'improviste. Il avait l'intention de faire causer son hôte, de lui soustraire quelque importante notion d'éthique, de mettre ce renseignement dans l'ouvrage qu'il allait publier et d'en faire profiter l'humanité tout en s'immortalisant. J'ajoute que le grand âge du visiteur, ses travaux de science morale, pouvaient bien lui avoir procuré la connaissance de quelque vérité neuve.

Poussé par ces motifs profonds, le philosophe pria son hôte de s'asseoir, pendant que lui-même s'empressait de jeter quelques fagots sur le feu et de placer sur la table remise sur son pied, quelques bouteilles de champagne. Ayant rapidement achevé ces préparatifs, il tira son fauteuil en face de celui de son visiteur, s'y assit et attendit que l'autre commençât la conversation.

Mais les plans les plus habilement ourdis sont souvent

déjoués quand il s'agit de les appliquer. Aux premiers mots de l'intrus, Bon-Bon tomba de son haut.

— Je vois que vous me connaissez, Bon-Bon, dit l'homme en noir, hahaha, hehehe, hihihi, hohoho, huhuhu ! Et le diable, quittant subitement son air de sainteté, ouvrit toute grande, d'oreille à oreille, sa bouche, de façon à montrer une collection de dents ébréchées, semblables à des crocs ; et rejetant sa tête en arrière, il rit longuement, haut, méchamment, insolemment. Le chien noir s'accroupissant sur son ventre fit chorus et le chat tigré, filant d'un bond et faisant le gros dos, se mit à miauler dans le coin le plus reculé de la chambre.

Le philosophe ne se permit rien de semblable. Il était trop homme du monde pour rire comme le chien ou pour hurler de peur comme son chat. Il éprouvait au surplus quelque stupéfaction à voir les lettres blanches des mots *Rituel catholique* sur le livre de son hôte, changer tout à coup de couleur comme de forme, et devenir les caractères rouges et flamboyants des mots *Registre des condamnés*. Cette circonstance surprenante donna à sa réponse un tour embarrassé qu'autrement elle n'aurait point pris.

—A vrai dire, Monsieur, dit le philosophe, à vrai dire, à parler sincèrement, je crois que vous êtes, ma parole, le..... — c'est à dire que je pense, j'imagine, j'ai l'idée confuse, très-confuse de l'honneur remarquable..

— Oh, ah, oui, très-bien, interrompit Sa Majesté ; n'en dites pas davantage ; je vois ce que c'est.

Et là dessus ôtant ses lunettes vertes, il en essuya

soigneusement les verres sur la manche de son habit, et
les mit dans sa poche.

L'incident du livre avait étonné Bon-Bon; mais ce
qu'il vit alors le saisit bien davantage. En levant la tête,
curieux de savoir quelle couleur avaient les yeux de son
hôte, il découvrit qu'ils n'étaient ni noirs, ni gris, ni
noisette, ni bleus, ni jaunes, ni rouges, ni d'aucune couleur céleste, terrestre ou marine. Bref, Bon-Bon s'aperçut
que Sa Majesté n'avait pas trace d'yeux, ni apparence
qu'elle en eût possédé à aucune époque précédente; car
à la place où ils auraient dû normalement se trouver, il
n'y avait, je suis forcé de le dire, qu'un amas de chairs
mortes.

Il n'était pas dans la nature du métaphysicien de
garder pour lui son étonnement sur cette anomalie. La
réponse que lui fit Sa Majesté fut à la fois prompte,
digne et satisfaisante.

— Des yeux, mon cher Bon-Bon, des yeux, avez-vous
dit? Oh, ah, je comprends. Les sottes histoires, eh, que
l'on débite sur mon compte, vous ont donné de fausses
idées sur ma figure. Des yeux, vraiment! — Les yeux,
mon cher Bon-Bon, font très-bien à leur place, — c'est
là le front, me direz-vous. Très-vrai; le front d'un ver-
misseau. Pour vous, ces instruments d'optique sont in-
dispensables; et cependant, je vais vous convaincre que
ma vision est plus pénétrante que la vôtre. — Voilà une
chatte, une chatte que j'aperçois dans le coin, une jolie
chatte. Regardez-là, observez-là bien. — Maintenant,
Bon-Bon, répondez-moi; voyez-vous les pensées, les
pensées, dis-je, qui s'engendrent en ce moment sous son

péricrâne ? Voilà le point. Vous ne les voyez pas. Elle songe que nous admirons la longueur de sa queue et la profondeur de son esprit. Elle vient de décider que je suis le plus distingué des ecclésiastiques et vous le plus superficiel des métaphysiciens. Vous voyez bien que je ne suis pas tout à fait aveugle. Pour des personnes de ma profession, des yeux, comme vous. l'entendez, seraient un simple embarras. A chaque instant, ils risqueraient d'être crevés par quelque fer à rôtir ou quelque fourche à remuer. Pour vous, je l'accorde, ces petites machines optiques sont fort nécessaires. Tâchez d'en bien user. Moi, ma vision, c'est l'âme.

La dessus Sa Majesté se servit de vin, et versant une rasade à Bon-Bon, l'engagea à boire sans se gêner et à se considérer d'ailleurs comme chez lui.

— Un bien bon livre que le vôtre, Bon-Bon, reprit Sa Majesté en frappant d'un air protecteur sur l'épaule du philosophe. Celui-ci posait son verre, après avoir suivi à la lettre les ordres de son hôte. — Un bien bon livre, sur ma parole ; c'est un livre selon mon cœur ; cependant la façon dont vous avez divisé le sujet, pourrait être retouchée. — Plusieurs de vos principes me rappellent Aristote. Ce philosophe fut un de mes amis les plus intimes. Je l'aimais autant pour son affreux caractère que pour la désinvolture avec laquelle il commettait ses bévues. Il n'y a qu'une vérité solide dans tous ses écrits, et celle-là je la lui ai soufflée par compassion pour sa sottise. Je suppose, Bon-Bon, que vous savez parfaitement à quelle divine vérité morale je fais allusion.

— Je ne saurais...

— Vraiment ? Eh mais, ce fut moi qui dis à Aristote qu'en éternuant les hommes éliminent par le nez le trop plein de leurs idées.

— Ce qui est — ici Bon-Bon eut le hoquet — indubitablement le cas.

Il se versa un second verre et offrit une prise à Sa Majesté.

— Il y avait aussi Platon, continua le visiteur en déclinant modestement la tabatière et le compliment qu'elle impliquait ; il y avait aussi Platon, pour lequel j'ai eu un temps, toute l'affection d'un ami. Vous avez fréquenté Platon, mon cher hôte ? — Ah mais non, j'oubliais ; mille excuses. — Il me rencontra à Athènes un jour, au Parthénon, et me dit qu'il ne savait comment faire, qu'il cherchait une idée depuis une éternité. Je le priai d'écrire : Ὁ νοῦς ἐστιν αὐλός. Il me dit qu'il le ferait, et s'en alla chez lui. Moi, je partis pour les pyramides. Mais ma conscience me reprochait d'avoir révélé une vérité, même à un ami. Je me hâtai de revenir à Athènes et j'arrivai au moment où mon philosophe écrivait le mot αὐλός. Donnant une chiquenaude au lambda, je le mis à l'envers, de sorte qu'aujourd'hui on lit : Ὁ νοῦς ἐστιν αὐγός. C'est là, comme vous savez, la sentence fonda mentale de la métaphysique platonicienne.

— Avez-vous jamais été à Rome ? demanda le philosophe en finissant la seconde bouteille de champagne et en allant chercher du chambertin.

— Une fois seulement, Bon-Bon, dit Sa Majesté par lant gravement, comme un livre. Il y eut un temps où se produisit, à Rome, une anarchie de 5 ans, pendant

lesquels la République, privée de tous ses chefs, n'eut
d'autres magistrats que les tribuns du peuple, qui, eux,
ne possédaient légalement aucun pouvoir exécutif. A
cette époque, Bon-Bon, à cette époque seulement j'ai été
à Rome. Je n'ai donc eu, sur terre, aucune relation avec
les philosophes latins.

— Que pensez-vous, — un hoquet — que pensez-vous,
— un hoquet — d'Epicure?

— Ce que je pense d'Epicure? dit le diable surpris. —
J'espère que vous n'avez rien à reprocher à Epicure? Ce
que je pense d'Epicure! Est-ce à moi que vous parlez,
Monsieur? C'est moi qui suis Epicure. Je suis celui qui a
écrit, du premir au dernier, les 300 traités commémo-
rés par Diogène Laërce.

— Ça, c'est un mensonge, dit le métaphysicien auquel
le vin était monté à la tête.

— Très-bien, très-bien, Monsieur, dit Sa Majesté
apparemment fort flattée; parfaitement bien.

— Ça, c'est un mensonge, répéta sentencieusement le
restaurateur. Ça, — un hoquet — c'est un mensonge.

— Eh bien, eh bien, comme vous voudrez, dit le
diable pacifiquement.

Et Bon-Bon ayant dit son fait à Sa Majesté, jugea à
propos de terminer la seconde bouteille de chambertin.

— Comme je le disais, reprit Sa Majesté, comme je
vous le faisais observer il y a quelques instants, dans le
livre que vous tenez-là, Bon-Bon, certaines propositions
sont bien risquées. Par exemple, que diable voulez-
vous dire avec tout votre fatras sur l'âme? Je vous en
prie, Monsieur, qu'est-ce que l'âme?

— L'âme, — un hoquet — l'âme, répondit le métaphysicien en se reportant à son manuscrit, est indubitablement...

— Non, Monsieur.

— ... sans contredit.

— Non, Monsieur.

— ... incontestablement.

— Non, Monsieur.

— ... évidemment.

— Non, Monsieur.

— ... est sans doute.

— Non, Monsieur.

— ... — un hoquet — .

— Non, Monsieur.

— ... et sans...

— Non, Monsieur, l'âme n'est rien de pareil.

Ici le philosophe furieux se hâta d'en finir avec la troisième bouteille de chambertin.

— Alors, Monsieur, je vous prie, qu'est-ce que l'âme?

— Ce n'est ni ça, ni ça, Monsieur Bon-Bon, répliqua Sa Majesté en méditant. J'ai goûté... c'est-à-dire, j'ai connu de très-mauvaises âmes et d'autres passables. Ici, l'intrus claqua de la langue et ayant laissé tomber inconsciemment sa main sur le volume dans sa poche, fut saisi d'un violent accès d'éternûment. Il continua.

— Il y a eu l'âme de Cratinus, passable. Aristophane, une âme d'un bouquet...! Platon, exquise. — Non pas votre Platon à vous, mais Platon, le poëte comique. Votre Platon aurait mis sens dessus dessous l'estomac

de Cerbère. Quelle horreur ! •— Puis voyons, il y a eu
Nœvius, et Andronicus, et Plaute, et Térence. Puis
Lucilius et Catulus, et Naso, et Quintus Flaccus, ce cher
petit Quintus, comme je l'appelai, quand il me chanta
un *Sæculare* pour mon amusement particulier, pendant
que, par pure farce, je le mettais rôtir au bout de ma
fourchette. Mais ces Latins manquaient de montant. Un
bon grec, bien gras, en vaut une douzaine, et ne se gâte
pas, mis en conserve. On ne peut pas en dire autant des
Quirites. — Goûtons votre Sauterne.

Bon-Bon s'était résigné à ne s'étonner de rien, et
s'occupa d'apporter les bouteilles demandées. Il remar-
qua cependant un bruit curieux qui courait par la
chambre, comme le frétillement d'une queue. A cela le
philosophe ne fit aucune attention et, quoique Sa Majesté se conduisît d'une façon fort indécente, il se contenta de donner un coup de pied au chien, lui criant de
se tenir tranquille.

L'intrus poursuivit.

— Je trouvai qu'Horace avait énormément le goût
d'Aristote. — Vous savez, j'aime la variété, moi. —
Quant à Térence, je n'aurais pas pu le distinguer de
Ménandre. Naso à mon étonnement n'était qu'un Nican-
dre frelaté. Virgile me rappela fortement Théocrite,
Martial me parut Archiloque, et Tite-Live était positivement Polybe et nul autre.

Bon-Bon eut le hoquet. Sa Majesté continua.

Mais si j'ai un faible, Monsieur Bon-Bon, si j'ai un
faible, c'est pour les philosophes. Cependant, laissez-moi
vous dire, qu'il n'est pas donné à tout diable... hum...., à

tout le monde, de savoir choisir un bon philosophe. Les
longs ne valent rien, et les meilleurs, si on ne les écale
convenablement, sont enclins à sentir un peu le ranci, à
cause de la bile.

— Si on ne les écale ?

— J'entends de leur carcasse.

— Que penseriez-vous, — un hoquet, — d'un médecin ?

— Oh ne m'en parlez pas. Pouah ! (Sa Majesté fit un
haut le corps) ; je n'en ai jamais mangé qu'un, ce coquin
d'Hippocrate. Il sentait *l'assa fœtida*, oh, oh, oh. Je
m'enrhumai horriblement en le lavant dans le Styx, et
après tout, il me donna le choléra morbus.

— Ce — ce — un hoquet, — ce misérable, exclama
Bon-Bon, cet — avorton, — un hoquet, — de boîte à
pilules.

Le philosophe essuya une larme.

— Après tout, continua le visiteur, si un bon diable...
un homme comme il faut, dis-je, veut vivre, il est forcé
d'avoir plus d'un talent. Chez nous une bonne mine est
preuve d'aptitudes diplomatiques.

— Comment ça ?

— Nous sommes quelquefois très à court de provisions.
Il faut que vous le sachiez, dans un climat aussi étouffant
que le nôtre, il est rarement possible de conserver
vivante une âme plus de deux ou trois heures. Et après
la mort, à moins qu'on ne les marine immédiatement,
— et une âme marinée ne vaut rien — elles commencent
à... sentir... vous comprenez, hein ? Quand les âmes

nous viennent par la voie ordinaire, il est toujours à craindre qu'elles ne soient gâtées.

— Bon Dieu — un hoquet, — mais comment faites-vous ?

Ici la lampe de fer commença à tourbillonner avec une violence redoublée, et le diable sursauta sur son fauteuil. Cependant avec un léger soupir, il reprit sa physionomie habituelle, puis dit simplement à Bon-Bon d'une voix étouffée :

— Je veux vous dire une chose, Bon-Bon : il — ne — faut — plus — jurer.

Bon-Bon voulut montrer qu'il avait parfaitement compris et qu'il acquiesçait. Il avala une nouvelle rasade, et le visiteur reprit :

— Il y a plusieurs façons de se tirer d'affaire. La plupart de nous meurent de faim. Quelques-uns se rabattent sur les âmes marinées. Pour ma part, je me les procure, *vivente corpore*. J'ai découvert qu'alors elles se conservent parfaitement.

— Mais le corps — un hoquet, — le corps ?

— Le corps, le corps ! Eh bien quoi, le corps ? Oh, ah, je comprends. Le corps ? Mais la transaction ne le touche en rien. De mon temps j'ai fait d'innombrables achats de ce genre, et le corps n'en a jamais souffert. Il y a eu Caïn, et Nemrod, et Néron, et Caligula, et Denys, et Pisistrate et mille autres, qui n'ont pas su à la fin de leur vie, ce que c'était d'avoir une âme. Et cependant, Monsieur, ces hommes ont fait l'ornement de la société. Eh mais, n'y a-t-il pas V. que vous connaissez aussi bien que moi ? Est-ce qu'il n'est pas en possession de toutes ses facultés mentales et corporelles ? Qui compose des épigrammes mieux acérées ? Qui raisonne avec plus d'esprit ? Tenez, j'ai le document dans ma poche.

En disant ces mots, il produisit un portefeuille de cuir rouge et en tira un certain nombre de papiers. Comme il les feuilletait, Bon-Bon y surprit des commencements de noms comme *Machi*, *Maza*, *Robesp*, *Geor*, *Calig*, *Elisab*. Sa Majesté arriva enfin à une bande étroite de parchemin et lut tout haut ce qui suit :

« En considération de certains dons spirituels inutiles « à spécifier, et, en outre, de mille louis d'or, moi, âgé « de 1 an et un mois, transmets par la présente au por- « teur tous mes droits et titres de propriété sur l'ombre, « que l'on appelle mon âme.

Signé : V.

Ici Sa Majesté prononça un nom que je ne me crois pas autorisé à donner plus au long.

— Un garcon d'esprit, reprit le visiteur, mais comme vous, Monsieur Bon-Bon, il se trompait sur la nature de l'âme. Hahaha, hehehe, huhuhu, concevez-vous une ombre fricassée ?

— Une ombre — un hoquet — fricassée ! s'écria notre héros dont l'esprit s'illuminait peu à peu par les discours de Sa Majesté. Que je sois pendu — un hoquet, — si je suis un pareil — un hoquet, — benêt. — Mon âme à moi, Monsieur — un hoquet...

— Votre âme, Monsieur Bon-Bon ?

7

— Oui, Monsieur, — un hoquet, — mon âme est...

— Quoi, Monsieur ?

— N'est rien moins qu'une ombre, Monsieur.

— Est-ce que vous voudriez dire... ?

— Oui, Monsieur, mon âme à moi est — un hoquet, — oui, Monsieur...

— Je n'ai pas l'intention...

— Mon âme à moi est — un hoquet, — particulièrement propre à être mise — un hoquet, —

— Où, Monsieur ?

— A l'étuvée..

— Ah !

— En ragoût.

— Eh !

— En fricassée...

— Vraiment !

— A faire des beignets et des fricandeaux. Et tenez — je suis un bon garçon — je veux bien vous la céder, — un hoquet — une bonne affaire ; à bon compte. Et le philosophe tapa sur le ventre de Sa Majesté.

— Je n'y songe pas, dit celle-ci, calmement, en se levant de son fauteuil.

Le métaphysicien regardait son visiteur, les yeux écarquillés.

— Je suis pourvu pour le moment, dit Sa Majesté.

— Eh — un hoquet — eh bien !

— Je n'ai pas de fonds disponibles.

— Quoi — oi ?

— D'ailleurs, il serait peu délicat de ma part...

— Monsieur ?

— De me prévaloir.

— ..... un hoquet.

— De l'état dégoûtant et indigne d'un homme comme il faut, où vous vous êtes mis.

Ici le visiteur s'inclina et disparut d'une façon peu explicable. Et quand Bon-Bon tenta de lancer une bouteille à la tête du « malin, » il atteignit la fine chaîne qui pendait du plafond soutenant la lampe, — et lampe et métaphysicien roulèrent tous deux à terre.

LA DÉCOUVERTE DE VON KEMPELEN

Il ne viendra à l'esprit de personne qu'après la bro
chure détaillée et définitive de François Arago, à ne pas
mentionner l'article de *Silliman's journal* et le compte-
rendu circonstancié du lieutenant Maury, je veuille, en
faisant paraître ces quelques remarques hâtives, examiner la découverte de von Kempelen à un point de vue scientifique. Mon dessein est purement de relater ce que je
sais sur Von Kempelen lui-même, (avec qui j'ai eu l'honneur, il y a quelques années, de nouer une connaissance
superficielle), tous les détails qui le concernent étant
forcément aujourd'hui du plus haut intérêt. Ensuite, je
me propose de considérer d'une façon toute générale et
spéculative les résultats de sa découverte.

Cependant, avant d'entrer dans mon sujet, il convient
que je redresse une opinion devenue, à ce qu'il semble,
générale, et puisée, comme d'ordinaire en pareil cas,
dans les journaux. On s'imagine que la découverte de
Von Kempelen, prodigieuse, je l'accorde, est de plus im-

prévue. En se reportant au *Diaire* de Sir Humphrey Davis (Cottle et Munroe, Londres ;) on verra, aux pages
53, 82 et 150 que cet illustre chimiste, non seulement en
avait conçu l'idée fondamentale, mais était même parvenu à pousser assez loin l'analyse que Von Kempelen a
si triomphalement menée à bonne fin. Quoique ce dernier ne fasse aucune allusion à ce fait, c'est le *Diaire* incontestablement (je l'affirme sans hésiter et puis le prouver au besoin,) qui l'a mis sur la voie. Je ne puis m'empêcher, quoique cela soit un peu technique, de citer à
l'appui de mon dire, deux passages et une équation de
Sir Humphrey Davis [1].

L'article du *Courrier and Enquirer* qui fait actuellement le tour de la presse et qui réclame pour M. Kissam, de Brunswick (Maine) l'honneur d'être arrivé le
premier à la découverte attribuée à Von Kempelen, me
paraît, — et cela pour plusieurs raisons, quoiqu'en
somme, il n'y ait rien d'absolument impossible ou de
tout à fait improbable dans le récit qu'on nous fait, —
me paraît, je le confesse, tant soit peu apocryphe. Il est
inutile d'entrer dans les détails. D'ailleurs mon opinion
se fonde sur le ton même de l'article en question. Celui-
ci n'a pas l'air d'être vrai. Quand on raconte des faits
réels, on se donne rarement autant de peine que l'auteur
de cette revendication pour préciser le jour, la date et

---

[1] Comme nous ne possédons pas les signes algébriques nécessaires, nous omettons ici une partie du manuscrit de M. Poe. On
peut consulter le *Diaire* dans toutes les bibliothèques. Cette omis-
sion est volontaire.   E. H.

(*Note de l'éditeur américain.*)

les lieux. En outre, si M. Kissam a réellement fait sa découverte à l'époque qu'il indique, c'est-à-dire, il y a environ huit ans, comment se fait-il qu'il n'ait pas pris immédiatement toutes les mesures qui pouvaient lui en assurer les bénéfices ? Le plus parfait imbécile se serait aperçu qu'il devait en revenir d'immenses, sinon au monde entier, du moins à lui personnellement. Il me paraît tout à fait incroyable qu'un homme puisse avoir fait la découverte dont se vante M. Kissam, et avoir observé la conduite puérile et sotte que M. Kissam reconnaît avoir tenue. D'ailleurs qui est ce M. Kissam ? Est-ce que tout l'article du *Courier and Enquirer* ne serait pas une invention destinée simplement à faire du bruit ? Il faut confesser que tout cela ressemble énormément à un canard, et je n'y ai, pour ma part, que fort peu de foi. Si je ne savais combien les hommes de science sont faciles à mystifier, pour tout ce qui sort du domaine habituel de leurs recherches, je m'étonnerais de voir un chimiste aussi éminent que le professeur Draper discuter sérieusement les prétentions de M. Kissam, qui m'a tout l'air d'être un Monsieur Quisencroit.

Mais revenons au Diaire de Sir Humphrey Davis. — Il est hors de doute que les passages de ce livre signalés plus haut ont conduit Von Kempelen à sa découverte. Reste à savoir si cette découverte mémorable, (mémorable en tous cas) sera utile ou nuisible à l'humanité en général. Quant à Von Kempelen et à ses amis immédiats. ils en tireront assurément de gros profits, qu'ils sauront réaliser à temps, par des achats considérables de terres, de maisons et d'autres objets ayant une valeur intrinsèque.

L'article sur Von Kempelen publié dans le *Home journal* et reproduit, depuis, un peu partout, me paraît s'écarter en plusieurs endroits de l'original allemand dont il est la traduction, original qui a paru dans la *Schnellpost* de Presbourg. Le mot *Viele* a été évidemment mal interprété, comme cela arrive souvent, et, ce que l'on rend par chagrins, est probablement le mot *Leiden* qui doit être traduit « souffrances. » Cette dernière correction donne une toute autre tournure à l'article entier. Naturellement je ne fais là que des conjectures.

Quoi qu'il en soit, Von Kempelen n'est nullement un misanthrope. Du moins, il n'en a pas l'air quoiqu'il puisse l'être au fond. Mes relations avec lui furent entièrement fortuites et j'ai à peine le droit d'avancer que je le connais. Mais par le temps qui court, le fait d'avoir conversé et demeuré avec un homme qui jouit ou va jouir d'une notoriété prodigieuse, n'est pas une mince affaire.

Le *Literary World,* induit en erreur peut-être par le *Home journal,* nous présente Von Kempelen comme natif de Presbourg. Or je suis heureux de pouvoir déclarer positivement — puisque je le tiens de la bouche même de notre grand homme, — qu'il est né à Utica, dans l'état de New-York. Son père et sa mère, il est vrai, étaient originaires de Presbourg. Sa famille est apparentée, en quelque degré, au fameux Mœlzel, d'automatique mémoire [1]. De sa personne, Von Kempelen

---

[1] Si nous ne nous trompons, l'inventeur de l'automate joueur d'échecs s'appelait Kempelen, Von Kempelen, ou quelque chose d'approchant. (*Note de l'éditeur américain.*)

est court, gros, avec de grands yeux bleus brillants ;
ses cheveux et sa moustache sont d'un blond fade ; sa
bouche est grande, mais agréable ; les dents sont belles ;
son nez, à ce que je crois, est romain ; il y a quelque
défaut de conformation à l'un de ses pieds ; son abord
est franc et toute sa manière d'être est remarquable de
bonhomie. En somme, par ses dehors, ses discours, ses
manières, il ressemble aussi peu à un misanthrope, que
quelque homme au monde que ce soit.

Nous avons séjourné ensemble, il y a environ six ans,
à Earl's Hotel, Providence, dans le Rhode Island, et je
pense avoir causé avec lui, pendant trois ou quatre
heures en tout et en plusieurs fois. Ses principaux sujets
de conversation étaient ceux du jour. Rien de ce qui lui
échappa ne me fit soupçonner son éminence scientifique.
Il quitta l'hôtel avant moi, comptant aller à New-York
et de là à Brême. Ce fut dans cette dernière ville que sa
grande découverte devint connue. Voilà tout ce que je puis
dire sur Von Kempelen, qui vient de devenir immortel. J'ai pensé que même ces quelques détails pourraient
avoir de l'intérêt pour le public.

Il est à peu près certain que la plupart des rumeurs
merveilleuses, mises en circulation sur cette découverte,
sont de pures fables, dignes d'autant de crédit que l'histoire de la lampe d'Aladin ; et cependant, dans un cas
de ce genre, de même que pour les mines de Californie, il est clair que la vérité peut bien être plus
étrange que toute fiction. Le récit suivant, tout au moins,
est si bien étayé de témoignagnes authentiques, qu'on
peut le tenir pour vrai en toute confiance.

Von Kempelen, pendant son séjour à Brême, était souvent dans la gêne. En plusieurs occasions, il avait été mis à bout d'expédients pour trouver des sommes minimes. Quand le faux tiré sur la maison Gutsmuth et Cⁱᵉ, causa le scandale que l'on sait, les soupçons se portèrent sur Von Kempelen, celui-ci ayant acheté tout à coup une grande maison dans la rue Gaspéritch, et refusant de révéler, quand on l'interrogea, où il avait pris l'argent nécessaire à cette acquisition. Il fut enfin arrêté ; mais rien de décisif n'ayant apparu contre lui, on le remit en liberté.

La police, cependant, surveilla ses allées et ses venues. On découvrit ainsi que tous les jours, sortant de chez lui, il prenait par le même chemin, et se dérobait invariablement à ses espions dans le voisinage de ce labyrinthe de ruelles étroites et sinueuses, appelé en argot le *Dondergat*. Finalement, à force de persévérance, les policiers parvinrent à suivre ses traces, et le filèrent jusqu'au grenier d'une maison à sept étages située dans un cul-de-sac, nommé le Flœtsplatz. Arrivant soudainement sur lui, ils le surprirent engagé, à ce qu'ils crurent, dans ses travaux de faussaire. Son agitation fut si excessive, que les agents ne mirent pas un instant en doute sa culpabilité. Après lui avoir mis les menottes, ils fouillèrent sa chambre ou plutôt ses chambres ; car il paraît qu'il occupait tout le grenier.

Donnant dans la mansarde où Von Kempelen avait été surpris, était un réduit de dix pieds sur huit, rempli de certains appareils chimiques dont le but n'a pu encore être déterminé. Dans un coin de ce cabinet se trouvait

un très-petit fourneau où brûlait un feu ardent, et, sur
ce feu, une sorte de double cornue, soit deux cornues
unies par une tubulure. Un de ces récipients était à peu
près plein de plomb fondu ; le niveau du métal liquéfié
n'atteignait pas à l'embouchure du tube mais y affleurait.
L'autre cornue contenait un liquide qui à l'entrée des
policiers bouillait furieusement. Les agents rapportent
que Von Kempelen, se voyant pris, saisit les récipients
de ses deux mains (protégées, comme on vit ensuite,
par des gants asbestiques) et jeta ce qu'ils contenaient
sur le sol carrelé. C'est alors qu'on lui mit les menottes.
Avant de faire des recherches dans les chambres, on
fouilla sa personne ; mais rien de remarquable ne fut
trouvé sur lui, si ce n'est un cornet de papier qu'il avait
dans la poche de son habit et qui contenait, à ce que
l'on vit plus tard, un mélange en proportions presque,
mais non tout à fait égales, d'antimoine et d'une substance inconnue. Pour celle-ci, tous les essais d'analyse
ont échoué jusqu'à ce jour ; mais il n'est pas douteux
que l'on ne réussisse bientôt.

En sortant du cabinet avec leur prisonnier, les agents
passèrent dans un vestibule, où l'on ne trouva rien d'im-
portant, et de là, dans la chambre à coucher du chimiste.
Ils y mirent sens dessus dessous quelques tiroirs et quelques caisses, mais ne découvrirent que des papiers sans
intérêt et quelques pièces de monnaie que l'on reconnut
être bonnes.

Enfin, en regardant sous le lit, ils virent une malle
grande et commune, sans charnières, ni moraillon, ni
serrure, le dessus gisant au hasard en travers de la

partie inférieure. Essayant de tirer cette malle de dessous le lit, les agents de police se convainquirent qu'à eux trois (c'étaient des hommes vigoureux) ils ne pouvaient pas la faire mouvoir d'un pouce. Ils furent surpris de cette pesanteur, et l'un deux rampant sous le lit, regarda dans le coffre.

— Ce n'est pas étonnant, dit-il, si nous ne pouvons remuer cette malle. Parbleu, elle est pleine jusqu'au bord de vieux bouts de laiton !

Et plantant ses pieds contre la muraille de façon à obtenir un solide point d'appui, et poussant de toute sa force, pendant que ses compagnons tiraient de la leur, ils parvinrent ensemble, avec beaucoup de peine, à amener la malle au milieu de la chambre. Son contenu fut examiné. Le laiton dont elle était remplie se présentait sous la forme de morceaux unis variant de la grandeur d'un pois, à celle d'un dollar. Mais ils étaient irréguliers de forme quoique tous plus ou moins aplatis, semblables en somme à du métal que l'on aurait jeté fondu sur le sol, et laissé refroidir.

Aucun des policiers n'imagina que ces fragments métalliques fussent autre chose que du laiton. L'idée que c'était de l'or ne se présenta pas un instant à leur cerveau. Comment une fantaisie aussi étrange aurait-elle pu leur venir ? On peut donc concevoir leur étonnement quand le lendemain, on sut dans toute la ville de Brême que les « bouts de laiton » qu'ils avaient charriés avec tant d'insouciance jusqu'au poste de police, sans se donner la peine d'en empocher le moindre, étaient de l'or, de l'or véritable, de l'or bien plus fin que celui

employé pour les monnaies, de l'or absolument pur,
vierge, sans le moindre alliage appréciable

Il est inutile que je raconte les aveux de Von Kempelen,
— il en fit peu d'ailleurs, — et les détails de sa mise en
liberté. Ces choses sont connues du public. Que Von
Kempelen eût réalisé en théorie et en fait, sinon à la
lettre, la vieille chimère de la pierre philosophale,
aucune personne sensée n'a le droit d'en douter. Les
opinions d'Arago sont dignes sans doute de la plus
grande considération ; mais il n'est nullement infaillible,
et ce qu'il dit sur le bismuth doit être pris *cum grano
salis*. Le fait est que jusqu'à présent tout essai d'analyse
a échoué. Il est problable que l'affaire en restera là tant
que Von Kempelen ne voudra pas nous donner la clef de
sa propre énigme. Tout ce que l'on peut affirmer c'est
qu'il est possible de faire de l'or à volonté et prompte-
ment avec du plomb allié à certaines substances de genre
et dans des proportions inconnues.

La spéculation s'effare, comme de juste, des résultats
immédiats et derniers de cette découverte, que peu de
personnes hésiteront à faire procéder de la soif d'or sus-
citée par la trouvaille de trésors en Californie. Et cette
considération nous en suggère une autre, à savoir qu'il
est peu désirable que l'on arrive jamais à analyser la
poudre Von Kempelen. Beaucoup de gens déjà ont été
empêchés de s'aventurer en Californie par la crainte que
l'or ne baissât considérablement de prix à cause de son
abondance dans les mines de ce pays, et qu'ainsi ce ne
soit une spéculation hasardeuse d'aller si loin à sa recherche. Mais que penseront maintenant ceux qui sont

sur le point d'émigrer, et spécialement ceux qui se trouvent déjà dans la région des mines, quand ils appren-
dront la découverte de Von Kempelen, découverte qui
signifie en tout autant de termes que l'or, abstraction
faite de sa valeur générale pour la fabrication d'objets
industriels, est, ou tout au moins, sera bientôt (car on
ne peut supposer que Von Kempelen puisse garder longtemps son secret) au même prix que le plomb et à un
prix bien plus modique que l'argent? Il est réellement
impossible d'établir spéculativement les conséquences
du nouvel état de choses. Mais s'il est rien que l'on
puisse affirmer sans hésitation, c'est que cette découverte,
il y a six mois, aurait exercé une influence énorme sur
l'émigration en Californie.

Quant à l'Europe, les résultats les plus remarquables
jusqu'à présent de la révolution économique causée par
Von Kempelen, ont été une hausse de 200% sur le prix
du plomb et de 25% sur celui de l'argent.

UN ENTREFILET AUX X

Il est généralement admis que la sagesse nous est
venue d'Orient. Or M. Vaetvient Têtecarrée arrivait en
droite ligne de l'Est ; il s'ensuit donc que M. Têtecarrée
était un sage. S'il faut une preuve à cette démonstration,
j'ajouterai que M. Têtecarrée était directeur d'un journal et qu'il n'avait qu'un seul faible, son irascibilité. Car,
à tout prendre, l'obstination dont on l'accusait n'était
rien moins qu'un faible. Au contraire, M. Têtecarrée con-
sidérait assez justement que c'était là son fort, son grand
côté, sa vertu. Et il aurait fallu toute la logique de
Brownson pour lui persuader qu'il avait tort.

Je viens de dire que M. V. Têtecarrée était un sage. Il
démentit en une seule occasion son incontestable flair.
Ce fut quand il quitta le domicile légal des sages, l'Est,
et qu'il vint se fixer dans la ville d'Alexandre-le-Grandonopolis, ou quelque lieu de nom analogue au fond
du Farwest.

Je dois reconnaître cependant que si M. V. Têtecarrée

s'était décidé à choisir pour demeure la ville par moi nommée, c'était dans la persuasion que le pays ne possédait ni journal, ni directeur de journal. En y fondant la *Théière des familles,* il s'attendait à avoir champ libre. Je présume même qu'il n'aurait jamais songé à venir habiter Alexandre-le-Grandonopolis, s'il avait pu imaginer que dans cette ville vivait déjà un nommé John Smith, si ma mémoire est fidèle, qui, pendant de longues années, s'y était tranquillement arrondi, en publiant la *Gazette Alexandre-le-Grandonopolitaine.*

C'est donc trompé par des informations inexactes que M. V. Têtecarrée se trouva un jour à Alexandre-le-Grandonopolis ou, pour être plus bref, à Onopolis tout court. Mais une fois là, M. Têtecarrée, désireux de ne point démériter de sa réputation d'obstin..., de fermeté, résolut de rester. Il resta donc. Il fit davantage. Il déballa ses presses, ses caractères etc. etc, loua un bureau situé exactement en face de la *Gazette*, et, le troisième matin, à partir de son arrivée, publia le premier numéro de la *Théière des familles.*

L'article de tête, le premier Onopolis, était, je dois l'avouer, fort belliqueux, pour ne rien dire de plus. On s'en prenait, là-dedans, à toutes choses en général et, quant au rédacteur de la *Gazette* en particulier, il était mis en pièces. Quelques passages de ce factum étaient si incendiaires, que, depuis cette époque, j'ai considéré John Smith, qui vit encore, comme une sorte de salamandre. Je ne peux donner tout l'article, mais je me souviens de sa fin qui était ainsi conçue :

« Oh oui ! oh, nous comprenons ! oh, sans doute. Le

« journaliste d'en face est un génie. O Dieu, ô bonté di-
« vine ! Où va le monde ? « O tempora, o mores ! »

Une satire à la fois si caustique et si classique, tomba
comme un obus dans la ville jusque là dormante d'Onopolis. Des groupes agités se formèrent aux coins des
rues. Tout le monde attendait avec anxiété la réplique
du digne Smith. Le lendemain matin elle parut en ces
termes :

« Nous extrayons de la *Théière des familles* les lignes
« suivantes :

« *Oh* oui ! *oh* nous comprenons ! *oh* sans doute. *Où* va
« le monde ? *O* Dieu, *ô* bonté divine, *ô* tempora, *ô* mores !

« A çà, mais ce n'est qu'un O ce monsieur ! Ceci ex-
« plique comment il lui arrive de raisonner en cercle
« et de n'avoir ni commencement ni fin, ni queue, ni tête
« dans ce qu'il écrit. Réellement, nous ne pouvons croire
« que ce sans feu ni lieu puisse rien faire qui ne soit
« farci d'O. Qui sait ? Il s'est accoutumé peut-être à ne
« vivre que d'O et à ne fréquenter que des ZérOs. — A
« propos, ce monsieur nous est venu du fond de l'Est,
« d'une façon bien soudaine. Est-ce par hasard qu'il de-
« vrait là-bas des 1 suivis d'autant d'O qu'il en met dans
« ses phrases? *Oh*, nous en serions bien peinés ! »

L'indignation de M. V. Têtecarrée, quand il lut cette
scandaleuse élucubration, je ne veux pas tenter d'en
faire le tableau. Mais habile à user de distinctions, il ne
parut pas s'irriter, autant qu'on aurait pu le croire, des
attaques entreprises contre son honorabilité. Ce furent
les railleries sur son style qui le mirent hors de lui.
Comment, lui, Vaetvient Têtecarrée ne pas être capable

de rien écrire qui ne fût farci d'O ? Il saurait montrer bientôt à ce babouin de Smith, combien il se trompait, ce morveux ! Il se faisait fort, lui, Vaetvient Têtecarrée de Lagrenouillère, de montrer à John Smith que lui, Vaetvient Têtecarrée, était homme à composer s'il lui plaisait, tout un entrefilet, quoi ! tout un article, sans que cette méprisable voyelle, l'O, y figurât une seule fois, non, pas une. — Mais point. Ce serait faire là une concession à M. Smith. Lui, Vaetvient Têtecarrée, ne ferait certainement subir aucun changement à son style pour flatter les caprices de tous les Smith de la chrétienté. Périsse cette basse pensée ! *O for ever* ! Il maintiendrait ses O ; il serait aussi Oïsant qu'on peut l'être.

Tout enflammé par cette noble détermination, le grand Têtecarrée fit paraître dans le numéro suivant de la *Théière des familles* cette communication simple mais résolue :

« Le rédacteur de la *Théière des familles* a l'honneur « d'annoncer au rédacteur de la *Gazette d'Onopolis* qu'il « (*la Théière*) s'empressera de la (*la Gazette*) convaincre « dans son (de *la Théière*) numéro de demain, qu'il (*la* « *Théière*) veut et peut être son (de la *Théière* et de la « *Gazette*) propre maître en fait de style. Il (la *Théière*) « entend lui (à la *Gazette*) montrer le suprême et flétris- « sant dédain dont ses (de la *Gazette*) critiques remplissent « son (de la *Théière*) libre cœur, en composant pour « son (de la *Gazette*) plaisir (!) exprès, un article de « quelque étendue, d'où la voyelle magnifique, l'em- « blème de l'éternité, odieuse cependant à sa (de la « *Gazette*) sensibilité exquise, ne sera certainement pas

« mise au ban par son (de la *Gazette*) très-humble et très-
« obéissant serviteur. Attrape ça !! »

Pour accomplir la terrible menace qu'il avait ainsi
obscurément indiquée plutôt que clairement proférée, le
grand Vaetvient, sourd à toutes les demandes de « copie, » répondant simplement quand le metteur en page
lui disait qu'il était grand temps de donner quelque
chose à composer, lui répondant, dis-je, d'aller au diable, le grand Têtecarrée demeura jusqu'au point du
jour, consumant force huile de lampe et absorbé dans
la composition de l'inimitable entrefilet qui suit :

« QuOi dOnc JOhn, quOi dOnc ? Oubliez-vOus qu'On
.« vOus l'annOnça ? NOn, ne cOassOns pOint victOire quand
« nOus nOus trOuvOns encOre embOurbé. — VOtre nOur-
« rice vOus sOrtit-elle ? Oh, nOn, nOn. Oh alOrs, retOur-
« nez du cOup chez vOus, JOhn, dans vOs hOrribles bOis
« de COncOrd. RetOurniez à vOs hOrribles bOis, grOs hi-
« bOu. NOus ne vOulOns pOint ? AllOns, allOns, JOhn ; On
« ne se cOmpOrte pOint cOmme cela. RetOurnOns-nOus-
« en vOus dit-On. DOnc partOns du cOup, et pOint de grOs
« mOts. PersOnne ne vOus cOurtise à OnOpOlis. Oh JOhn,
« JOhn, si nOus ne nOus en retOurnOns pOint, nOus ne
« serOns pOint cOnsidéré cOmme un hOmme, nOn. NOus
« vOus dirOns fOu, hibOu, clOpOrte, pOrc, pOupOn, pOt,
« sOt, bOn à pOint de chOse pOur persOnne, bâtOn, rOga-
« tOn, rOquet, lardOn, grenOuille sOrtie de vOtre bOue
« de COncOrd. — SOyOns frOid, fOu. POint de cOcOricOs,
« cOq. Ne frOnçOns pOint nOs sOurcils, ne frOnçOns
« pOint ; pOint de hallOs, ne grOgnOns, ne cOassOns,
« n'abOyOns. — BOnne prOvidence, JOhn, cOmme nOus

« trOuvOns vOtre tOn drOle. — N'Oubliez pOint, qu'On
« vOus l'annOnça. — Or cessOns de nOus tOrdre cOmme
« une Oie au fOnd d'un trOu. AllOns, sOrtOns et nOyOns
« nOtre cOlère dans un brOc. »

Epuisé, comme de juste, après cet effort prodigieux
d'imagination, le grand Têtecarrée en fut réduit à ne
rien écrire de plus pour cette nuit-là. Fermement, posé_
ment, avec un air de grandeur consciente, il tendit son
manuscrit au compositeur qui attendait, et, étant rentré
lentement chez lui, il se mit au lit avec une dignité inef-
fable.

Cependant le compositeur qui tenait enfin sa copie,
grimpa au premier étage, à sa casse, et se mit aussitôt à
l'œuvre, piquant sa feuille devant lui. Tout d'abord, le
premier mot étant: « QuOi, » il plongea dans le cassetin
aux Q majuscules et en retira heureusement la lettre
cherchée. Pour le petit u, il en fut de même. Réjoui par
ce succès, l'ouvrier se jeta immédiatement sur le cassetin aux O majuscules. Mais qui pourra décrire sa terreur
quand sa main en ressortit sans la lettre requise? Qui
peindra sa rage et son étonnement quand il s'aperçut en
se frottant le bout des doigts qu'il les avait frappés en
vain contre le fond d'un cassetin vide? Il n'y avait pas
le moindre O majuscule, et quand il regarda dans le
compartiment aux petits o, il découvrit à son extrême
effarement que celui-ci également ne contenait rien.

Frappé d'effroi, le compositeur, de son premier mouvement, courut au metteur en pages.

— Dites-donc, cria-t-il essoufflé, jamais je n'arriverai
à rien composer sans o !

— Qu'est-ce que c'est de nouveau ? grogna le metteur en pages, déjà de mauvaise humeur pour avoir été tenu si tard.

— Eh bien, mais, il n'y a plus d'o dans toute l'imprimerie, ni petits, ni grands.

— Quoi ? Que diable sont devenus tous ceux de la casse ?

— Ma foi, je ne sais pas, dit l'autre ; mais un de ces sacrés compositeurs de la *Gazette* est venu traîner par ici ce soir, et je me figure qu'il les aura râflés du premier au dernier.

— Que le diable l'emporte ! Parbleu, je n'en doute pas, dit le metteur en pages, pourpre de colère. Mais tenez, Bob, je vais vous dire quelque chose. Vous êtes un fameux luron, vous. A la première occasion vous passerez chez eux et vous mettrez la main sur tous leurs a et tous leurs z, à ces coquins.

— Compris, dit Bob en clignant de l'œil et haussant le sourcil. J'irai les voir. Je leur montrerai ce que nous savons faire. — Mais, en attendant, — ce diable d'entrefilet, — il faut qu'il passe cette nuit, vous savez ; autrement il y aura un bruit de tonnerre...

— Et il fera chaud, un peu, interrompit le metteur en page avec un soupir et en accentuant « un peu. » Ecoutez, est-ce qu'il est long, cet entrefilet, Bob ?

— Je ne dirais pas qu'il est long, dit Bob.

— Eh bien, faites pour le mieux. Il faut que nous imprimions, dit le metteur en pages, qui en avait par dessus la tête. Fichez-moi tout bonnement une autre lettre

à la place de l'o. D'abord personne ne va s'amuser à lire
les bêtises du patron.

— Très-bien, dit Bob, on y va

Et il partit vers sa casse en marmottant : — Ça va
bien. — Quel diable d'entrefilet, — bien drôle pour un
homme qui n'a pas bu. — Je m'en vais leur tirer l'œil
à tous nos lecteurs, et que le diable les prenne. —
Voilà l'homme pour faire ça.

Le fait est que Bob, quoiqu'il n'eût que quinze
ans, n'était un propre à rien que sous certains rapports.

L'embarras auquel nous venons d'assister n'est nullement rare dans les imprimeries. Et quand il se produit
un contre-temps pareil, on a coutume, je ne sais pourquoi, de remplacer la lettre qui manque par un x. La
vraie raison peut-être, c'est que l'x surabonde dans la
casse, ou plutôt qu'il y surabondait autrefois, assez longtemps pour accoutumer les compositeurs à cette substi-
tution. Quant à Bob, il eût cru faire acte d'hérésie s'il
n'avait pas employé l'x dans tout cas de ce genre.

— Il faudra que je passe, ce diable d'entrefilet aux x,
dit-il en lui-même, comme il le lisait émerveillé ; mais
c'est certainement l'entrefilet le plus plein d'o que j'ai
jamais vu.

Il le passa donc aux x sans miséricorde, et tel il alla
à la presse.

Le lendemain matin, la population d'Onopolis tomba
de son haut, en lisant en tête de la *Théière des familles*
les lignes suivantes :

« Quxi dxnc, Jxhn, quxi dxnc ? Xubliez-vxus qu'xn

« vxus l'annxnça ? Nxn ne cxassxns pxint victxire, lxrs-
« que nxus nxus trxuvxns encxre embxurbé. Vxtre nxur-
« rice vxus sxrtit-elle ? Xh, nxn, nxn. Xh alxrs rétxur-
« nez du cxup chez vxus, Jxhn, dans vxs hxrribles bxis
« de Cxncxrd. Retxurnez dans vxs hxrribles bxis, grxs hi-
« bxu. — Nxus ne vxulxns pxint ? Allxns, allxns, xn ne se
« cxmpxrte pxint cxmme cela. Retxurnxns-nxus-en, vxus
« dit-xn. Dxnc, partxns du cxup et pxint de grxs mxts.
« Persxnne ne vxus cxurtise à Xnxpxlis. Xh, Jxhn, Jxhn,
« si nxus ne nxus en retxurnxns pxint nxus ne serxnt
« pxint cxnsidéré cxmme un hxmme, nxn. Nxus vxus
« dirxns fxu, hibxu, clxpxrte, pxrc, pxupxn, pxt, sxt,
« bxn à pxint de chxse pxur persxnne, batxn, rxgatxn,
« rxquet, lardxn, grenxuille sxrtie de vxtre bxue de
« Cxncxrd. Sxyxns frxid, fxu. Pxint de cxcxricxs, cxq,
« Ne frxnçxns pxint nxs sxurcils, ne frxnçxns pxint.
« Pxint de hallxs ; ne grxgnxns, ne cxassxns, n'abxyxns.
« — Bxnne prxvidence, Jxhn, cxmme nxus trxuvxns vx-
« tre txn drxle ! — N'xubliez pxint qu'xn vxus l'annxnça.
« — Xr cessxns de nxus txrdre cxmme vne xie au fxnd
« d'un trxu. Allxns, sxrtxns, et nxyxns nxtre cxlère au
« fxnd d'un brxc. »

Le tumulte causé par cet entrefilet mystérieux et ca-
balistique ne peut être imaginé. La première idée que
conçut la population fut qu'une trahison diabolique se
cachait sous ces hiéroglyphes, et, tous ensemble, on se
précipita vers la maison de M. Têtecarrée, dans le but
de lui faire un mauvais parti. Mais on ne put découvrir
ce gentleman. Il avait disparu sans que personne pût dire
comment, et, depuis, on n'a pu même revoir son ombre.

La furie populaire était privée de son objet ; elle se calma peu-à-peu, laissant après elle comme un résidu d'opinions contradictoires.

Un Monsieur pensa que toute l'affaire était une eXcellente plaisanterie.

Un autre suggéra que **M. Têtecarrée** avait déployé une fantaisie eXubérante.

Un troisième admit que c'était une eXcentricité, mais rien de plus.

Un quatrième émit l'idée que le dessein du journaliste était simplement d'eXprimer son eXaspération

— Dites plutôt de laisser un eXemple à la postérité, dit un cinquième.

Il était clair pour tout le monde que **M. Têtecarrée** avait été poussé à quelque eXtrémité, et, comme on n'avait pu le trouver, on ne parla de rien moins que de lyncher son adversaire.

Toujours est-il que la conclusion la plus commune fut que l'affaire était simplement eXtraordinaire et ineXplicable. Le mathématicien de la ville confessa qu'il ne pouvait rien tirer d'un problème aussi obscur. L'X, tout le monde le sait, est une quantité inconnue ; — mais dans le cas en question, dit-il avec beaucoup d'à propos, il y avait une quantité inconnue d'x.

L'opinion de Bob, le compositeur ne fut pas accueillie avec toute l'attention qu'elle méritait, je pense. Cependant, il l'exprimait ouvertement et sans réticences.

Pour lui, disait-il, il n'avait aucun doute sur toute l'affaire ; la chose était bien simple. Monsieur Têtecarrée n'avait jamais pu boire comme tout le monde. On avait beau lui faire la leçon, il continuait à ne s'ingurgiter que de l'*EXtrastout*. Comme de juste, ça lui avait détraqué le cerveau, **et il était devenu EXtrêmement EXTRAvagant.**

LA CAISSE OBLONGUE

Il y a quelques années, je pris passage, pour aller de Charlestown (Caroline du Sud) à New-York, sur l'*Indépendance*, capitaine Hardy. Nous devions mettre à la voile le quinze du mois (nous étions en juin), si le temps le permettait, et, le 14, j'allai à bord pour ranger quelques objets dans ma cabine.

J'appris alors que nous devions emporter un grand nombre de passagers parmi lesquels se trouveraient plus de dames que de coutume. Sur la liste, je découvris les noms de plusieurs de mes connaissances, et, en outre, je fus heureux d'y voir celui de M. Cornelius Wyatt, jeune peintre pour lequel j'éprouvais des sentiments de vive amitié. Il avait été mon camarade à l'Université de C., où nous avions beaucoup frayé ensemble. Il était du tempérament qu'ont en général les hommes de génie, un composé de misanthropie, de sensibilité et d'enthousiasme. A ce caractère, il joignait le cœur le plus chaud et le plus vrai qui ait jamais battu sous poitrine d'homme.

J'observai que sa carte se trouvait clouée sur trois cabines, et, me reportant à la liste des passagers, je trouvai qu'il avait pris des places pour lui-même, pour sa femme et ses deux sœurs. Les cabines étaient assez spacieuses et contenaient chacune deux couchettes, l'une au dessus de l'autre. Ces couchettes étaient si étroites qu'elles ne pouvaient suffire qu'à une personne. Cependant je ne m'expliquais pas que mon ami eût retenu trois cabines.

Je me trouvais justement, à cette époque, dans une de ces dispositions d'esprit fantasques, où de purs détails vous intriguent étrangement, et je confesse à ma honte que je m'occupai à construire quantité d'absurdes et sottes hypothèses sur la destination de la cabine surnuméraire. Cela ne me concernait pas, sans doute, et pourtant je n'en mettais que plus d'obstination à résoudre l'énigme. Enfin j'arrivai à une conclusion qui me fit me demander avec surprise pourquoi j'avais mis si longtemps à deviner.

— C'est une femme de chambre, naturellement, me disje, qui occupera la troisième cabine. Quel fou je suis de n'avoir pas songé plus tôt à cela. C'est si simple.

Et tout de suite, je consultai de nouveau la liste des passagers. Mais là, je vis clairement qu'aucune femme de chambre ne devait accompagner les Wyatt, quoiqu'en fait, l'intention première eût été d'en emmener une ; car les mots « *et domestique* » avaient été d'abord tracés et ensuite barrés.

— Oh ! me dis-je alors, c'est pour quelque colis délicat, assurément, que Wyatt a loué cette cabine, pour
quelque objet qu'on ne veut pas laisser mettre à fond
de cale, quelque caisse qui ne doit pas être perdue de
vue, — ah ! j'y suis, une peinture ou quelque chose
d'approchant ; et c'est là ce qu'il a marchandé il y a
quelque temps chez Vicolino, le juif italien.

Cette idée me satisfit, et, du coup, toute ma curiosité cassa.

Je connaissais bien les deux sœurs de Wyatt.
C'étaient d'aimables et intelligentes filles. Quant à sa
femme, il l'avait épousée récemment et je ne l'avais
jamais vue. Il la décrivait comme douée d'une beauté,
d'un esprit, d'une bonté extrêmes. J'avais donc hâte
d'être mis en relation avec elle.

Le jour où je visitai le navire, (le 14), Wyatt et les siens
devaient également s'y rendre, à ce que me dit le capitaine. J'attendis à bord une heure dans l'espérance d'être
présenté à la nouvelle mariée. Mais au bout de ce temps,
on vint me dire que Mme Wyatt était un peu indisposée
et ne s'embarquerait que demain, à l'heure du départ.

Le lendemain, je me rendais donc de mon hôtel au
quai, quand je tombai sur le capitaine Hardy qui me
dit que « vu les circonstances » (phrase vide, mais
commode), il pensait que *l'Indépendance* ne partirait
pas d'un jour ou deux. Quand tout serait prêt, il enver-
rait quelqu'un m'avertir.

Ceci me parut étrange, car il soufflait une bonne
brise du sud. Mais comme le capitaine ne voulut rien
me dire de clair, malgré mes questions, je n'avais

qu'une chose à faire, revenir chez moi et digérer tranquillement mon impatience.

J'attendis le message promis toute une semaine. On
me prévint enfin, et j'allai immédiatement m'installer
à bord. Le pont se couvrit de passagers; tout était en
l'air, comme c'est l'habitude au moment du départ. Les
Wyatt arrivèrent environ dix minutes après moi. Il y
avait les deux sœurs, la nouvelle mariée, et l'artiste,
ce dernier pris par un de ses accès habituels de misanthropie chagrine. J'étais trop habitué à son caractère,
pour faire attention à cette mauvaise humeur. Il ne
me présenta même pas à sa femme; ce devoir de poli-
tesse échut à sa sœur Marianne, une douce et intelli-
gente fille, qui, en quelques mots précipités, me mit en
relation avec Mme Wyatt.

Celle-ci portait un voile épais; quand elle le souleva
en me rendant mon salut, je confesse que je fus grandement surpris. Et ma surprise eût été bien plus grande
encore, si je n'avais su de longue date qu'il ne fallait
pas avoir une confiance trop implicite en mon ami
quand il se lançait dans ses descriptions enthousiastes
de beautés féminines. Je connaissais bien son penchant
à se perdre sur ce sujet dans des appréciations purement imaginatives.

Le fait est, que je ne pouvais m'empêcher de trouver
à Mme Wyatt l'air décidément commun. Si elle n'était
pas tout à fait laide, c'est qu'il ne s'en fallait pas de
beaucoup. Elle était habillée cependant avec un goût
parfait et, de plus, je ne doutais pas qu'elle n'eût captivé
le cœur de mon ami par les grâces plus durables de

l'intelligence et de l'âme. Elle dit très peu de mots et passa tout de suite dans sa cabine avec M. Wyatt.

Ma curiosité me reprit. Il n'y avait pas de domestique; c'était là un point acquis. Je guettai donc le colis auquel j'avais songé. Après quelque temps, je vis venir un char sur le quai, portant une caisse oblongue en sapin. C'était là ce qu'on paraissait attendre, car dès que la caisse fut sur le navire, nous mîmes à la voile. En peu de temps nous avions passé heureusement la barre et nous étions en pleine mer.

La caisse en question était, comme je l'ai dit, oblongue. Elle mesurait à peu près 6 pieds de long, et deux et demi de large. — Je l'observai attentivement et j'aime à être précis. — Or, ces dimensions étaient étranges, et je ne les eus pas plutôt considérées que je me félicitai de l'exactitude de ma divination. J'étais arrivé à penser, on s'en souvient, que la cabine surnuméraire de mon ami devait servir à renfermer des peintures ou tout au moins une peinture; car je savais que depuis plusieurs semaines, Wyatt conférait avec le marchand de tableaux Vicolino. Or voici que la caisse chargée au dernier moment ne pouvait absolument contenir au monde qu'une reproduction de la Sainte Cène, de Léonard de Vinci. D'autre part, je n'ignorais pas qu'une copie de cette œuvre exécutée par Rubini le jeune, de Florence, avait été quelque temps entre les mains de Vicolino. Je décidai donc que mes conclusions étaient suffisamment établies. Je souriais beaucoup à part moi, quand je songeais à ma perspicacité. C'était la première fois, à ma connaissance, que Wyatt m'avait caché un de ses secrets artis-

tiques. Il entendait évidemment me dérober ses mouvements. Il comptait introduire en contrebande, une belle
peinture dans New-York, et cela sous mon nez, pensant que je ne saurais rien de l'affaire. Je résolus de me
bien moquer de lui, pour cette tentative de me jouer
un tour.

Une chose cependant me causa quelque ennui. La
caisse n'entra pas dans la cabine surnuméraire. Elle fut
déposée dans celle de Wyatt dont elle occupait à très peu
de chose près tout le plancher, à l'incommodité extrême
de l'artiste et de sa femme. Ceci d'autant plus que le goudron, la peinture, avec laquelle était libellée en grosses
capitales l'adresse du colis, émettait une odeur forte,
désagréable, et, à mon sens, particulièrement dégoûtante.

Sur le couvercle étaient les mots :

MADAME ADÉLAIDE CURTIS

ALBANY,

NEW-YORK

Aux soins de M. CORNELIUS WYATT ESQ.

HAUT

Prière de manier avec soin.

Or, je savais que Mme Adélaïde Curtis était la belle-
mère de l'artiste. Mais cela ne m'empêchait pas de considérer toute l'adresse comme une mystification, qui me
semblait dirigée spécialement contre moi. Je me per-
suadai dans mon for intérieur, que la caisse et son contenu n'iraient jamais plus loin que l'atelier de mon
misanthrope, dans Chambers Street, New-York.

Pendant les trois ou quatre premiers jours de la tra-

versée, le temps fut beau, quoique nous eussions vent
debout, la brise ayant tourné au Nord, dès que la côte fut
hors de vue. Les passagers étaient donc de belle humeur
et enclins à la sociabilité. Je dois faire exception cependant pour Wyatt et ses sœurs qui se comportèrent avec
morgue, et, je ne pus m'empêcher de le penser, avec
peu de courtoisie envers le reste de la société. Pour la
conduite de Wyatt, je n'y fis pas grande attention; il
était sombre plus que d'habitude; en fait, il était morose. Mais je connaissais de longue date son excentricité. Quant à ses sœurs, je ne pouvais leur trouver
d'excuse. Elles se renfermèrent dans leurs cabines pendant la plus grande partie du trajet, et refusèrent absolument, quoique je les en priasse à plusieurs reprises,
de frayer avec personne à bord.

Mme Wyatt, elle, était de bien meilleure composition.
Elle aimait à causer, et ce n'est pas là une mince
qualité. Elle devint excessivement intime avec la plupart des dames à bord, et, à mon profond étonnement, montra des dispositions peu équivoques à coqueter
avec les Messieurs. Elle nous amusait tous beaucoup.
Je dis « amusait. » Je sais à peine comment je dois
m'exprimer. Le fait est qu'on riait plus souvent de
Mme Wyatt qu'on riait avec elle. Les Messieurs en di-
saient peu de chose, mais les dames, après quelques
jours, la déclarèrent « une bonne pâte de femme, sans
« prétention, totalement dépourvue d'éducation et vul-
« gaire au possible. » Notre grand étonnement, c'est que
Wyatt eût pu donner dans un pareil parti. « Mariage
d'argent » disait-on. Mais je savais, moi, que ce n'était

pas cela. Car Wyatt m'avait dit que sa femme ne lui apportait ni un dollar, ni une espérance. Il s'était marié, assurait-il, par amour, et par amour seulement; sa femme en était digne au-delà.

Quand je songeais à ces paroles de mon ami, je me sentais très-perplexe. Se pouvait-il qu'il eût perdu le sens? Que devais-je penser? Lui, si raffiné, si intellectuel dans ses goûts, si difficile, doué d'une perception si exquise du défectueux et d'une appréciation si subtile de la beauté! Certainement, Mme Wyatt semblait l'aimer beaucoup, particulièrement quand il n'était pas là et qu'elle se rendait ridicule en citant à tout propos, ce qu'avait dit « son bien-aimé mari M. Wyatt. » Le mot mari semblait être toujours, pour se servir d'une de ses expressions favorites « sur le bout de sa langue. » Cependant tout le monde remarquait à bord que Wyatt évitait sa femme de la façon la plus marquée et, la plupart du temps, s'enfermait seul dans sa cabine, où, en fait, on aurait pu dire qu'il vivait. Il laissait à Mme Wyatt toute liberté de s'amuser, comme elle l'entendait, avec les personnes réunies dans le salon d'arrière. Mon avis sur ce que je voyais et entendais, fut que l'artiste, par quelque frasque inexplicable du destin, ou peut-être dans un accès de passion enthousiaste et imaginaire, avait été induit à s'unir avec une personne qui lui était inférieure de tous points. Le résultat naturel de ce mariage, un dégoût complet et rapide, s'en était ensuivi. Je plaignis l'artiste du fond de mon cœur, mais ne pouvais cependant lui pardonner entièrement sa supercherie de la Sainte Cène. Je résolus de me venger.

Un jour qu'il monta sur le pont, je pris son bras comme c'était mon habitude et je me promenai avec lui, de long en large. Son abattement (que je considérais comme tout à fait naturel, dans la position où il se tenait,) ne semblait nullement diminuer. Il parlait peu, et ce peu même il le disait lugubrement, avec un effort visible. Je hasardai une plaisanterie ou deux, et il essaya tristement de sourire. Pauvre garçon ! En songeant à sa femme, je m'étonnais qu'il pût avoir le courage même de simuler la gaîté. Enfin je tentai un coup droit. Je me mis à lui lancer une série d'allusions et d'insinuations transparentes à propos de la caisse oblongue, simplement pour lui faire sentir peu à peu que je n'étais pas tout à fait la dupe de ses petites manœuvres.

De prime abord, je découvris mes batteries. Je dis quelques mots de la forme étrange de la caisse en question, et, en parlant ainsi, je souris avec finesse, je clignai des yeux, et je le touchai légèrement de mon index au côté. La manière dont Wyatt accueillit cette plaisanterie inoffensive, me convainquit tout de suite qu'il était fou. D'abord il me regarda fixement, comme s'il ne pouvait comprendre tout l'esprit de ma remarque. Mais, à mesure que l'intelligence en pénétrait dans son cerveau, ses yeux parurent sortir de leurs orbites. Il devint très-rouge, puis hideusement pâle. ensuite, comme si mon insinuation l'amusait énormement, il commença à rire haut et violemment, continuant ses éclats, à ma grande surprise, avec une vigueur croissante, durant dix minutes et plus. Et, pour finir, il tomba lourdement tout de son long sur le pont. Quand je courus le relever, il était, selon toutes les apparences, mort.

En revenant à lui, il dit pendant quelque temps des choses incohérentes. On le saigna et on le mit au lit. Le lendemain matin, il était complètement rétabli, quant à sa santé physique. De son esprit, je n'en parle pas. J'évitai Wyatt pendant le reste du voyage, d'après le conseil du capitaine qui partageait mon idée touchant la folie de mon ami, mais qui me pria de n'en rien dire à personne à bord.

Immédiatement après cet étrange accès, il se passa plusieurs faits qui contribuèrent à accroître ma curiosité au sujet des Wyatt. Une nuit, entre autres, j'étais énervé, ayant bu trop de thé fort, et ne pouvais dormir. — Je dirai même que, de deux nuits, je n'ai pas dormi du tout. — Ma cabine, comme celles de tous les célibataires à bord, donnait sur le salon central, la salle à manger. Les trois cabines des Wyatt ouvraient sur le salon d'arrière, qui était séparé de la salle à manger par une légère porte à coulisse, que l'on ne fermait jamais, même de nuit. Comme nous étions presque constamment sous le vent et que la brise fraîchissait, le navire donnait de la bande, et, toutes les fois que le tribord passait du côté du vent, la porte à coulisse glissait et restait ouverte, personne ne se donnant la peine de la fermer. Or, ma couchette était placée de façon, que quand la porte de ma cabine était entrebâillée, (et elle l'était toujours, à cause de la chaleur,) en même temps que celle de la salle à manger, j'avais vue sur le salon d'arrière, et, plus précisément, sur la paroi où étaient situées les cabines des Wyatt. Eh bien, pendant les deux nuits (non consécutives) où je demeurai éveillé, je vis clairement Mme Wyatt, vers onze heures, se glisser avec précaution hors de la cabine de son mari et entrer dans celle qui était restée inoccupée, où elle demeurait jusqu'au point du jour. A l'aube, l'artiste sortait l'appeler, et elle rentrait chez lui.

Il était clair que les Wyatt étaient virtuellement divorcés. Ils faisaient chambre à part, en attendant sans doute une séparation plus définitive. Et c'était là, après tout, pensai-je le mystère de la cabine surnuméraire.

Il se produisit encore d'autres circonstances qui me frappèrent beaucoup. Pendant mes deux nuits blanches, immédiatement après que Mme Wyatt s'était retirée dans sa cabine particulière, je fus surpris d'entendre certains bruits furtifs, faits en sourdine, qui partaient du carré de l'artiste. Après avoir prêté l'oreille quelque temps avec une attention réfléchie, je réussis enfin à me rendre parfaitement compte de leur nature. C'était le bruit que devait faire Wyatt en ouvrant la caisse oblongue, à l'aide d'un ciseau et d'un maillet, ce dernier enveloppé apparemment dans quelque substance de laine ou de coton qui en amortissait les coups.

Je m'imaginai pouvoir discerner le moment précis où Wyatt finissait de déclouer le dessus de la caisse. Je crus pouvoir déterminer celui où il l'ôta tout à fait et le déposa sur la couchette inférieure de sa chambre. Ce dernier mouvement, par exemple, je le reconnus à quelques légers bruits que faisait le couvercle en frappant les bords en bois de la couchette, quand Wyatt essayait

de l'y poser doucement, la place par terre manquant.
Après cela vint un silence de mort et je n'entendis plus
rien pendant les deux nuits, jusqu'au lever du jour. A
moins peut-être que je ne doive faire mention d'une sorte
de souffle sonore qu'il me sembla percevoir, comme un
sanglot ou un murmure, si bas qu'il était presque insai-
sissable. Il se peut même, en somme, que ce dernier
bruit n'existât qu'en mon imagination. Je dis que cela
me parut ressembler à un sanglot ou à un chuchotement,
mais ce ne pouvait être aucun des deux. Je pense plutôt
que les oreilles me cornaient, ou que Wyatt, pendant
la nuit, donnait simplement carrière à son enthousiasme,
se livrait à ses accès d'adoration artistique. Il avait
ouvert sa caisse oblongue, pour réjouir ses yeux par
le trésor qu'elle contenait. Il n'y avait là rien qui pût le
faire sangloter. Je le répète donc, ce devait simplement
être une illusion de mon cerveau surexcité par le thé
vert du capitaine Hardy.

Un moment avant le lever du jour dans chacune des
deux nuits où je veillai, j'entendis distinctement M. Wyatt
replacer le couvercle sur la caisse, et replanter les clous
à leur ancienne place au moyen du maillet emmitouflé.
Ayant fait cela, l'artiste sortait de sa cabine, complètement vêtu, et allait appeler Mᵐᵉ Wyatt.

Nous avions été sur mer depuis une semaine, nous
avions passé le cap Hatteras, quand vint un terrible coup
de vent du sud-ouest. Nous nous trouvions en quelque
mesure prêts à le recevoir, le temps ayant menacé depuis quelques jours. Tout avait été rangé en haut, en
bas, et comme la brise fraîchissait constamment, nous

nous mîmes à fuir sous la voile de brigantine et le petit hunier, tout deux raccourcis à double ris.

Avec cette voilure, nous marchâmes sans grosses avaries pendant 48 heures ; le navire se montrait excellent sous tous les rapports et n'embarquait que peu d'eau. Après ce temps, la brise commença à souffler de tempête et notre voile de derrière fut lacérée. Nous donnions alors tellement dans l'entre-deux des vagues que le navire embarqua plusieurs paquets d'eau prodigieux, l'un immédiatement après l'autre. Nous perdîmes ainsi trois hommes qui furent balayés avec le dessus de la cambuse et tout la bastingage de babord.

A peine nous étions-nous remis, que le petit hunier s'en alla en lambeaux. Nous hissâmes un étai de tempête et, le vaisseau se remit à marcher tant bien que mal pendant quelques heures, tenant tête à l'ouragan mieux que par le passé.

Mais la brise continuait à souffler et nous ne voyions pas signe qu'elle tombât. Les agrès n'y suffisaient plus. Ils fatiguaient énormément, et, le troisième jour, vers cinq heures de l'après-midi, notre mât d'artimon, dans une énorme embardée du côté du vent, passa par dessus bord. Pendant une heure et plus, nous travaillâmes à nous en débarrasser, empêchés par le roulis prodigieux du navire. Avant que nous y eussions réussi, le maître calfat revint de l'arrière et nous annonça qu'il y avait quatre pieds d'eau dans la cale. Pour ajouter à nos malheurs, il se trouva que les pompes étaient bouchées et à peu près hors d'usage.

Alors tout devint confusion et désespoir. On tenta

d'alléger le navire en jetant à la mer ce qu'on put atteindre de la cargaison et en coupant les deux mâts qui restaient. Ceci nous l'accomplîmes. Mais nous restions sans pouvoir travailler aux pompes et la voie d'eau gagnait rapidement.

Au coucher du soleil, la tempête avait perdu de sa violence ; la mer se calmait, et nous entretenions encore quelque espoir de nous sauver dans les embarcations. A huit heures du soir, les nuées s'ouvrirent du côté du vent, et par bonheur nous eûmes la lumière de la lune qui était en son plein. Cette bonne aubaine nous servit admirablement à nous remettre le courage.

Après un travail incroyable, nous réussîmes enfin à descendre la grande chaloupe le long du navire sans accident. L'équipage entier et la plupart des passagers s'y empilèrent. Cette troupe partit immédiatement et, après avoir beaucoup souffert, arriva sans encombre à Ocrakoke Inlet, le troisième jour après le naufrage.

Quatorze passagers et le capitaine restaient à bord, résolus à tenter la chance dans le petit canot de la poupe. Nous le descendîmes sans difficulté, mais ce fut miracle qu'il ne sombra pas en touchant l'eau. Mis à flot, il suffit à contenir le capitaine et sa femme, Wyatt avec les siens, un officier mexicain, sa femme, ses quatre enfants, et moi-même avec mon valet de chambre nègre.

Nous n'avions pris naturellement avec nous que les habits sur notre peau, quelques instruments absolument nécessaires, des provisions, et rien de plus. Quel ne fut pas l'étonnement de tous, quand, à quelques brasses du navire, Wyatt se leva près de l'arrière et demanda avec beaucoup de sang-froid au capitaine Hardy de ramener le canot au navire pour aller charger sa caisse oblongue.

— Asseyez-vous, M. Wyatt, lui dit le capitaine sévèrement. Vous nous ferez chavirer si vous ne restez pas assis parfaitement tranquille. Votre plat-bord donne presque dans l'eau.

— La caisse ! vociféra Wyatt toujours debout, la caisse ! dis-je, capitaine Hardy. Vous ne pouvez me refuser cela, vous ne le ferez pas ; son poids ne sera que peu de chose, ce n'est rien, absolument rien. Par la mère qui vous a mis au monde, pour l'amour du ciel, par votre espoir de salut, je vous implore de revenir chercher la caisse !

Le capitaine, un moment, sembla touché par l'appel saisissant de Wyatt, mais il reprit son air de rudesse et dit simplement :

— Monsieur Wyatt, vous êtes fou ; je ne puis vous écouter. Asseyez-vous, vous dis-je, ou vous ferez chavirer le bateau. — Arrêtez, tenez-le, empoignez-le, il va se jeter par dessus bord. Là, je le savais bien, le voilà à l'eau.

Comme le capitaine parlait, Wyatt avait sauté hors du canot ; nous étions sous le vent du navire ; il parvint à l'atteindre par des efforts surhumains et put saisir une corde qui pendait des chaines de devant. Nous fîmes notre possible pour le suivre, mais notre canot était comme une plume dans le souffle de la tempête. Nous vîmes d'un coup d'œil que le sort de l'infortuné était clos.

Comme nous nous éloignions toujours plus du vaisseau désemparé, le fou (car ce n'est qu'ainsi que nous pouvions l'appeler,) sortit de l'escalier de dunette, traînant après lui, avec une force qui semblait gigantesque, la caisse oblongue. Nous le regardions avec une épouvante extrême. Il passa rapidement à plusieurs tours, une corde autour de la caisse, et puis autour de son corps. Un instant après le corps et la caisse étaient à la mer et y disparaissaient subitement d'un seul coup.

Nous demeurâmes mornes quelque temps, appuyés sur nos avirons et les yeux tendus vers l'endroit où Wyatt s'était abîmé. Puis nous nous éloignâmes à force de rames. Je hasardai alors une remarque.

— Avez-vous observé, capitaine, comme il est allé instantanément à fond ? N'est-ce pas une chose excessivement étrange ? Je le confesse, j'espérais presque qu'il finirait par se sauver, quand je le vis s'attacher à la caisse avant de sauter à la mer.

— Ils ont coulé bas la caisse et l'homme, c'est naturel, dit le capitaine, comme un boulet. Ils remonteront bientôt, cependant, mais *pas avant que le sel ne se soit fondu.*

— Le sel ? m'écriai-je.

— Chut, dit le capitaine, en me montrant la femme et les sœurs de Wyatt. Nous reparlerons de ces choses une autre fois.

Nous souffrîmes beaucoup et ne nous sauvâmes que tout juste. La fortune nous fut clémente, comme à nos compagnons de la chaloupe. Nous atterrîmes enfin, plus morts que vifs, après quatre jours de détresse suprême, sur la plage vis-à-vis de l'île Roanoke. Nous restâmes là une semaine, sans avoir trop à nous plaindre des naufrageurs, et enfin nous trouvâmes passage pour New-York.

Un mois environ après la perte de l'*Indépendance*, je rencontrai par hasard le capitaine Hardy sur le Broadsway. Notre conversation tomba naturellement sur les aventures par où nous avions passé et spécialement sur la triste fin du pauvre Wyatt. C'est ainsi que j'ai appri les détails suivants.

L'artiste avait pris passage pour lui, sa femme, ses deux sœurs et une domestique. Sa femme était réellement comme il la décrivait, accomplie et charmante plus qu'on ne peut dire. Le 14 juin au matin (le jour où je visitai pour la première fois le paquebot,) elle était tout à coup tombée malade et elle mourut. Son mari fut hors de lui de douleur, mais ses affaires lui interdisaient absolument de retarder son voyage à New-York. Il voulut porter le corps de sa jeune femme à sa belle-mère, et, d'autre part, un préjugé universel et notoire l'empêchait de le faire ouvertement. Neuf dixièmes des passagers auraient abandonné le navire plutôt que de se mettre en mer avec un cadavre. Dans ce dilemme, le capitaine Hardy disposa que le corps, qui avait été hâtivement embaumé et placé avec du sel dans une caisse de dimensions convenables, serait amené à bord comme marchandise. On ne parlerait pas du décès de Mᵐᵉ Wyatt. Mais comme on savait que l'artiste avait pris passage pour sa femme, il fallut que quelqu'un jouât le rôle de la morte pendant le voyage. On persuada aisément à la domestique de s'en charger. La troisième

cabine retenue d'abord pour cette fille fut gardée. C'est
là que dormait la fausse Mme Wyatt, toutes les nuits. De
jour, elle représentait, au mieux de son habileté, sa
maîtresse qui n'était personnellement connue, on s'en
était informé, d'aucun des passagers. Mes propres erreurs
provinrent assez naturellement, de mon caractère trop
léger, trop enquêteur, trop enclin aux conjectures sans
fondement. — Mais depuis quelque temps, il est rare
que je dorme bien la nuit. Il y a un visage qui me
hante de quelque côté que je me tourne, et un certain
rire hystérique ne cesse de résonner à mes oreilles.

NE PARIEZ JAMAIS VOTRE TÊTE AU DIABLE

CONTE MORAL

Con tal que los costumbres de un autor, dit Don Thomas
de las Torres dans la préface de ses Poëmes érotiques,
sean puras y castas, importa muy poco que no sean igual-
mente severas sus obras, ce qui veut dire que pourvu
qu'un auteur soit honnête, il ne tire pas à conséquence
que ses livres ne le soient pas. — Il est probable que
Don Thomas se trouve maintenant au purgatoire à
expier cette maxime. Il serait sage par justice littéraire
de l'y garder jusqu'à ce que ses poëmes soient épuisés
ou tombent en oubli faute de lecteurs. Car tout livre
de fiction doit avoir une morale. Bien plus, les critiques ont découvert qu'aucun n'en manque. Philippe
Mélanchton a écrit, il y a une couple de siècles un com-
mentaire sur la *Batrachomyomachie*, et a prouvé que par
cette épopée le poëte avait voulu inspirer l'horreur des
séditions. Pierre la Seine fait un pas de plus et montre
qu'il avait eu l'intention de recommander aux jeunes
gens la tempérance dans le manger et le boire. De même

Jacobus Hugo s'est tenu pour assuré que Homère par Evénus entendait insinuer Calvin, par Alcinoüs Martin Luther, par les Lotophages les protestants en général, et par les Harpies les Hollandais.

Nos scholiastes plus modernes sont également perspicaces. Ces braves gens prouvent que les *Antidéluviens* ont un sens caché, que tel poëme est une parabole, que tel autre ouvre de nouveaux horizons, que « Saute sur mon pouce » renferme des vues transcendantes ; bref il a été démontré qu'aucun homme ne peut s'asseoir pour écrire, sans quelque très-profond dessein.

On épargne ainsi beaucoup de travail aux auteurs en général. Un romancier, par exemple, n'a nul besoin de se creuser la cervelle au sujet de sa morale. Elle est là, c'est à dire elle est quelque part. La morale et les critiques n'ont qu'à s'arranger entre eux. Quand le moment sera venu, tout ce que ce Monsieur a voulu dire et tout ce qu'il n'a pas voulu dire, seront mis en pleine lumière dans le *Quotidien* et la *Revue* du temps, à ne pas oublier tout ce qu'il aurait dû vouloir dire et tout ce qu'il avait évidemment l'intention de vouloir dire ; en sorte que finalement tout ira pour le mieux.

Il n'y a donc aucune justice dans l'imputation lancée contre moi par certains ignorants, qui prétendent que je n'ai jamais écrit de conte moral ou, plus précisément, de conte qui eût une morale. Mes dénigreurs, tout simplement, ne sont pas les critiques prédestinés qui doivent m'interpréter et faire ressortir mes tendances vertueuses. Voilà le secret. Un jour la *Somnifère de l'Amérique du Nord* leur fera honte de leur stupidité.

Dans l'entre-temps, pour différer mon exécution, pour mitiger les charges qui pèsent sur moi, j'offre à mes détracteurs la triste histoire qui va suivre, histoire dont la moralité ne peut être mise en doute, puisque celui-là même qui se contenterait de parcourir superficiellement mon œuvre, serait forcé de lire dans les lettres capitales du titre, la leçon qu'elle comporte. On me doit même de la reconnaissance pour cette manière de faire, bien plus sage que celle de La Fontaine et de quelques autres, qui retardent la morale jusqu'au dernier moment et la glissent ainsi subrepticement à la queue de leurs fables.

Defuncti injuria ne afficiantur est une loi qui se trouvait gravée sur les Douze Tables, et *de mortuis nil nisi bonum* est un précepte excellent , même si le mort dont il s'agit n'a été que fort peu de chose. Il n'entre donc pas dans mon dessein de vitupérer la mémoire de mon ami Tobias Dieumedamne. C'était un mauvais garnement, il est vrai, et il n'eut que la mort qu'il méritait. Mais il n'était, certes, nullement à blâmer pour ses vices, qui provenaient d'un défaut physique de sa mère. Celle-ci fit pour son fils ce qu'elle put, le fouettant à tour de bras quand il était en bas-âge. Car pour elle les devoirs étaient des plaisirs, et elle était persuadée que les enfants, comme les beafsteaks coriaces, gagnent à être battus. Mais, la pauvre femme! Elle avait la malechance d'être gauchère et, pour un marmot, être fouetté de la main gauche est pire que de ne pas l'être du tout.

Le monde va de droite à gauche. Il ne fait donc pas de bien de fouetter de gauche à droite. Si chaque coup

appliqué dans le bon sens chasse une mauvaise inclination, il s'ensuit que tous les horions donnés à rebours
infusent à l'enfant une dose équivalente de méchanceté!

Je fus bien des fois présent aux corrections de Tobias,
et rien qu'à la tournure des coups de pied qu'il lançait
en retour, je m'apercevais qu'il devenait pire de jour en
jour. Enfin je vis à travers les larmes qui me remplis-
saient les yeux, qu'il n'y avait plus d'espoir pour le
drôle. Un jour qu'il avait reçu des gifles au point de
devenir noir de visage comme un petit négrillon, et
qu'il se tortillait furieusement dans un accès de rage, je
ne pus me retenir plus longtemps, mais tombant aussitôt à genoux et élevant ma voix, je prophétisai sa
ruine.

Le fait est que sa précocité dans le vice était effroyable.
A cinq mois, il se mettait dans de telles colères qu'il ne
pouvait articuler un mot ; à six mois, je le surpris ron-
geant un paquet de cartes ; à 7 mois, il avait l'habitude
constante d'embrasser toutes les petites filles ; à huit
mois, il refusa péremptoirement de signer son vœu de
tempérance. Il alla ainsi croissant en iniquité, au point
qu'à la fin de sa première année, non seulement il in-
sista pour porter des moustaches, mais même avait pris
le pli de jurer, de dire de gros mots et de soutenir ses
assertions par des paris.

C'est ce dernier vice, si peu comme il faut, qui fit
que la ruine prédite par moi à Tobias Dieumedamne,
l'accabla enfin. Cette déplorable habitude, avait crû de sa
croissance et s'était fortifiée de sa force, en sorte que,

devenu un homme, il pouvait à peine dire une phrase sans l'accompagner d'une invite au jeu. Non pas que réellement il ouvrît des paris ; je veux rendre à mon ami cette justice qu'il se serait plutôt ouvert le ventre. Chez lui, c'étaient là de simples manières de parler. Ses expressions de ce chef n'avaient aucun sens. Elles étaient purement, sinon innocemment, explétives, imaginatives, faites pour arrondir la phrase. Quand il disait « je vous parie cela ou cela, » personne ne songeait à le prendre au sérieux.

Cependant, je ne pus m'empêcher de croire que je devais lui marquer mon déplaisir à ce sujet. C'était un habitude immorale ; je le lui dis. C'était une habitude vulgaire, je le priai d'en être assuré. Elle était désavouée par la bonne société, — je n'affirmais là rien qui ne fût vrai. Elle était interdite par un acte du congrès, — je n'avais nullement l'intention de mentir. Je lui fis des remontrances, — mais sans effet. Je démontrai, — en vain. Je suppliai, — il sourit. J'implorai, — il rit. Je prêchai, — il se mit à ricaner. Je menaçai, — il jura. Je lui donnai des coups de pied, — il appela la police. Je lui tirai le nez, — il se moucha, et paria sa tête au diable que je n'oserais pas recommencer.

Tobias Dieumedamne devait encore à sa mère un second défaut ; son dénûment. Il était horriblement pauvre. Et c'était pour cela, sans doute, que ses expressions explétives sur les paris prenaient rarement un tour pécuniaire. Je ne puis pas affirmer que je lui aie jamais entendu prononcer une phrase telle que : « Je vous parie un dollar. » Non, il disait habituellement

« je vous parie tout au monde, » ou « je vous parie ce que vous voulez, » ou plus crûment « je parie ma tête au diable. »

Ce dernier tour de langage sembla lui plaire le mieux, peut-être parce qu'il entraînait le moins de risques. Car Tobias Dieumedamne était devenu terriblement parcimonieux. Si quelqu'un l'avait pris au mot, sa tête était petite, et la perte eût été petite aussi. — Mais ces réflexions sont de moi et je ne suis nullement sûr que j'aie le droit de les prêter à mon ami. Quoi qu'il en soit, sa phrase lui agréa tous les jours davantage, malgré l'inconvenance grossière d'un homme pariant son cerveau comme des billets de banque. Mais c'était là un point que la perversité de mon ami ne lui permettait pas de comprendre. Finalement, il abandonna toute autre forme de pari et s'adonna au « je parie ma tête au diable, » avec une dévotion exclusive qui me déplut autant qu'elle me surprit.

Je suis toujours désagréablement frappé par les choses dont je ne puis me rendre compte. Les mystères forcent l'homme à penser et nuisent ainsi à sa santé. Le fait est qu'il y avait quelque chose dans l'air avec lequel Dieumedamne avait coutume d'émettre son expression déplaisante, quelque chose dans sa façon de s'énoncer qui d'abord m'intéressa, puis me mit mal à mon aise, quelque chose qu'à défaut de terme plus exact, je demande la permission d'appeler drôle, mais que M. Coleridge qualifierait de mystique, M. Kant de panthéistique M. Carlyle de circonvolutif, et M. Emerson d'hyperludificatif.

Je commençai à ne plus trouver cela de mon goût.
L'âme de Dieumedamne était dans un état périlleux.
Je résolus de mettre toute mon éloquence en jeu pour
la sauver;je fis vœu de venir en aide à mon ami, comme
St Patrick,à ce que racontent les chroniques irlandaises,
vint en aide à un crapaud,quand,par un sermon, l'évêque
réveilla la conscience endormie de cet animal. Je me
mis immédiatement à l'œuvre. Encore une fois, je re-
courus aux remontrances et rassemblai toute mon énergie pour une tentative déprécatoire finale.

Quand j'eus terminé mon allocution, M. Dieumedamne
se livra à une conduite extrêmement équivoque. Pendant quelques moments il resta silencieux, me regardant curieusement en face. Ensuite il inclina la tête de
côté, et leva les sourcils à une grande hauteur ; il ouvrit les paumes de ses mains et haussa les épaules ; il
cligna de l'œil droit et répéta la même opération avec le
gauche ; il les ferma tous deux étroitement ; il les ouvrit
si grands, que je m'alarmai pour ce qui allait en résul-
ter ; il appliqua son pouce à son nez et crut devoir faire
une pantomime indescriptible avec les autres doigts ;
finalement,croisant ses bras,il condescendit à répondre .

Je ne puis me rappeler de son discours que les en-tête.
Il me serait obligé, dit-il, si je tenais ma langue. Il ne
désirait aucun de mes avis. Il méprisait toutes mes insinuations. Il était assez âgé pour se garder lui-même. Est-
ce que je croyais qu'il était encore le petit Dieumedamne ?
Est-ce que j'avais l'intention de rien dire contre sa réputation ? Est-ce que je voulais l'insulter ? Etais-je un sot ?
Et,pour passer à un autre sujet,est-ce que ma mère savait

que j'étais sorti? Il me posait cette question, comme à
un homme de véracité, et il s'engageait à s'en tenir à ma
réponse. Encore une fois, il me le demandait explicité-
ment, ma mère savait-elle que j'étais dehors ? Ma confusion, dit-il, me trahissait, et il voulait bien parier sa
tête au diable, que mes parents ignoraient mon escapade.

Dieumedamne n'attendit pas ma réponse. Tournant
sur ses talons, il me quitta avec une précipitation peu
digne. Il fit bien de partir. Mes sentiments avaient été
blessés, ma colère même excitée. Pour une fois j'aurais
tenu son pari insultant et j'aurais gagné au malin la tête
de Dieumedamne ; car le fait est que ma mère savait
parfaitement que j'avais quitté la maison.

Mais, *Khôda schefa midêhed*, le ciel donne guérison,
comme disent les Musulmans quand vous leur marchez
sur les orteils. C'était dans l'accomplissement de mon
devoir que j'avais été honni, et je supportai l'insulte
comme un homme. Il me sembla, cependant, que j'avais
fait tout ce qu'on pouvait exiger de moi pour ce misérable, et je résolus de ne plus l'ennuyer de mes conseils,
l'abandonnant à sa conscience et à lui-même. Mais quoique je m'abstinsse, dorénavant, de lui donner des avis
indiscrets, je ne pus prendre sur moi de rompre complètement avec lui; j'allai même jusqu'à prendre plaisir
à quelques-uns des ses penchants les moins répréhensi-
bles ; et il y eut des moments où je me surpris à rire
de ses plaisanteries perverses, — comme les Epicuriens
mangeaient de la moutarde — les larmes aux yeux.
Tant ses mauvaises paroles m'affligeaient.

Un beau jour, étant sortis flâner bras dessus, bras

dessous, notre route nous mena du côté de la rivière. Il y avait un pont que nous voulûmes passer. Ce pont avait été couvert d'une toiture pour le protéger des intempéries, et, comme on n'y avait percé que peu de baies, le passage demeurait désagréablement sombre. Quand je pénétrai sous la voûte, le contraste entre la lumière éblouissante du dehors et l'obscurité intérieure abattit en quelque mesure ma gaîté. Mais non pas celle de ce malheureux Dieumedamne qui offrit de parier sa tête au diable que j'étais tombé en hypocondrie.

Mon compagnon semblait étrangement dispos. Il était d'humeur extrêmement joyeuse, si bien que j'éprouvai je ne sais quels soupçons inquiétants. Il n'est pas impossible qu'il ne fût atteint de transcendantalisme. Cependant je ne suis pas assez versé dans la diagnostic de cette maladie pour trancher ce point, et, malheureusement, aucun de mes amis du *Diaire philosophique* n'était présent. Si j'avance cette idée de transcendantalisme, c'est à cause d'une certaine bouffonnerie grave que semblait affecter mon pauvre ami et qui le faisait se rendre ridicule: Rien ne lui plaisait davantage, à tout obstacle qu'il rencontrait, que de se glisser dessous ou de sauter par dessus, tantôt criant, tantôt murmurant toute sorte d'étranges paroles, petites ou grandes, et malgré cela tenant tout le temps la mine la plus grave du monde. Réellement, je ne pouvais prendre de parti entre mon envie de lui administrer des coups de pieds, et ma propension à le plaindre.

Enfin, ayant presque traversé le pont, nous arrivâmes à l'extrémité du trottoir, où notre marche fut arrêtée par

un tourniquet d'une certaine hauteur. Je le passai tranquillement en le faisant virer comme c'est l'habitude. Mais
cela ne pouvait convenir au tour d'esprit fantasque de
Tobias Dieumedamne. Il eut l'idée de le sauter et affirma
qu'il pouvait, se trouvant en l'air et au-dessus de la
stèle, imiter avec ses jambes les battements d'aile d'un
pigeon volant. Or, à parler consciencieusement, je ne
pensais pas qu'il pût faire cela. Le plus grand sauteur
de ma connaissance, est assurément mon ami M. Carlyle et, comme je savais que, lui, n'arriverait pas à accomplir un pareil exploit, je ne pouvais croire que
Dieumedamne en fût capable. J'eus sujet de regretter
mon scepticisme ; car aussitôt mon ami offrit de parier
sa tête au diable qu'il sauterait comme il l'avait dit.

J'allais répondre, malgré mes serments, par quelques remontrances sur son impiété, quand j'entendis à
côté de mon coude, un faible toussement, comme de quelqu'un qui aurait fait « bon. » Je sursautai et, surpris,
je jetai les yeux autour de moi. Après quelques recherches, mon regard parvint à une encoignure dans la char-
pente du pont et y découvrit la figure d'un vieux
monsieur, petit et boiteux, d'aspect vénérable. Rien ne
pouvait être plus digne de révérence que tous ses dehors.
Car, non seulement il portait un costume complet de
drap noir, mais sa chemise était parfaitement propre. Le
col s'en repliait très-soigné sur une cravate blanche,
tandis que ses cheveux étaient partagés par le milieu
comme ceux d'une fille. Ses mains étaient croisées
pensivement sur son estomac, et ses deux yeux se con-
vulsaient d'une façon circonspecte derrière ses paupières

En observant de plus près ce personnage, je remarquai qu'il portait un petit tablier de soie noire par dessus ses habits ; et c'était là un fait qui me parut bizarre. Mais avant que j'eusse le temps de faire aucune remarque sur ce détail singulier, le personnage fit une seconde fois « bon. »

A ce monosyllabe, je ne trouvai pas immédiatement de réponse. Le fait est que les interjections de cette nature laconique sont à peu près sans répartie possible. J'ai connaissance d'une revue qui fut réduite au silence par un simple « ah bah ». Je n'ai donc pas honte de dire que je me retournai vers Dieumedamne pour lui demander conseil.

— Dieumedamne, dis-je, qu'est-ce que vous faites ? Est-ce que vous n'entendez pas ? Ce monsieur a dit « bon ».

Je regardais sévèrement mon ami en lui parlant de la sorte ; car à dire vrai, je me sentais particulièrement embarrassé, et, quand un homme est embarrassé, il lui faut froncer les sourcils et prendre un air terrible ; autrement, il est à peu près sûr de faire la figure d'un sot.

— Dieumedamne, m'écriai-je, quoique cela sonnât énormément comme un juron, ce à quoi je ne songeais nullement, Dieumedamne, dis-je, ce Monsieur a dit « bon ».

Je n'essayerai pas de défendre ma remarque au point de vue de la profondeur ; je ne la croyais pas profonde moi-même ; mais j'ai observé que l'effet de nos discours n'est pas toujours proportionné à l'importance qu'ils ont à nos propres yeux.

Si j'avais pulvérisé Dieumedamne au moyen d'une bombe Paixhans, ou si je lui avais jeté à la tête le *Poètes et Poésies de l'Amérique,* il aurait pu à peine prendre un air plus déconfit que quand je lui adressai ces simples paroles : Dieumedamne, que faites-vous ? N'entendez-vous pas ? Ce Monsieur a dit « bon. »

— Allons donc, vraiment ! murmura-t-il enfin, après avoir changé de couleur, plus souvent qu'un vaisseau pirate poursuivi par un navire de guerre, n'arbore de pavillons. Etes-vous bien sûr qu'il ait dit cela ? Eh bien, en tout cas, j'y suis, et il vaut autant faire bonne mine. Allons-y. « Bon, » dit-il.

En entendant cela, le vieux Monsieur sembla réjoui, Dieu seul sait pourquoi. Il quitta son encoignure, s'avança en clopinant, prit gracieusement la main de Dieumedamne et la secoua cordialement, le regardant en face avec un air de bienveillance sans mélange.

— Je suis parfaitement sûr que vous gagnerez, Dieumedamne, dit-il avec le plus franc des sourires ; mais nous sommes obligés d'en passer par l'épreuve, vous savez, par pure forme.

— Bon, répliqua mon ami en ôtant sa veste avec un profond soupir, et attachant un mouchoir autour de sa ceinture. Il avait modifié sa physionomie d'une façon indescriptible en remontant les coins de ses paupières, et en abaissant ceux de ses lèvres.

— Bon.

Il répéta ensuite encore une fois « bon » et depuis je ne lui ai pas entendu dire un mot de plus.

Oh, oh, pensai-je à part moi, voilà un mutisme bien

remaquable pour Dieumedamne. C'est probablement la conséquence de sa verbosité, d'il y a quelque temps ; un extrême en amène un autre. Je m'étonne s'il a oublié le grand nombre de questions sans réponses qu'il m'a posées si couramment, le jour où je lui fis mon dernier sermon. A tout hasard, le voilà guéri de son transcendantalisme.

— Bon, fit ici Dieumedamne comme s'il avait lu mes pensées ; et il eut l'air d'un mouton très-vieux et songeur.

Le petit Monsieur le prit maintenant par le bras et le conduisit dans l'ombre du pont à quelques pas du tourniquet.

— Mon cher ami, dit-il, je me fais conscience de vous accorder autant de champ que voilà. Attendez ici, jusqu'à ce que je me sois posté auprès du tourniquet, de façon que je puisse voir si vous le sautez d'une façon convenable et transcendante. N'oubliez pas les battements d'aile du pigeon volant. Une simple forme, vous savez. Je dirai une, deux, trois, allez. Prenez garde de partir au mot « allez ».

Il prit position auprès du tourniquet, attendit un moment comme réfléchissant profondément, *jeta un coup d'œil en haut, vers la toiture*, et, à ce que je pensai, sourit très-légèrement, puis resserra les attaches de son tablier, regarda longuement Dieumedamne, et finalement donna le signal :

— Une, deux, trois, allez.

Ponctuellement au mot convenu, mon pauvre ami s'élança au galop. Le tourniquet n'était pas excessivement élevé, ni cependant très-bas, de sorte, qu'en somme, je pensais que Dieumedamne, le franchirait. Mais qu'arriverait-il, s'il ne le franchissait pas? Quel droit, me dis-je, a ce vieux Monsieur de faire sauter les gens? Ce vieux petit radoteur, qui est-il? S'il me demande de sauter, je ne le ferai pas, voilà qui est clair, et je ne me soucie pas de savoir qui diable il est.

Le pont, comme je l'ai fait observer, était voûté et couvert d'une façon ridicule. Il y avait là dedans un écho, très désagréable. Cet écho, je ne l'entendis jamais si distinct que quand je m'oubliai à murmurer les trois derniers mots de ma réflexion.

Mais ce que je dis, pensai ou entendis ne m'occupa qu'un instant. Mon pauvre Tobias avait pris son élan. Je le vis courir agilement, puis sauter du sol du pont en agitant ses jambes de la façon la plus admirable, comme il montait en l'air. Je le vis tout en haut faire le pigeon volant merveilleusement, juste au-dessus du tourniquet. Mais, chose que je trouvai extrêmement singulière, il ne continua pas à décrire sa courbe, il ne passa pas par-dessus l'obstacle. Le saut ne dura qu'un instant, et avant que j'eusse le loisir de faire de profondes réflexions, voilà Dieumedamne qui tombe à plat sur son dos, devant le tourniquet, du même côté que celui d'où il avait bondi.

Au même moment je vis le vieux Monsieur s'en aller en clopinant le plus vite qu'il pouvait. Il avait saisi et enveloppé dans son tablier quelque chose qui y était tombé lourdement de la voûte obscure juste au-dessus du tourniquet.

De tout cela je fus fort étonné, mais sans avoir le

temps d'y réfléchir. Car Dieumedamne restait étendu sur le carreau plus tranquillement que ce n'était son habitude. J'en conclus que ses sentiments avaient été froissés, et qu'il avait besoin de mon assistance. Je me hâtai d'aller à lui. Je trouvai alors qu'il avait reçu ce qu'on peut appeler une blessure grave. Le fait est qu'il n'avait plus sa tête et que je ne pus la retrouver nulle part, quoique je l'aie bien cherchée. De sorte que je me déterminai à le ramener chez lui, et à faire appeler les homéopathes.

Sur ces entrefaites il me vint une idée. J'allai ouvrir une des baies du pont et la triste vérité m'apparut. Environ à cinq pieds, juste au-dessus du tourniquet, et transversalement, était une barre de fer plate, posée de champ sur sa largeur, et faisant partie d'un système de barres semblables destinées à rendre la toiture du pont plus solide. Il me parut évident que le cou de mon malheureux ami avait précisément rencontré le tranchant de cette traverse.

Le pauvre Dieumedamne ne survécut pas longtemps à sa terrible lésion. Les homéopathes ne lui donnèrent pas assez peu de médecine, et ce qu'ils lui donnèrent, il hésita à le prendre. De sorte que finalement son état empira, et qu'il mourut, exemple effrayant pour tous les marmots mal embouchés. J'humectai sa tombe de mes larmes, je mis le deuil à mon écusson de famille, et quant aux frais généraux des funérailles, j'en envoyai la note modérée aux transcendantalistes. Ces coquins refusèrent de me payer. Je fis immédiatement exhumer Dieumedamne et vendis son cadavre pour de la viande à chien.

LE JOURNAL DE JULIUS RODMAN

Contenant le récit du premier passage à travers les Montagnes Rocheuses de l'Amérique du Nord, qui ait jamais été accompli par un homme civilisé.

FRAGMENT

Nous sommes redevable à M. John H. Ingram de la communication de ce fragment, que nous donnons plus loin, traduit en partie. Le *Journal* ne se trouve dans aucune édition des œuvres de Poe. On ignorait que ce dernier en fût l'auteur, jusqu'à la découverte d'une de ses lettres qui en touche un mot. Ce récit devait être publié dans le *Gentleman's Magazine*, et la partie que nous possédons y a paru en effet sans signature, dans les numéros de Janvier à Juin 1840. A ce moment Poe quitta le *Magazine* et, ce dernier cessant bientôt d'exister, le *Journal* en resta là et demeura inachevé.

Tel qu'il est, le fragment qui nous est parvenu et qui aurait formé vraisemblablement le quart de l'œuvre entière, est composé de la même façon réaliste que la

première partie des *Aventures d'Arthur Gordon Pym*.
Comme celles-ci, il est probable, d'après certains indices, que le *Journal* devait se terminer en fantaisie.

Les deux épisodes, traduits plus bas, occupent le milieu
environ du fragment. Dans le début, que nous avons
passé, l'auteur explique qu'il va reproduire le manuscrit d'un certain Julius Rodman, trappeur, qui,
de 1791 à 1794, aurait remonté à la tête de 14 compagnons, le cours du Missouri, traversé les Montagnes
Rocheuses et exploré le pays borné à l'est par ces mêmes
montagnes, au nord par l'océan arctique, à l'ouest par
l'Amérique Russe et au sud par le 60me parallèle.

Le *Journal* contient au commencement le portrait minutieux de tous les membres de l'expédition. Poe, parlant en son propre nom, avait exquissé auparavant celui
de Julius Rodman, personnage de sa manière « af-
« fligé d'une hypocondrie héréditaire, aimant la nature
« de tout son cœur et la préférant dans ses aspects ef-
« frayants ou sauvages. »

L'expédition partit le 3 juin 1791 de Petite Côte (aujourd'hui St Charles) au bord du Missouri, sur deux embarcations : une pirogue, et une barque mi-pontée.

Nous reprenons le *Journal* au 2 septembre de la même
année.

2 septembre. **N**ous avions maintenant atteint la partie
du fleuve où, d'après ce qu'on nous avait dit, il fallait
nous attendre à être attaqués par les Indiens. Nous de-
vînmes excessivement circonspects dans nos dispositions.

Nous nous trouvions dans le pays habité par les Sioux, tribu guerrière et cruelle, qui, en plusieurs occasions, avait montré sa haine des blancs, et qui était constamment en lutte avec ses voisins. Les Canadiens[1] en avaient long à raconter sur la barbarie de ces sauvages, et je craignais énormément que ces peureux ne saisissent la première occasion de déserter et de s'en revenir vers le Mississipi. Pour diminuer leurs chances de fuite, je remplaçai l'un d'eux dans la pirogue par Poindexter Greely, et je pris le Canadien avec moi dans la grande barque. Tous les Greely revinrent à bord, abandonnant leurs chevaux. Voici comment nous étions disposés. Dans la pirogue, Poindexter Greely, Tobie, un Canadien et Pierre Junôt. Dans la barque : Thornton et son chien Neptune, le Prophète, John, Franck, Robert et Meredith Greely, trois Canadiens et moi.

Nous mîmes à la voile, au crépuscule, et, comme nous avions un bon vent du sud, nous avançâmes rapidement. Cependant, à la tombée de la nuit, des barres de sable mouvant nous avaient donné fort à faire. Nous pûmes marcher sans interruption, jusqu'au point du jour. A ce moment, nous sommes entrés dans l'embouchure d'un petit affluent, où nous avons caché les bateaux sous le taillis.

3 et 4 septembre. Pendant ces deux jours, il a plu et

---

[1] Quatre Canadiens faisaient partie de l'expédition. Le reste était formé par les cinq frères Greely, trappeurs du Kentucky, un Virginien, Wormley surnommé le Prophète, un nègre, Tobie, et un autre Virginien, Thornton, l'ami particulier de Rodman. L'associé de ce dernier, Pierre Junôt, était le quatorzième. Un des Canadiens était mort dès le début.

venté avec une violence excessive, de sorte que nous ne sommes pas sortis de notre cachette. Le temps avait terriblement abattu notre courage, et les récits des Canadiens sur les Sioux n'étaient pas faits pour le relever. — Nous nous réunîmes tous dans la cabine de la grande barque et tînmes conseil pour savoir ce que nous ferions. Les Greely étaient pour que l'on poussât hardiment en avant, et maintenaient que les histoires des Canadiens étaient de pures exagérations, que les Sioux se contenteraient de nous molester, sans aller jusqu'à nous assaillir ouvertement. Mais Wormley, Thornton et Pierre (qui tous trois avaient une grande expérience des Indiens), pensaient que notre présent système de précautions étaient le meilleur, quoiqu'il nous forçât à aller moins vite. J'étais de leur avis. En continuant notre voyage de nuit, nous avions chance d'éviter une collision avec les Sioux et, quant au retard, j'estimais que cela tirait peu à conséquence.

5 septembre. Nous sommes partis à la nuit, et nous avions fait environ dix milles quand le jour parut. Nous cachâmes les barques comme la veille, dans une étroite crique, qui était bien ce qu'il nous fallait, étant presque close par une île couverte de taillis. La pluie commença de nouveau à tomber furieusement ; nous fûmes mouillés jusqu'à la peau avant d'avoir tout mis en ordre et nous être retirés dans la cabine.

Nous perdions courage par ce mauvais temps, et les Canadiens en particulier étaient pitoyablement démoralisés. Nous étions arrivés à un étranglement de la rivière où le courant était très-fort. Les escarpements qui des deux côtés surplombaient l'eau, étaient boisés dru de chênes, de noyers, de chataigniers et de frênes. A travers cette gorge, nous le savions, il serait extrêmement difficile de passer sans qu'on nous aperçût, même de nuit, et nos craintes qu'on ne nous attaquât, augmentèrent. Nous résolûmes de ne pas reprendre notre voyage avant le tard et d'avancer alors le plus furtivement possible. — Cependant, nous mîmes une sentinelle dans la pirogue et une sur la rive, pendant que nous nous occupions à inspecter les armes et les munitions, pour être prêts au pire.

Vers dix heures, nous nous préparions à partir, quand le chien de Thornton poussa un grognement sourd qui nous fit tous sauter sur nos carabines. La cause de cette alerte, se trouva être un Indien de la tribu des Poncas qui vint franchement à notre sentinelle de la rive et nous tendit la main. Nous l'amenâmes à bord et lui donnâmes du whisky. Il devint très-communicatif. Il nous dit que sa tribu, qui vivait quelques milles plus bas, surveillait nos mouvements depuis plusieurs jours, mais que les Poncas étaient nos amis et ne molesteraient pas les blancs. A notre retour, ils feraient des affaires avec nous. On l'avait envoyé pour que les faces pâles se gardent des Sioux, qui étaient de grands voleurs et qui nous attendaient embusqués, à 20 milles plus haut, à un coude de la rivière. Il y avait là trois bandes de Sioux, dit-il, et leur intention était de nous tuer tous pour venger une insulte faite à leur chef, il y avait bien des années, par un trappeur français.

. . . .

(Nous omettons ici une partie du *Journal*, concernant les mœurs des Sioux).

6 septembre. Le pays était ouvert et le temps remarquablement beau, en sorte que, malgré l'attente d'une attaque prochaine, nous étions d'assez belle humeur. Jusque là nous n'avions pas aperçu l'ombre d'un Indien et nous avancions rapidement à travers leur redouté territoire. Je connaissais trop bien la tactique des sauvages pour supposer que nous n'étions pas surveillés de près. J'avais la conviction que nous entendrions parler des Titons (tribu des Sioux), à la première gorge qui leur fournirait une bonne embuscade.

Vers midi, un des Canadiens, se mit à brailler, « les Sioux, les Sioux ! », montrant du doigt un ravin long, étroit, qui coupait la prairie à notre gauche, partant du Missouri et allant aussi loin vers le Sud, que l'œil pouvait le suivre. Ce ravin servait de lit à un petit affluent, dont les eaux étaient basses, et les flancs s'en dressaient de chaque côté, comme d'énormes et véritables murailles. Au moyen d'une longue vue, je distinguai immédiatement ce qui avait fait donner l'alarme au Canadien. Une longue troupe de Sioux descendait la gorge, à la file indienne, tâchant de se dissimuler de son mieux. Mais les plumes de leur coiffure les avaient fait découvrir, car, à chaque instant, nous en voyions quelqu'une dépasser les bords du ravin, quand un accident du sol forçait les guerriers à remonter plus haut. Nous devinâmes aux oscillations de ces plumes, que les Sioux étaient à cheval.

La troupe venait à nous avec une grande rapidité.

J'ordonnai de faire force de rames afin de dépasser avant
eux l'endroit où le ravin atteignait la rivière. Dès que
les Indiens virent par notre vitesse accrue, qu'ils étaient
découverts, ils poussèrent immédiatement un grand cri,
sortirent du ravin et galopèrent à nous, au nombre d'une
centaine.

Notre situation était devenue périlleuse. A presque
tous les endroits que nous avions passés ce jour-là, je ne
me serais pas du tout soucié de ces brigands. Mais là précisément où nous nous trouvions, les rives étaient particulièrement escarpées et hautes, comme les bords d'un
ravin. De sorte que les sauvages étaient en mesure de
nous accabler, tandis que notre canon, sur lequel
nous avions tant compté, ne pouvait être braqué de manière à leur nuire. Et pour ajouter aux difficultés de notre situation, le courant au milieu de la rivière, était si
fort et si agité que nous ne pouvions avancer qu'en
lâchant nos armes et en travaillant de toute notre force
aux rames. L'eau vers la rive nord était trop basse,
même pour la pirogue, et le seul cours que nous pouvions suivre, si toutefois nous nous décidions à avancer,
passait à un petit jet de pierre de la rive gauche. Nous
y serions complètement à la merci des Sioux, mais nous
pourrions user vigoureusement de nos gaffes, aidés du
vent et du remous.

Si les sauvages nous avaient attaqués en cette con-
joncture, je ne sais pas comment nous leur aurions
échappé. Ils étaient tous bien pourvus d'arcs, de flèches,
de petits boucliers ronds, et présentaient un aspect extrêmement noble, pittoresque même. Quelques-uns des

chefs avaient des lances garnies de banderolles et étaient des hommes magnifiques.

Ou notre bonne chance, ou la grande stupidité des Indiens, nous tira contre toute attente, de péril. Les sauvages ayant galopé jusqu'à la crète de la rive, juste au-dessus de nous, poussèrent un nouveau cri et commencèrent une longue gesticulation, dont nous comprîmes immédiatement le sens. Ils nous signifiaient de nous arrêter et de venir à terre. Je m'attendais à cette sommation et j'avais arrêté qu'il serait prudent de n'y point prendre garde et de poursuivre notre route. Cette attitude eut un excellent effet. Les Indiens en semblèrent merveilleusement étonnés. Ils ne purent le moins du monde comprendre notre conduite, et firent de grands yeux quand nous continuâmes à ramer sans leur répondre. Ils étaient dans la stupéfaction la plus amusante. Puis, ils commencèrent une conversation animée entre eux ; finalement, ne sachant que faire, ils tournèrent les têtes de leurs chevaux vers le sud et disparurent, nous laissant aussi surpris que joyeux de leur départ.

Cependant nous profitâmes le plus possible de cette chance inespérée. Nous poussâmes en avant de toute notre force, afin de sortir de la région des escarpements avant le retour, que nous prévoyions, de nos ennemis. Après environ deux heures, nous les aperçûmes qui revenaient à une grande distance au sud, en nombre bien plus considérable qu'auparavant. Ils arrivaient au grand galop et furent bientôt au bord de la rivière. Mais notre position était maintenant bien plus avantageuse qu'auparavant, car les rives étaient en pente douce et il n'y avait plus d'arbres pour protéger les Indiens contre nos balles. De plus, le courant n'était pas très-rapide et nous pouvions nous maintenir au milieu du fleuve.

La troupe des Sioux, à ce qu'il apparut, n'était partie, que pour se procurer un interprète, qui se montra maintenant monté sur un grand cheval gris. Il entra dans l'eau, y pénétra aussi loin que sa monture eut pied, et nous cria en mauvais français de nous arrêter et de venir à terre. A cela je fis répondre par un des Canadiens que, pour obliger nos amis, les Sioux, nous voulions bien nous arrêter un moment et converser avec eux ; mais qu'il nous était impossible de débarquer, car nous ne pouvions le faire sans incommoder notre grande médecine (le Canadien, à ces mots montra notre canon) qui était désireuse de ne pas interrompre son voyage et à laquelle nous craignions de désobéir.

A cette réponse, les Indiens, recommencèrent leurs chuchotements agités et leur gesticulation, paraissant ne plus savoir que faire.

Sur ces entrefaites, les barques avaient été mises à l'ancre dans une situation favorable. J'étais résolu à combattre, si cela était nécessaire, et à donner à ces brigands une leçon qui leur inspirât une crainte salutaire pour l'avenir. Je réfléchis qu'il était presqu'impossible de rester en bons termes avec ces Sioux qui étaient nos ennemis dans l'âme, et qui ne pouvaient être retenus de nous piller et de nous assassiner que par l'expérience de nos forces. Si nous accédions à leur demande présente d'aller à terre, et si nous réussissions même à nous acquérir une sécurité momentanée par des dons et des concessions, une pareille conduite ne nous serait pas finalement avantageuse. Ce serait plutôt un palliatif que la cure radicale de nos maux. Il était sûr que les Indiens chercheraient à assouvir sur nous leur cruauté, tôt au tard. S'ils nous laissaient partir maintenant, ils nous attaqueraient plus loin en un endroit défavorable, où nous ne pourrions que les repousser tout juste, sans leur inspirer aucune terreur. Situés comme nous l'étions au contraire, il était en notre pouvoir de leur infliger une leçon dont ils se souviendraient. Mais nous pourrions parfaitement ne plus nous trouver, lors d'une autre agression, dans une position aussi bonne. Pensant ainsi, et tous, excepté les Canadiens, approuvant mon avis, je me déterminai à prendre une attitude hardie et à provoquer les hostilités, plutôt que de les éviter. C'était là ce que nous devions faire. Les sauvages n'avaient pas d'armes à feu, si ce n'est un vieux fusil porté par un des chefs. Leurs flèches ne devaient pas être bien efficaces, lancées à une distance comme celle qui nous séparait. Quant à leur nombre nous ne nous en souciions guère. Leur position était telle, qu'elle les exposait à tout le feu de notre canon.

Quand Jules (le Canadien) eut fini son discours sur les dispositions de notre grande médecine, quand l'agitation des Indiens se fut un peu calmée, l'interprète parla de nouveau, nous posant trois questions.

Il voulait savoir : premièrement, si nous avions du tabac, du whisky ou des armes à feu ; secondement, si nous ne désirions pas que les Sioux vinssent ramer notre barque en remontant la rivière, jusqu'au pays des

Ricaris, qui étaient de grands coquins ; troisièmement, si notre grande médecine n'était pas une très-grosse et très-forte sauterelle verte.

A ces questions, faites avec le plus grand sérieux, Jules répondit d'après mes indications, comme suit : d'abord, que nous avions du whisky en abondance, aussi bien que du tabac, avec une provision inépuisable d'armes à feu et de poudre ; — mais que notre grande médecine venait de nous dire que les Titons étaient de plus grands coquins que les Ricaris, que les Titons étaient nos ennemis, qu'ils nous avaient attendus en embuscade, depuis nombre de jours pour nous attaquer et nous tuer, — que nous ne devions leur rien donner et n'avoir avec eux aucunes relations, — que, par conséquent, nous craignions ... eur faire des cadeaux, de peur de désobéir à notre grande médecine, avec laquelle il ne fallait pas plaisanter ; secondement, qu'après ce que nous venions d'apprendre sur leur compte, nous ne pouvions songer à les prendre pour ramer notre barque ; troisièmement, qu'il était heureux pour eux (les Sioux), que notre grande médecine n'eût pas entendu leur dernière question, celle sur la grosse sauterelle ; car dans ce cas, il aurait pu leur en coûter cher ; notre grande médecine n'était rien moins qu'une grosse sauterelle verte, et ils le verraient bientôt à leurs dépens, s'ils ne partaient pas, immédiatement, tous, à leurs affaires.

Malgré le danger imminent dans lequel nous nous trouvions, nous pouvions à peine tenir notre contenance, en voyant l'air de profond étonnement et de stupéfaction avec lequel ces sauvages écoutèrent nos réponses.

Je crois qu'ils se seraient immédiatement dispersés, et
nous eussent laissé continuer notre voyage, si ce n'eût
été pour les malheureuses paroles dans lesquelles je les
informais qu'ils étaient de plus grands coquins que les
Ricaris. Ceci était apparemment une insulte de la dernière atrocité, et les mit dans une furie terrible. Nous
entendîmes les mots « Ricaris, Ricaris » répétés à chaque
instant avec toute l'emphase et la colère possibles. La
bande, à ce que nous pûmes juger, se divisa en deux
partis, l'un insistant sur la puissance immense de la
grande médecine, l'autre sur l'insulte outrageante d'avoir
été appelés de plus grands coquins que les Ricaris.
Comme les affaires en étaient là, nous maintînmes notre
position au milieu du fleuve, fermement résolus à
décharger sur ces brigands notre coup de mitraille, à la
première injure qui nous serait faite.

L'interprète sur le cheval gris, entra de nouveau dans
le fleuve. Il dit qu'il croyait que nous ne valions pas
plus qu'il ne fallait ; — que toutes les faces-pâles qui
avaient précédement remonté le Missouri avaient été les
amis des Sioux, et leur avaient fait de grands cadeaux ;
— qu'eux, les Titons, étaient déterminés à ne pas nous
laisser avancer d'un pied, à moins que nous ne venions
à terre et leur donnions tous nos fusils, toute notre
eau-de-vie et la moitié de notre tabac ; — qu'il était évident que nous étions les alliés des Ricaris, (qui se trouvaient alors en guerre avec les Sioux,) et que notre
dessein était de leur porter des provisions, ce qu'eux,
les Sioux, ne permettraient pas ; — enfin qu'il n'avait pas
grande opinion de notre médecine, car elle nous avait

dit un mensonge sur les intentions des Sioux et n'était
positivement, malgré que nous pensions le contraire,
qu'une grande sauterelle verte.

Ces derniers mots furent repris par toute la troupe,
quand l'interprète les eut prononcés, et hurlés à pleine
voix, afin que la médecine elle-même n'en ignorât. En
même temps, la troupe se rompit en un désordre
sauvage ; les guerriers se mirent à galoper furieusement,
en petits cercles, faisant des gestes indécents et insul-
tants, brandissant leurs lances, et sortant leurs flèches
des carquois.

Je savais que l'attaque allait commencer. Je me déterminai donc, avant qu'aucun de nous ne fût blessé, à ouvrir
les hostilités. Il n'y avait rien à gagner par un délai, et
tout, par une action prompte. Dès qu'une bonne occasion se présenta, j'ordonnai de faire feu. Je fus obéi à
l'instant. L'effet de la décharge fut désastreux et répondit parfaitement à notre dessein. Six des Indiens furent
tués, et peut-être trois fois autant, grièvement blessés.
Le reste, en proie à la plus grande panique, partit en
désordre, vers la prairie, pendant que nous levions
l'ancre, rechargions le canon et nous approchions du
rivage. Quand nous l'atteignîmes il n'y avait pas un
Titon valide en vue. Je laissai John Greely avec deux
Canadiens à la garde des bateaux, débarquai avec le
reste des hommes, et, allant à un sauvage, qui était
blessé, mais non dangereusement, je lui parlai par le
truchement de Jules. Je lui dis que les blancs étaient
bien disposés pour les Sioux, et pour tous les Indiens ;
que notre seul objet, en les visitant, était de prendre des

peaux de castor et de voir le beau pays qui avait été donné aux hommes rouges par le Grand Esprit ; que quand nous nous serions procuré autant de peaux que nous en désirions et quand nous aurions vu tout ce que nous étions venus voir, nous retournerions chez nous ; que nous avions appris que les Sioux, et spécialement les Titons, étaient une race querelleuse, que sachant cela, nous avions emporté notre grande médecine pour nous protéger ; qu'elle était exaspérée, maintenant, contre les Titons à cause de l'insulte intolérable qu'ils lui avaient faite, en l'appelant une sauterelle verte, ce qu'elle n'était nullement ; que j'avais eu grand'peine à l'empêcher de poursuivre les guerriers qui s'étaient enfuis et de sacrifier les blessés qui gisaient à terre ; je n'avais réussi à la calmer, qu'en me rendant responsable de la bonne conduite future des Indiens. — A cet endroit de mon discours le sauvage parut grandement soulagé et me tendit la main en signe d'amitié. Je la pris et l'assurai, lui et ses amis, de ma protection tant qu'ils ne nous molesteraient pas, faisant suivre cette promesse d'un don de 20 rouleaux de tabac, de quelque petite quincaillerie, de quelque verroterie et de flanelle rouge pour lui et les autres blessés.

Pendant tout ce temps, nous observions soigneusement si les Sioux fugitifs ne revenaient pas. Quand je finis de distribuer les présents, plusieurs Indiens apparurent dans le lointain et furent évidemment aperçus par les sauvages mis à mal. Mais je pensai qu'il valait mieux n'y faire aucune attention et, peu après, je retournai aux bateaux.

Toute cette interruption nous avait retenus assez longtemps. Il était après trois heures quand nous reprîmes
notre route. Nous fîmes grande hâte. Car j'étais désireux
d'être, avant la nuit, aussi loin que possible de la scène
du combat. Nous avions un fort vent arrière, et le courant diminuait de force comme nous avancions, le fleuve
continuant à s'élargir. Nous fîmes donc beaucoup de
chemin et à 9 heures nous avions atteint une île grande,
bien boisée, située près de la côte nord, à l'embouchure
d'un petit affluent. Nous résolûmes d'y camper et
avions à peine mis pied à terre, quand un des Greelys
tua un beau buffle. Ces animaux étaient nombreux dans
l'île. Après avoir placé nos sentinelles pour la nuit, nous
accommodâmes la bosse du buffle pour souper, et l'arro-
sâmes d'autant d'eau-de-vie que cela nous convenait.
Nous discutâmes alors nos exploits du jour. La plupart
des hommes traitèrent tout le combat comme une
excellente plaisanterie. Mais je ne pouvais aucunement
me réjouir à ce sujet. Jamais avant, je n'avais répandu
de sang humain. Et, quoique le bon sens me représentât
que j'avais pris le parti le plus sage et celui sans doute
qui se trouverait finalement être le moins sanguinaire,
cependant ma conscience se refusait à entendre raison,
murmurant obstinément à mon oreille : « c'est du sang
humain que tu as versé. »

Les heures passèrent lentement, je ne pouvais dormir.
Enfin le jour apparut, et avec la fraîche rosée du matin,
la brise, les fleurs souriantes, il me vint un nouveau
courage et un cours de pensées plus hardi. Je considérai
avec plus de sang-froid ce que j'avais fait, et je regardai

le combat de la veille à son seul point de vue juste, celui de son urgente nécessité.

. . . .

(Ici Poe lui-même néglige de donner la partie du Journal qui aurait décrit l'hivernage de l'expédition dans le pays des Ricaris. Le récit reprend au 10 Avril 1792.)

10 Avril. Le temps qui était de nouveau délicieux, nous ragaillardit. On commençait à sentir le soleil, et le fleuve était tout à fait libre de glaces, à ce que nous assurèrent les Indiens, jusqu'à 100 milles plus haut. Nous dîmes adieu à Petit-Serpent (chef des Ricaris qui avait donné aux voyageurs de nombreuses preuves de son amitié pendant l'hiver,) et à sa tribu, avec un regret véritable. Après avoir déjeuné, nous reprîmes notre voyage. Perrine (un agent en pelleteries de la compagnie du Hudson qui se rendait à Petite Côte) nous fit la conduite avec trois Indiens durant cinq milles, puis prit congé de nous et revint au village où, à ce que nous sûmes plus tard, il périt de mort violente de la main d'une squaw qu'il avait insultée en quelque manière.

Quand l'agent nous eût quittés, nous poussâmes vigoureusement nos barques en avant, et fîmes beaucoup de chemin, malgré la rapidité du fleuve. Dans l'après-midi, Thornton, qui se plaignait depuis plusieurs jours, tomba sérieusement malade ; tellement, que j'insistai pour que l'on revînt à notre hutte jusqu'à ce qu'il se portât mieux. Mais il refusa si obstinément cette offre, que je fus forcé de céder. Nous lui fîmes un lit confortable dans la cabine et lui donnâmes tous les soins que nous pouvions.

Mais il avait une fièvre de cheval, avec du délire de temps en temps, et je craignais beaucoup qu'il ne vînt à mourir.

Cependant nous avancions résolument ; à la nuit nous avions fait 20 milles, ce qui est une excellente journée.

11 Avril. Le temps continue à être beau. Nous partîmes de bonne heure. Le vent, qui était favorable, nous aida beaucoup ; de sorte que, si ce n'eût été pour la maladie de Thornton, nous n'aurions pas eu à nous plaindre. Ce dernier semblait aller beaucoup plus mal ; je ne savais plus que faire. On le soignait du mieux qu'on pouvait. Jules, le Canadien, lui fit du thé avec des herbes de la prairie, ce qui eut pour effet de le faire transpirer. La fièvre diminua.

Nous nous arrêtâmes à la nuit, près de la rive Nord ; trois d'entre nous partirent en chasse dans la prairie, au clair de lune. Ils ne revinrent qu'à une heure du matin, sans leurs fusils et avec une antilope grasse. Ils racontèrent qu'ayant fait plusieurs milles, ils étaient arrivés au bord d'un ruisseau, quand, à leur grand effroi, ils se virent au milieu d'une grande troupe de guerriers Sioux Saonis. Ceux-ci les firent immédiatement prisonniers, et les emmenèrent à un mille de là, de l'autre côté du ruisseau, dans une espèce de parc ou d'enclos fait de boue et d'échalas, dans lequel se trouvait pris un grand troupeau d'antilopes. Ces animaux continuaient à se jeter dans le parc, dont l'entrée était faite de façon à ne plus leur permettre d'en ressortir. Les Indiens font cela tous les ans. En automne les antilopes émigrent de

la prairie pour aller chercher un abri et de la nourriture dans la région montagneuse au midi. Elles en
reviennent au printemps, en grandes troupes, et on les
prend aisément, en les attirant dans un enclos comme
celui dont je viens de parler.

Les chasseurs, John Greely, le Prophète, et un Canadien, n'espéraient plus pouvoir s'échapper des mains
des Indiens (au nombre d'une cinquantaine) et s'étaient
à peu près résignés à mourir. Greely et le Prophète
étaient pieds et mains liés. On les avaient désarmés.
Le Canadien, par contre, avait été laissé, pour une raison
ou pour une autre, libre de ses mouvements ; on ne lui
avait ôté que son fusil. Les sauvages ne lui avaient pas
pris son couteau; probablement ils ne l'avaient pas
aperçu, comme le Canadien le portait caché dans la
tige de sa guêtre. On le traita, en général, autrement
que ses compagnons. Cette circonstance se trouva
devenir la cause de leur salut à tous.

Il était à peu près 9 heures du soir quand ils avaient
été faits prisonniers. La lune était claire, mais comme
il faisait plus froid que d'habitude en cette saison, les
sauvages avaient allumé deux grands feux, à une distance suffisante du parc pour ne pas effrayer les antilopes qui continuaient à arriver en masse. Les Indiens
étaient occupés à cuire leur gibier, quand nos chasseurs
leur tombèrent entre les mains, au tournant d'un bouquet d'arbres [1]. Greely et le Prophète après avoir été
désarmés et attachés avec de fortes lanières de peau de

[1] Ceci est en contradiction avec ce qui précède,— chose rare
chez Poe. E. H.

buffle, furent jetés près d'un arbre, à une certaine distance des brasiers, tandis qu'on laissa le Canadien s'asseoir, gardé par deux sauvages, à l'un des feux. Le reste
des Indiens formait cercle autour de l'autre brasier plus
grand. Le temps passait lentement. Les chasseurs s'attendaient à tout instant à être massacrés ; les lanières
dont ils étaient liés, leur causaient des douleurs insup-
portables, tellement elles avaient été serrées. Le Canadien avait tâché d'engager la conversation avec ses
gardes, dans l'espoir de les corrompre et qu'ils le lais-
seraient aller, mais il ne put s'en faire comprendre.

Vers minuit les Indiens, autour du grand feu, furent
soudainement mis en émoi, par l'irruption de plusieurs
grosses antilopes qui bondirent à la file, à travers le
milieu du brasier. Ces animaux s'étaient frayé passage
à travers une portion de la muraille de boue qui les
enfermait, et, fous de rage et d'effroi, s'étaient dirigés
vers la lumière du feu, comme le font les insectes de
nuit. Il semblait que les Saonis n'avaient jamais entendu
parler d'un acte pareil de ces animaux, ordinairement
timides. Les Indiens furent terrifiés par ce qui leur
arrivait; leur alarme se convertit en un désarroi complet
quand tout le troupeau capturé vint sur eux, se préci-
pitant et bondissant, une minute ou deux après l'éva-
sion des premières antilopes. Nos chasseurs nous décri-
virent ce qui se passa alors comme une des scènes les
plus étranges du monde. Les antilopes étaient évidemment affolées; la vélocité, l'impétuosité avec lesquelles
elles volèrent, plutôt que bondirent, à travers les
flammes et parmi les sauvages épouvantés, présen-

taient, au dire de Greely (qui n'est nullement enclin à l'exagération) un spectacle non seulement imposant, mais terrible. Les antilopes emportèrent tout devant elles, dans leur premier élan. Ayant sauté par dessus le grand feu, elles coururent aussitôt au petit, dispersant tout autour les tisons et le bois emflammé, puis retournèrent comme folles au plus grand, et ainsi de suite en avant et en arrière, jusqu'à ce que les feux fussent éteints. Alors elles détalèrent comme la foudre du côté de la forêt, en petites troupes. Plusieurs des Indiens furent renversés dans cette mêlée furieuse, et il faut croire que quelques-uns d'entre eux furent blessés sérieusement, sinon mortellement par les sabots pointus des antilopes. D'autres se jetèrent à plat-ventre par terre et évitèrent ainsi toute injure.

Le Prophète et Greely n'étant pas près des feux, ne coururent aucun danger. Le Canadien fut étendu à terre d'abord, par un coup de sabot qui le rendit insensible pendant quelques minutes. Quand il revint à lui, il faisait presque noir; car la lune avait disparu derrière une grosse nuée d'orage, et les feux s'étaient éteints, les tisons ayant été dispersés çà et là. Il ne vit pas d'Indiens près de lui. Se levant immédiatement pour s'échapper, il se dirigea comme il put, vers l'arbre où gisaient ses deux camarades. Leurs liens furent bientôt coupés, et tous trois partirent en courant du côté de la rivière, sans songer à leurs fusils, ni à rien en dehors de leur salut présent. Ayant fait quelques milles, et trouvant que personne ne les poursuivait, ils ralentirent le pas, et allèrent à une source pour boire un coup. C'est là qu'ils trouvèrent l'antilope qu'ils nous ont rapportée. Cette pauvre bête gisait pantelante ne pouvant remuer, au bord du ruisseau. Une de ses jambes était cassée, et elle portait des traces évidentes de brûlures. Elle appartenait, sans nul doute, au troupeau qui avait été cause de la délivrance de nos hommes. S'il y avait eu chance que l'animal se rétablît, ils l'auraient épargné, par gratitude; mais il était dans un état désespéré, de sorte que le Prophète le délivra de ses souffrances, et l'apporta aux barques, où nous en fîmes un excellent déjeuner le lendemain matin.

12, 13, 14, et 15 avril. Pendant ces quatre jours, nous avons continué notre voyage sans aucune aventure importante. Le temps était très-beau pendant le milieu du jour; mais les nuits et les matinées étaient excessivement froides. Nous eûmes de terribles gelées. Le gibier abondait. Thornton continuait à être à toute extrémité, et sa maladie m'embarrassait et me tourmentait outre mesure. Sa société me manquait beaucoup; je trouvai que c'était le seul d'entre nous, à qui je pouvais me confier entièrement. Par là, je veux simplement dire qu'il était presque le seul, en somme, devant qui je pouvais et voulais ouvrir librement mon cœur, dire toutes mes espérances désordonnées et mes désirs fantastiques; — non pas qu'aucun de nous fût indigne d'une confiance implicite. Nous étions tous comme des frères et jamais une dispute de quelque importance n'eut lieu entre nous. Un seul intérêt semblait nous lier tous, ou plutôt nous paraissions être une troupe de voyageurs sans aucun but intéressé, de voyageurs

pour leur plaisir. Je ne puis dire exactement quelles
étaient les idées des Canadiens à ce sujet. Ces gaillards
parlaient assurément beaucoup des profits de notre
expédition, particulièrement de la part de gain à laquelle ils s'attendaient pour eux; cependant je puis à
peine penser qu'ils s'en souciaient beaucoup. Ils étaient
les plus simples, et certainement les plus obligeants de
tous les êtres sur terre. Quant au reste de l'équipage,
je n'ai pas le moindre doute que les bénéfices pécu-
niaires de l'expédition étaient la dernière chose qui les
inquiétait. Certaines considérations qui, dans le choix
de nos haltes, auraient dû nous guider, nous paraître
de la dernière importance, étaient traitées par nous
comme indignes de toute discussion sérieuse, négligées
et totalement laissées de côté sous les prétextes les plus
futiles. Ces hommes qui avaient voyagé, pendant des
milliers de lieues, à travers une solitude périlleuse,
affronté des dangers horribles, supporté des privations
écœurantes, dans le but ostensible de recueillir des
fourrures, en étaient venus à se donner rarement la
peine de conserver celles qu'ils avaient pu se procurer,
à abandonner derrière eux sans un regret, des caches[1]
entières de magnifiques castors, plutôt que de renoncer
au plaisir de suivre quelque fleuve à l'aspect romanti-
que, ou de pénétrer dans quelque caverne dangereuse
d'accès et hérissée de rocs, pour y chercher des minéraux
dont ils ignoraient l'usage, qu'ils jetaient comme en-
combrants à la première occasion. En tout cela, mon

---

[1] Le mot cache désigne les excavations où les trappeurs en-
fouissent les pelleteries qu'ils ont amassées.

cœur était avec eux. Je dois dire que comme nous
avancions dans le voyage, je perdais de vue son véritable
but, je me sentais de plus en plus enclin à m'en détour
ner pour rechercher un pur amusement si, en réalité, j'ai
raison d'appeler d'un mot aussi faible qu'amusement
cette excitation profonde et intense avec laquelle je
considérais les merveilles et les beautés majestueuses
des solitudes que nous traversions. Pas plutôt j'avais vu
une région, que j'étais possédé du désir irrésistible de
pousser plus loin, et d'en explorer une autre. Jusque-là
cependant, je me sentais trop près encore de nos établissements pour assouvir mon amour brûlant de l'inconnu. Je ne pouvais m'empêcher de m'apercevoir que
quelques blancs, quelques hommes civilisés, — quoiqu'en petit nombre, — m'avaient précédé, que quelques
yeux, avant les miens, avaient été étonnés par les
scènes qui m'environnaient. Si ce n'eût été pour ce
sentiment qui me poursuivait sans cesse, j'aurais peut-
être dévié davantage de ma route, pour examiner la
configuration du pays bordant le fleuve, pour pénétrer
profondément de temps en temps dans la région au
Nord et au Sud de notre cours. Mais j'étais pressé
d'avancer, d'arriver, si possible, plus loin que les
limites extrêmes de la civilisation, de voir si je le pouvais, ces montagnes gigantesques, dont l'existence ne
nous avait été enseignée que par les vagues récits des
Indiens. Ces espérances, ces desseins, je ne les communi-
quais à personne d'entre nous, qu'à Thornton. Il partici_
pait à tous mes projets de visionnaire et entrait pleinement dans les idées d'entreprises romanesques qu'entre-

tenait mon âme. Je ressentis donc sa maladie, comme un mal amer. Il déclinait de jour en jour, et je ne savais comment le soulager.

16 Avril. Aujourd'hui, nous avons eu une pluie froide avec un gros vent du Nord, qui nous a obligés à rester à l'ancre jusque tard dans l'après-midi. A quatre heures, nous avons repris notre route et nous avions fait cinq milles à la nuit. Thornton est beaucoup plus mal.

17 et 18 Avril. Pendant ces deux jours, nous avons eu une suite de mauvais temps avec le même vent frais du Nord. Nous observâmes des paquets de glace sur le fleuve, qui était boueux et gonflé. Le temps se passait désagréablement et nous n'avancions pas. Thornton semblait à la mort. Je décidai maintenant de camper au premier bon endroit et d'y rester jusqu'à ce que sa maladie se terminât d'une façon ou de l'autre. Nous remontâmes donc une large rivière qui venait du Sud, et nous nous établîmes à terre.

25 Avril. Nous restâmes près de cet affluent jusqu'à ce matin, quand, à notre grande joie, Thornton fut suffisamment rétabli pour reprendre le voyage. Le temps était beau et nous avançames gaîment à travers un pays magnifique, sans rencontrer un seul Indien et sans passer par aucune aventure, jusqu'à la fin du mois. Alors nous atteignîmes le pays des Mandans, ou plutôt des Minnétaris, des Mandans et des Ahnahaways ; car ces trois tribus vivent les unes près des autres, occupant cinq villages. Les Mandans nous reçurent amicalement. Nous restâmes près d'eux trois jours, pendant

lesquels nous avons examiné et réparé la pirogue, nous
refaisant d'ailleurs. Nous obtînmes également des
Indiens une bonne provision du froment qu'ils avaient
gardé pendant l'hiver dans des trous, devant leurs
huttes. Pendant notre séjour chez les Mandans, nous
fûmes visités par un chef des Minnétaris, nommé Mau-
kerassah, qui se comporta avec une grande civilité, et
nous fut utile sous plusieurs rapports. Le fils de ce chef
fut engagé pour nous accompagner comme interprète
jusqu'à la grande fourche. Nous fîmes à son père plusieurs cadeaux, dont celui-ci fut très-satisfait. Le
1ᵉʳ mai nous dîmes adieu aux Mandans et continuâmes
notre voyage.

1ᵉʳ mai. Le temps était doux et le pays environnant
commençait à prendre une apparence riante ; la végéta-
tion était maintenant très-avancée. Les feuilles de
l'arbre à coton étaient aussi larges qu'un écu, et beaucoup de fleurs s'étaient ouvertes. Le fleuve commençait
à se resserrer. Ses rives basses étaient couvertes de bois
de haute futaie. L'arbre à coton, le saule commun, le
saule rouge, y croissaient en masse, avec une quantité
de rosiers blancs. Derrière ces berges, le pays s'étendait
en une immense plaine, sans arbres d'aucune sorte. Le
sol était remarquablement riche. Le gibier était un peu
plus abondant encore que par le passé. Un de nos
chasseurs nous précédait sur chaque rive. Aujourd'hui,
ils nous rapportèrent un élan, une chèvre, cinq castors
et un grand nombre de pluviers. Les castors étaient peu
sauvages et faciles à prendre. Cet animal est exquis à
manger, spécialement sa queue, qui est d'une nature

gélatineuse comme les nageoires de la plie. Une queue de castor suffit à fournir un repas abondant à trois hommes. Nous avons fait 20 milles avant la nuit.

2 mai. Nous eûmes un bon vent ce matin et nous nous servîmes de voiles jusqu'à midi. A ce moment, la brise devint trop forte et nous nous arrêtâmes. Nos chasseurs se mirent en campagne et revinrent bientôt avec un immense élan que Neptune avait forcé après une longue poursuite, l'animal n'ayant été que légèrement blessé par un coup à chevrotines. Il avait six pieds de haut. Nous prîmes également une antilope à la tombée de la nuit. Dès que cette bête avait vu nos hommes elle était partie avec une vélocité extrême. Mais après quelques minutes, elle était revenue sur ses pas, apparemment par curiosité, — puis elle était repartie de nouveau en bondissant. Elle répéta ce manège plusieurs fois, venant toujours plus près, jusqu'à ce qu'elle se hasarda à portée de fusil, et que la balle du Prophète l'abattit. Elle était maigre et pleine. Ces antilopes, quoique extrêmement agiles, nagent mal et tombent fréquemment en proie aux loups, quand elles tentent de passer un cours d'eau. Nous avons parcouru aujourd'hui 12 milles.

3 mai. Ce matin nous avons fait une bonne traite. A la nuit nous avions parcouru 30 milles. Le gibier continue à être abondant.

Le long du rivage gisaient un grand nombre de buffles morts. Nous en voyions dévorer les carcasses par les loups. Ceux-ci, s'enfuyaient toujours à notre approche. Nous ne savions que penser de toutes ces bêtes

crevées. Mais quelques semaines après, la chose nous
fut expliquée. Comme nous arrivions à un étranglement
de la rivière, où les bords étaient escarpés, et l'eau profonde, nous vîmes un grand troupeau de buffles qui
nageaient à travers le fleuve. Nous nous arrêtâmes pour
observer comment ils feraient. Ces gros animaux des-
cendaient diagonalement le courant. Ils étaient entrés
dans l'eau, à une gorge, un demi-mille plus haut, où
le bord s'abaissait jusqu'au niveau du fleuve. Quand ils
atteignirent la rive occidentale, ils trouvèrent impossible d'y prendre pied, l'eau étant trop profonde. Après
avoir fait de grands efforts pour escalader la berge
limoneuse et glissante, les buffles se retournèrent et
nagèrent vers la rive opposée, où l'escarpement était le
même, aussi inaccessible que de l'autre côté. Ils y répé-
tèrent leurs tentatives, mais en vain. Ils retraversèrent
alors une seconde fois la rivière, puis une troisième,
puis une quatrième, puis une cinquième fois, s'obstinant
toujours à vouloir aborder aux mêmes endroits. Au
lieu de se laisser porter plus bas par le courant, à la
recherche d'un atterrissage plus facile, (ils auraient pu
en trouver un à un quart de mille en deçà), ils semblaient s'entêter à se maintenir où ils étaient, et, dans
ce but, nageaient à angle aigu avec le fil de l'eau, faisant les plus violents efforts pour ne pas être entraînés
plus bas. A la cinquième traversée, les pauvres bêtes
étaient entièrement épuisées; il était évident qu'elles
n'en pouvaient plus. Elles prirent alors un terrible élan
pour grimper à la berge; un ou deux d'entre eux y
avaient presque réussi quand, à notre grande douleur,

(car nous n'avions pu assister à la détresse de ces no-
bles bêtes sans les plaindre,) toute la masse de terre
friable qui surplombait l'eau, s'affaissa, enterrant plusieurs buffles dans l'éboulement, sans rendre la rive
plus facile d'accès.

Alors, le reste du troupeau commença à pousser une
sorte de beuglement ou de plainte lamentable, un cri
exprimant plus de douleur lugubre et de désespoir que
tout ce que l'on peut imaginer. — Jamais cela ne me
sortira de la tête. — Quelques buffles tentèrent encore
de traverser le fleuve, luttèrent quelques minutes, puis
allèrent à fond. Les flots qui les couvrirent, étaient
teints du sang rouge qui jaillit de leurs naseaux dans
leur agonie de mort. Mais le plus grand nombre ayant
cessé de beugler, sembla s'abandonner avec résignation ;
ils roulèrent sur le dos et disparurent. Tout le troupeau
fut noyé ; pas un buffle n'échappa. Leurs carcasses se
trouvèrent jetées une demi heure plus tard par le courant, sur des rives plates, un peu plus bas, où ils auraient
pu aborder en sûreté, s'ils ne s'étaient acharnés bestia-
lement à leur première idée.

4 Mai. Le temps était délicieux. Poussés par un
bon vent du Sud, nous avions fait 25 milles à la nuit.
Aujourd'hui Thornton était suffisamment remis pour
aider à la manœuvre. Dans l'après-midi, il vint avec
moi à terre. Nous nous enfonçâmes dans la prairie à
l'ouest, où nous vîmes une quantité de fleurs printa-
nières précoces d'une espèce inconnue dans nos établissements. Quelques-unes étaient d'une rare beauté et d'un
parfum exquis. Nous vîmes aussi du gibier en grande

variété, mais nous n'en tuâmes pas. Nous étions sûrs que les chasseurs en rapporteraient à bord plus qu'il ne nous en faudrait et je n'aime pas à tuer par caprice. En revenant, nous tombâmes sur deux Indiens de la tribu des Assiniboïns, qui nous accompagnèrent jusqu'aux barques. Ils ne montrèrent aucune méfiance pendant la route, mais au contraire se comportèrent avec nous hardiment et franchement. Nous fûmes donc très surpris, en arrivant à un jet de pierre de la pirogue, de les voir se retourner tous deux et partir vers la prairie en courant de toutes leurs forces. Parvenus à une bonne distance, ils s'arrêtèrent et grimpèrent sur une butte qui commandait la vue sur la rivière. Là, ils s'étendirent à plat ventre et, reposant leurs mentons sur leurs mains, semblèrent nous regarder avec le plus profond étonnement. Au moyen d'une longue vue, je pus observer leurs physionomies qui étaient empreintes de stupéfaction et de terreur. Ils continuèrent à nous regarder longtemps. Enfin, comme frappés d'une pensée soudaine, ils se levèrent à la hâte et se mirent à fuir rapidement dans la direction d'où nous les avions vus venir d'abord.

5 Mai. Comme nous nous mettions en route, de très bonne heure, ce matin, une grosse troupe d'Assiniboïns se précipita tout à coup sur nos bateaux et réussit à s'emparer de la pirogue. Personne ne s'y trouvait, excepté Jules, qui se sauva en se jetant à l'eau et en nageant vers la barque que nous avions poussée loin du bord. Les Indiens étaient guidés par les deux guerriers qui nous avaient visités la veille. Leur troupe avait dû s'approcher de nous à la dérobée. Car nos sentinelles

étaient postées comme d'habitude, et même Neptune ne
nous signala rien de suspect. Nous nous préparions à
faire feu sur les sauvages, quand Misquasch (notre nouvel interprète, le fils de Waukerassah) nous dit que les
Assiniboïns ne nous voulaient pas de mal, qu'ils nous
faisaient entendre par signes qu'ils n'avaient pas d'intentions hostiles. Nous ne pouvions nous empêcher de
penser que la capture de notre bateau était une singulière façon de nous montrer de l'amitié. Nous tenions
cependant à savoir ce que ces gens désiraient de nous.
Nous dîmes à Misquasch de leur demander pourquoi ils
nous avaient attaqués. Les sauvages répondirent par de
grandes protestations de respect et nous découvrîmes
finalement qu'ils n'avaient pas dessein de nous assaillir.
Ils étaient seulement venus satisfaire une curiosité ar-
dente qui les consumait, et qu'ils nous supplièrent d'assouvir. Il paraît que les deux Indiens de la veille, ceux
dont la conduite nous avait tant surpris, avaient été saisis
d'étonnement par la figure fuligineuse de notre ami
Tobie. Ils n'avaient jamais entendu parler auparavant
d'un nègre, de sorte que leur stupéfaction n'était pas
tout à fait sans cause. De plus, Tobie était un moricaud
aussi laid que possible, ayant tous les traits distinctifs
de sa race, les lèvres épaisses, de gros yeux blancs en
saillie, un nez camard, de longues oreilles, un ventre
en pot à tabac, et les jambes cagneuses. Quand les deux
sauvages racontèrent ce qu'ils avaient vu, dans leur
village, personne n'avait voulu les croire, et ils étaient
sur le point de perdre toute considération, d'être traités
comme des menteurs et des trompeurs, quand ils propo-

sèrent de conduire tout le monde à nos bateaux; et de prouver leur véracité.

L'irruption soudaine des sauvages semble avoir été le résultat de leur curiosité et de leur incrédulité. Car ils ne nous firent pas le moindre mal et nous rendirent la pirogue dès que nous leur dîmes qu'on leur laisserait voir le vieux Tobie. Ce dernier prit la chose comme une excellente plaisanterie et alla tout de suite à terre, *in naturalibus*, pour que les sauvages pussent observer toute l'étendue de son corps.

Leur étonnement et leur satisfaction furent profonds et complètes. D'abord ils n'en crurent pas leurs yeux; ils crachaient sur leurs doigts et frottaient la peau du nègre pour voir si elle n'était pas peinte. La laine de sa tête leur arracha des clameurs répétées et ses jambes tortues furent l'objet d'une admiration infinie. Une gigue de notre affreux ami, porta les choses à leur comble. La stupéfaction des sauvages était arrivée à son dernier degré. Leur contentement ne pouvait aller plus loin. Si notre ami avait possédé la moindre ambition, il aurait pu faire alors fortune et monter sur le trône des Assiniboïns sous le nom de Tobie I.

Cet incident nous retint jusqu'à fort avant dans la journée. Après avoir échangé quelques civilités avec les sauvages et leur avoir fait quelques cadeaux, nous acceptâmes l'aide de six d'entre eux, qui ramèrent à notre bord durant cinq milles. C'était là un secours qui fut le bienvenu et pour lequel nous ne manquâmes pas de remercier notre vieux Tobie.

Nous n'avons fait aujourd'hui que 12 milles. Nous

avons campé à la nuit sur une île magnifique. Nous
nous sommes souvenus longtemps après de ce séjour, à
cause du poisson et des poules d'eau délicieuses que nous
y trouvâmes. Nous y demeurâmes deux jours, pendant
lesquels nous avons festoyé sans souci du lendemain, et
sans nous occuper des nombreux castors qui s'ébat-
taient autour de nous. Nous aurions pu, à cet endroit,
nous en procurer 100 ou 200 peaux ; nous en recueillî-
mes à peine 20. Cette île est située à l'embouchure d'une
rivière passablement large, venant du sud et tombant
dans le Missouri à l'endroit où celui-ci tourne tout à fait
à l'ouest. La latitude y est d'environ 48° N.

Le *Journal de Julius Rodman* continue encore pendant
un chapitre, allant jusqu'au 20 Mai et relatant une aventure de chasse à l'ours ; puis il s'arrête brusquement.
On ne sait si Poe en est resté là, ou si la suite de l'œuvre a été perdue,

MARGINALIA

PRÉFACE

En achetant mes livres, j'ai toujours eu soin de les prendre avec de grandes marges ; non pas que je tienne à la chose pour elle-même, quelque agréable que cela soit. Mais j'y trouve cet avantage que je puis ainsi crayonner les pensées que me suggère ma lecture, mon adhésion à ce que dit l'auteur, ou mon dissentement, ou encore de simples commentaires critiques.

Quand mes notes sont trop longues pour tenir dans l'espace d'une marge, je les confie à une feuille de papier que je glisse entre les pages et que je fixe par de la gomme. Il se peut que tout cela ne soit qu'une manie, quelque chose de banal et d'inutile. Cependant j'y prends plaisir, ce qui, quoi qu'en dise M. Mill doublé de M. Bentham, est encore une sorte de profit.

Les notes marginales ne sont pas des notes mnémotechniques et n'ont pas les défauts de ces dernières. « Ce que je « mets sur le papier, dit Bernardin de St Pierre, je le remets « de ma mémoire, et par conséquent je l'oublie. » Remarque parfaitement juste. Pour se débarrasser d'un souvenir, il n'y a qu'à le fixer par écrit. Mais de simples notes marginales, faites sans que l'on veuille se les rappeler, diffèrent par leur nature et leur but de ces notes commémoratives, ou, plutôt, n'ont pas de but du tout. C'est là ce qui fait leur prix. Elles valent également un peu mieux que des commentaires accidentels et passagers, que de purs cancans littéraires. Ceux-ci, le plus souvent, ne sont que des paroles dites pour parler, tandis qu'on crayonne les notes marginales parce que, tout en lisant, on tient à s'ôter de la tête une idée, qui quelque impertinente, quelque triviale, quelque niaise qu'elle soit, n'en est pas moins une idée, et non pas une de ces conceptions embryonnaires, attendant pour éclore certaine circonstance favorable.

De plus, dans les notes marginales, nous nous parlons à nous-même. Nous causons donc franchement, hardiment, avec orginalité, abandon, sans fausse vanité, beaucoup à la façon de Jérémie Taylor, de Sir Thomas Browne, de Sir William Temple, de Burton l'anatomiste, de Butler le logicien, et de quelques autres gens du vieux temps, trop pleins de leur sujet, pour se préoccuper de leur style, qui, mis ainsi hors de cause, se trouve être un style admirable, un style modèle, d'allure tout à fait marginalienne.

Le défaut de place est pour ces crayonnages plutôt un profit qu'un inconvénient. Nous sommes ainsi forcés, quelque diffuse que soit notre pensée, de rivaliser de concision avec Montesquieu ou Tacite (de celui-ci, j'excepte la dernière partie de ses annales), ou même avec Carlyle.

Je me suis laissé dire que l'imitation de ce dernier écrivain ne donne pas toujours un style affecté et plein de solécismes. Je dis solécismes par pure obstination, parce que les grammairiens (qui doivent s'y connaître) insistent pour que je parle différemment. C'est que la grammaire n'est pas ce que les grammairiens pensent. Elle est simplement l'a-

nalyse de la langue et le résultat de cette analyse ; les solécismes ou la correction viennent donc de la valeur de celui qui analyse, suivant qu'il est un Horne Tooke ou un Cob-
bett.

Mais revenons à nos moutons. Pendant une après-midi
pluvieuse, il y a peu de temps, me trouvant trop distrait
pour entreprendre un travail suivi, je cherchai à soulager
mon ennui en prenant au hasard, parmi les volumes de ma
bibliothèque, peu considérable, il est vrai, mais assez variée
et choisie, je crois, avec discernement. Peut-être, avais-je
la tête à l'envers, mais l'apparence pittoresque de mes
crayonnages fixa mon attention, et tous ces commentaires se
suivant à la débandade me plurent. J'allai jusqu'à désirer
qu'une autre main que la mienne eût ainsi maltraité mes
livres, m'imaginant que, dans ce cas, j'aurais eu grand
plaisir à les feuilleter. De là à penser que mes griffonnages
pouvaient avoir quelque intérêt pour d'autres que moi, il
n'y avait pas loin. La transition est si naturelle que même
MM. Lyell, Murchison ou Featherstonehaugh l'eussent ap-
prouvée.

La grande difficulté était d'enlever les notes des volumes,
de séparer le contexte du texte, sans nuire à la clarté. Avec
tous les secours possibles, les pages imprimées sous les yeux,
mes commentaires ressemblaient déjà aux oracles de Dodone,
ou à ceux de Lycophron Tenebrosus, ou encore aux exercices
de l'élève de Quintilien, qui étaient nécessairement excellents quand le magister ne pouvait les comprendre. Que de-
viendrait le contexte si on le transposait, si on le déplaçait ?
Ne lui arriverait-il pas d'être *oversezzet* (mis sans dessus
dessous) comme disent les Hollandais pour transféré ? Je
me décidai enfin à avoir grande foi dans l'intelligence et
l'imagination de mes lecteurs. Mais dans certains cas, où la
foi même n'aurait pas transporté la montagne, je ne trou-

vai rien de plus sage que de refaire la note de telle façon
qu'elle conservât au moins l'ombre de son sens originel.
Quand le texte commenté était absolument nécessaire, je le
citai ; quand le titre du livre examiné était indispensable,
je le donnai. Bref, comme un héros de roman dans l'embarras, je résolus de me laisser guider par les événements, à
défaut de règle plus satisfaisante.

Quant aux nombreuses opinions exprimées dans le fatras
qui suit, quant à dire si le tout m'agrée encore ou si la partie me déplaît aujourd'hui, quant à la possibilité que j'aie jusqu'à un certain point changé d'avis, et l'impossibilité que j'en
aie changé souvent, ce sont là des choses sur lesquelles je
me tairai ; car là-dessus, on ne peut rien écrire de prudent.
Il sera à propos toutefois de se souvenir qu'un calembourg
n'est bon qu'autant qu'il est affreux, et que le sens essentiel
de la note marginale est le non-sens.

MARGINALIA

I

Les Romains adoraient leurs enseignes guerrières, les aigles. Notre enseigne à nous, Américains, n'est que le dixième d'un aigle, un dollar. Mais nous égalisons les choses en l'adorant d'une adoration décuple.

II

Combien de critiques américains oublient, hélas! le conseil fort sensé de M. Timon « que le ministre de l'ins- « truction publique lui-même doit savoir parler fran- « çais. »

III

Il y a certains faits dans le monde matériel qui ont de merveilleuses analogies avec les phénomènes de la pensée. C'est ainsi que gagne quelque semblant de vérité cette affirmation des rhétoriciens, fausse au fond, qu'une métaphore ou une similitude peut servir aussi bien à confirmer un avis qu'à embellir une description. Le principe de la force d'inertie, par exemple, d'après lequel le moment nécessaire pour vaincre une résistance, est proportionnel à celui conséquent à cette victoire, semble être identique en physique et en métaphysique. Il n'est pas plus sûr de croire dans l'une de ces sciences qu'un corps considérable est mû plus difficilement qu'un moindre et que la force vive résultante est proportionnelle à cette difficulté, qu'il ne l'est dans l'autre que les intelligences d'envergure plus vaste, plus fortes, plus constantes, plus durables dans leurs élans que les intelligences inférieures, sont les plus lentes à s'ébranler, les plus embarrassées et les plus hésitantes dans les premiers pas de leur avance.

IV

On pourrait imaginer une philosophie très-poétique et
suggérant de sérieuses pensées, quoique, peut-être, peu
soutenable, en supposant que les vertueux vivront après
la mort et que les pervers seront anéantis. Et le danger
de cet anéantissement, proportionnel à la culpabilité de
chacun, pourrait être pressenti, pendant le sommeil et
quelquefois, plus clairement encore, pendant l'évanouis-
sement. Le manque de songes dans le sommeil marquerait
le degré où l'âme serait sujette à la destruction finale. De
même, s'endormir et se réveiller sans conscience du laps
de temps écoulé indiquerait que l'âme est condamnée à
mourir avec le corps. Par contre, quand, à la sortie d'une
syncope, on retrouverait des souvenirs de rêves, (et cela
arrive quelquefois) l'âme serait assurée de se trouver en
condition d'échapper à l'anéantissement, la félicité ou le
malheur de notre existence future étant ainsi prédit par
la fréquence de nos visions.

V

Paulus Jovius, qui vivait à ces époques obscures où les plumes à pointes de diamant étaient inconnues, jugea bien, cependant, de dire de son style, une plume d'oie : *Aliquando ferreus, aureus aliquando*, entendant faire simplement une figure de rhétorique. Et parmi les auteurs modernes qui en réalité ne se servent pour écrire que de plumes d'acier ou d'or, il en est sans doute qui, pour la postérité, les qualifieront d'ansérines et cela, encore, par figure de rhétorique.

VI

Sans doute on trouvera mon association d'idées singulière, mais je ne puis jamais assister à un opéra italien, à ce va-et-vient de gens gesticulant et chantant, sans m'imaginer que je suis à Athènes et que j'entends la tra-

gédie de Sophocle où le poète introduisit un chœur de
dindons pour pleurer la mort de Méléagre. Je remarque,
à ce propos, qu'il n'est pas une oie au monde qui, en fait
de sagacité, ne se sentît blessée d'être comparée à un
dindon.

VII

Si j'étais amené à définir très-brièvement le mot « art »,
je l'appellerais la reproduction de ce que les sens aper-
çoivent dans la nature à travers le voile de l'âme. L'imitation de la nature, quelque exacte qu'elle soit, n'auto-
rise personne à prendre le titre sacré d'artiste. Denner
n'était pas un artiste. Les grappes de Zeuxis n'avaient
rien d'artistique, si ce n'est à vol d'oiseau, et même le
rideau de Parrhasius ne parvenait pas à cacher ce qu'il
manquait de génie à ce peintre.

J'ai parlé du voile de l'âme ; quelque chose de pareil
nous paraît indispensable en art. Nous pouvons toujours
doubler la beauté d'un paysage en le regardant les yeux
à demi-clos. Les sens perçoivent quelquefois trop peu :
ils perçoivent toujours trop.

VIII

Voir distinctement le mécanisme d'une œuvre d'art, ses rouages, ses pignons, est sans contredit un plaisir par lui-même, mais un plaisir que l'on ne peut goûter, qu'autant que l'on renonce à jouir des effets voulus par l'artiste. En fait, il arrive souvent que considérer analytiquement les œuvres d'art, revient à les considérer par ces miroirs du temple de Smyrne qui réfléchissaient déformées les plus belles images.

> L'artiste appartient à son œuvre
> et non pas l'œuvre à l'artiste.
> — NOVALIS.

Neuf fois sur dix, c'est perdre son temps que de chercher à tirer quelque sens d'une maxime allemande, ou, plutôt, à vrai dire, on peut de chacune extorquer le sens que l'on veut.

Si dans l'aphorisme, que je cite plus haut, on entend dire que l'artiste est l'esclave de son sujet et doit y borner ses pensées, je n'ai aucune foi dans une affirmation qui me paraît partir d'un esprit extrêmement prosaïque. Dans les mains du véritable artiste, le sujet mis en œuvre n'est qu'une masse de matière, de laquelle le vouloir ou l'adresse de l'ouvrier peut faire quoi que ce soit. C'est la matière qui est l'esclave de l'artiste; elle lui appartient. Le génie, sans doute, s'est manifesté en la choisissant.

Elle n'a besoin d'être ni fine ni grossière abstraitement; mais précisément aussi fine ou aussi grossière, aussi plastique ou aussi rigide que cela est nécessaire pour l'objet à exécuter, ou plus exactement pour l'impression à provoquer. Il y a cependant des artistes qui ne rêvent que finesse et qui produisent de même. Ce qu'ils font est en général excessivement ténu et très-fragile.

X

Nos bas-bleus se multiplient rapidement. Il conviendrait de les décimer tout au moins. N'y a-t-il pas de critique doué d'assez d'énergie pour en exécuter une demi-douzaine, *in terrorem*? Il faudrait naturellement qu'on se servît pour cela d'un lacet de soie, comme on en use en Espagne **avec les grands de sang bleu**, *de sangre azula.*

XI

Il n'appartient pas à tout le monde d'assembler convenablement les parties d'une belle chose. Et cependant, une fois-l'œuvre faite, toutes les dixièmes personnes que vous rencontrerez seront capables de la concevoir et de l'apprécier.

Nous ne pouvons admettre qu'il faille moins de talent pour composer une courte nouvelle qu'un roman de dimensions ordinaires. Le roman demande certainement davantage ce que l'on appelle l'effort soutenu;mais c'est là simplement de la persévérance, vertu qui n'a que de lointaines relations avec le talent. D'autre part, l'unité d'effet, qualité rarement appréciée et peu comprise par les esprits ordinaires, difficile à atteindre pour ceux qui la conçoivent, est indispensable dans la nouvelle non dans le roman. Ce dernier, s'il est admiré, l'est sur des passages détachés, sans rapports avec le tout, sans rapports avec le plan général, qui, s'il existe, aura peu préoccupé l'écrivain et ne saurait être perçu du lecteur à première vue à cause de la durée de la narration.

XII

Camoens. Genoa 1798.

Voici un volume qui, pour ses perfections minuscules et son exactitude typographique, pourrait porter en épigraphe, la phrase du *Koran*, « il n'y a point d'erreur dans ce livre ». Nous ne pouvons appeler erreur un simple o interverti. Mais je suis réellement aussi heureux d'avoir découvert cet o que jamais Colomb ou Archimède. Après tout, qu'est-ce que la découverte d'un continent, ou la condamnation de quelques orfèvres? Donnez-nous un bon o interverti et toute une troupe d'Argus bibliomanes négligeant de l'apercevoir pendant de longues années.

XIII

Un argument solide en faveur du christianisme est celui-ci : les fautes contre la charité sont les seules pour

lesquelles un homme, à son lit de mort, peut être amené
à se savoir et à se sentir coupable.

XIV

Samuel Butler, l'auteur d'*Hudibras*, a dû avoir quelque rêve prophétique du congrès américain, quand il
définissait une cohue : un attroupement, une assemblée
des États généraux, où chacun est d'un avis différent sur
quelque question que ce soit. « Ils se rassemblent, ajou-
« te-t-il, seulement pour se quereller et ensuite retour-
« ner chez eux satisfaits et enclins à narrer. »

XV

Pour bien converser, il faut le tact froid du talent ;
pour bien parler, l'abandon fervent du génie. Cependant
des hommes de grand génie parlent bien en une occasion
et mal en une autre ; bien, quand ils ont tout le temps,
toute carrière et des auditeurs sympathiques ; mal,

quand ils craignent d'être interrompus et sont ennuyés de ne pouvoir épuiser leur sujet dans un seul discours. Le génie partiel brille par éclats ; il est fragmentaire. Le vrai génie a horreur de l'incomplet, de l'imparfait, et préfère garder le silence, plutôt que dire quelque chose qui ne soit pas absolument définitif. Le vrai génie est si plein de son sujet, qu'il se tait, ne sachant par où débuter, apercevant exorde après exorde, entrevoyant sa fin à une distance énorme. Quelquefois, il se lance dans son sujet, fait une faute, hésite, s'arrête, reste arrêté, et parce qu'il a été emporté par l'essor et la multitude de ses pensées, ses auditeurs raillent l'incapacité de son esprit. Cet homme se trouve à l'aise dans les grandes occasions qui confondent et abaissent les intelligences ordinaires.

Cependant l'influence du causeur, par sa conversation, est en général plus marquée que celle de l'orateur par ses discours. Celui-ci invariablement parle le mieux avec sa plume. De bons causeurs sont plus rares que de passables orateurs. Je connais beaucoup de ces derniers ; de causeurs, cinq ou six seulement. Et la plupart nous forcent à maudire notre étoile, de ce que nous n'avons pas été jetés chez cette nation africaine que mentionne Eudoxe, sauvages qui, n'ayant pas de bouche, ne l'ouvraient naturellement jamais. D'ailleurs certaines personnes que je connais, perdant la bouche, trouveraient moyen de bavarder encore, comme elles le font déjà, par le nez.

XVI

Celui-là n'est pas réellement brave qui craint de paraître ou d'être, quand il lui convient, un lâche.

XVII

C'est folie d'affirmer, comme le font quelques personnes, que les lettres d'aucune nation et à aucune époque aient jamais souffert du franc-parler des critiques. Quant à notre littérature, à nous, la franchise est tout juste ce qu'il lui faut. Nous nous trouvons dans une fondrière, une fondrière, comme dit Victor Hugo, d'où on ne peut se tirer par des périphrases, par des *quemadmodum,* et des *verum enimvero.*

XVIII

M... préfère être maltraité par les critiques à être passé sous silence. On ne saurait pourtant le blâmer de grogner à l'occasion, comme pourrait le faire un chien que l'on bombarderait d'os.

XIX

Quand nous considérerons moins les préjugés reçus et davantage les principes ; moins les qualités, et davantage les défauts, (à l'inverse de ce que suggèrent certaines personnes), alors nous serons de meilleurs critiques que nous ne le sommes. Il faut que nous nous occupions moins des modèles que l'on propose, et que nous étudions davantage nos capacités. Les éloges insensés que nous décernons à une œuvre accidentellement bonne, viennent de notre intelligence imparfaite du mieux. « Celui qui « n'a jamais vu le soleil, dit Caldéron, ne peut être

« blâmé, s'il croit qu'aucune splendeur ne surpasse celle
« de la lune ; celui qui n'a vu ni lune, ni soleil, ne peut
« être blâmé s'il s'étend sur l'éclat incomparable de
« l'étoile du matin. » Or, c'est le devoir du critique de
prendre un essor assez vigoureux, pour voir le soleil,
même quand l'orbe s'en trouve bien au-dessous de l'ho-
rizon ordinaire.

XX

Defoë aurait mérité de rester immortel, même s'il n'a-
vait pas écrit *Robinson Crusoë*. Et cependant ses nombreux autres et excellents écrits, ont presque disparu à
nos yeux dans l'éclat supérieur des aventures attribuées
au marinier d'York. Quelle meilleure gloire l'auteur
aurait-il pu désirer pour son récit, que celle dont il jouit
depuis si longtemps ? Son livre est devenu un objet familier dans presque toutes les maisons de la chrétienté. Et
cependant jamais l'admiration, admiration universelle,
n'a été accordée avec moins de connaissance et de discernement. Pas une personne sur dix, pas une sur cinq
cents, ne s'imagine le moins du monde, en parcourant
Robinson Crusoë, qu'aucune parcelle de génie ni même
de talent moyen a servi à le créer. On ne considère pas
Robinson Crusoë comme une œuvre littéraire. Defoë ne

distrait aucune des pensées de ses lecteurs, Robinson les a toutes. La puissance qui a fait le miracle, est oubliée par l'effet du miracle même.

Nous lisons, et nous sommes emportés par l'intensité de notre intérêt. Nous fermons le livre, et nous sommes absolument convaincus que nous aurions pu l'écrire nous-même. C'est la magie décevante de la vraisemblance qui est cause de ces impressions. L'auteur de Crusoë a dû posséder, par dessus toutes les autres, ce que l'on a appelé la faculté d'identification, cet empire de la volonté sur la fantaisie, lui imposant de perdre son individualité, pour en prendre une autre fictive. Cette faculté entraîne le pouvoir d'abstraction, et avec ces clés, nous pouvons pénétrer en partie le charme mystérieux qu'a si longtemps exercé le volume devant nous.

Mais l'analyse de notre intérêt n'est pas complète de cette façon. Defoë doit beaucoup à son sujet même. L'idée d'un homme vivant absolument seul, quoique souvent entre-vue auparavant, n'avait jamais été mise en œuvre d'une manière si parfaite. L'apparition fréquente de ce sujet dans les œuvres littéraires du temps, prouvait l'étendue de son influence sur notre sympathie ; le fait d'avoir été laissé imparfait démontrait la difficulté qu'il y avait à le traiter. Le récit vrai des aventures de Selkirk en 1711, l'impression puissante qu'elles firent sur le public, inspi-rèrent à Defoë le courage nécessaire à son entreprise et une confiance absolue dans le succès. Combien mer-veilleux a été le résultat !

XXI

C'est la malédiction de certains esprits de ne pouvoir jamais être satisfaits, quand ils se sentent capables d'accomplir une œuvre. Ils ne sont même pas heureux quand ils l'ont exécutée. Il faut qu'ils sachent et qu'ils montrent comment ils s'y sont pris,

XXII

L'on peut expliquer de deux façons plausibles l'étymologie de l'épithète « pleureur » appliquée au saule. On peut dire qu'elle provient de la disposition des longues branches pendantes de l'arbre qui suggèrent l'idée d'eau tombant goutte à goutte. On pourrait encore avancer que cette locution se base sur un fait d'histoire naturelle. Le saule exhale insensiblement une vapeur considérable qui se condense par un froid soudain et tombe quelquefois en fine averse.

Or, il serait possible de déterminer très exactement la tendance d'un esprit, le degré auquel il possède le sens de la causalité, en observant laquelle de ces deux déri- vations il adoptera. La première est sans aucun doute la vraie, et cela parce que les épithètes communes, vul- gaires, proviennent de phénomènes communs, perçus de tous, sans grand égard pour l'exactitude de l'observa- tion. Mais neuf philologues sur dix, s'attacheront à la seconde sans autre motif que son originalité et la préci- sion singulière avec laquelle le fait semble s'adapter à la locution. Voici donc une source subtile d'erreurs que Lord Bacon a négligée : ce sont les *idola* de l'ingénio- sité.

XXIII

Le drame étant le principal des genres imitatifs tend à créer et à entretenir chez ceux qui le cultivent, la pro- pension au plagiat. On peut le supposer *a priori* et l'ex- périence confirmera notre supposition. De tous les imita- teurs, les dramaturges sont les plus pervers, les moins consciencieux, ou les plus inconscients, et ont été tels de mémoire d'homme. Euripide et Sophocle étaient les échos d'Eschyle ; Térence n'était que Ménandre, et, des seules tragédies romaines qui aient subsisté, (les dix at- tribuées à Sénèque,) neuf portent sur des sujets grecs.

Cette raison suffit pour expliquer la décadence du drame, si toutefois nous devons y croire. Mais il n'en est nullement ainsi. Au contraire, pendant ces cinquante dernières années, le drame a matériellement progressé. Mais pendant le même temps tous les autres genres et les autres arts ont marché infiniment plus vite, chacun d'autant plus qu'il imitait moins, la peinture par exemple restant en arrière. C'est ainsi que le drame paraît rétrograder.

XXIV

Dans *l'Antigone* aussi bien que dans les autres drames anciens, il me semble régner une certaine sécheresse. C'est là le résultat de l'inexpérience, que les pédants veulent nous forcer à prendre pour une simplicité étudiée et suprêmement artistique. La simplicité, il est vrai, est un grand point en art, mais non pas celle qui paraît dans la tragédie antique. Dans la sculpture grecque, la simplicité répond à nos désirs, parce que cet art est simple en lui-même et dans ses éléments. Le sculpteur modelait ses formes d'après celles qu'il avait devant les yeux journellement, plus parfaites que quelque œuvre que ce fût de Cléoménès. Mais pour le drame, l'Hellène peu profond, peu germanique d'esprit, n'avait pas si près de lui la nature. Il fit ce qu'il put, mais je n'hésite pas à dire que ce fut excessivement peu. Le sens profond d'un ou deux éléments tragiques ou plutôt mélodramatiques, comme la fatalité, — ce sens ressortant par intervalle sur les ténèbres du reste, sert dans l'ancien théâtre à montrer, par son imperfection même, non pas l'habileté, mais l'inhabileté des anciens en fait de théâtre. Bref, les arts simples arrivent à la perfection dès l'origine. Les arts complexes exigent inévitablement l'expérience longue et lentement progressive des âges.

Sans doute les Grecs estimaient que leur drame était parfait ; il remplissait pleinement pour eux le but de tout drame ; il les émouvait. Et l'on cite ce fait comme preuve de la perfection absolue de leur théâtre. Il est facile de répondre que leur art et leur sens artistique étaient nécessairement sur le même niveau.

XXV

Quand je songe aux étranges a-parte et soliloques dans le théâtre des nations civilisées, je trouve presque respectables les expédients employés par les dramaturges chinois. « Quand un général sur la scène de Pékin « ou de Canton, dit David, reçoit l'ordre de partir en « guerre, il brandit son fouet, prend entre ses mains une

« bride, court trois ou quatre fois autour d'une pla-
« te-forme, au milieu d'un fracas terrible de gongs, de
« tambours, de trompettes, s'arrête court et apprend au
« public où il est arrivé. »

Un héros de tragédie en Europe serait quelquefois embarrassé pour en dire autant. La plupart semblent avoir
une idée imparfaite de l'endroit où ils se trouvent. Dans
la *Mort de César*, par exemple, Voltaire fait courir çà et
là, la populace criant : « Courons au Capitole. » Pauvres
gens ! Ils y sont tout le temps. Dans son souci de
l'unité de lieu, l'auteur ne leur a jamais permis d'en sortir.

XXVI

Nous pouvons accorder en toute sécurité que l'éloquence de Démosthène produisait un plus grand effet
que celle d'aucun de nos orateurs, et ne point admettre
cependant que l'éloquence grecque elle-même soit supérieure à la moderne. Les Grecs étaient une race impressionnable, sans lecture, n'ayant pas de livres imprimés. Les exhortations de vive voix avaient sur leur esprit
l'ascendant gigantesque du nouveau. Ils éprouvaient profondément cette vive émotion que produit la première fable sur l'intelligence naissante de l'enfant, émotion qui

s'use à mesure qu'il entend répéter les mêmes choses et recommence les mêmes fantaisies. Les suggestions, les démonstrations, les exhortations des anciens rhéteurs, comparées à celles des modernes, étaient absolument nouvelles, possédant ainsi un immense avantage qui provenait des circonstances et qui a été, chose étrange, omis dans les appréciations de l'éloquence aux deux époques.

La plus belle Philippique des Grecs eût été sifflée à la Chambre des Lords en Angleterre ; tandis qu'une improvisation de Sheridan ou de Brougham aurait emporté d'assaut tous les cœurs et toutes les intelligences d'Athènes.

XXVII

Un Français, — il est possible que ce soit Montaigne, — a dit : « On parle de penser ; mais pour moi je ne « pense jamais, si ce n'est quand je m'assieds pour écrire. » C'est ce fait de ne penser que quand on s'assied pour écrire qui est cause du grand nombre d'ouvrages médiocres qui nous accable. Mais peut-être la remarque que j'ai citée, contient-elle davantage qu'il n'y paraît à première vue. Il est certain que l'action d'écrire tend par elle-même à *logiciser* la pensée ; toutes les fois que je suis mal satisfait d'une conception de mon cerveau, la trouvant trop vague, je recours aussitôt à la plume dans le but d'obtenir par son aide, la forme, la suite, la précision qu'il me faut.

Combien de fois n'entend-on pas dire que telles ou telles pensées sont inexprimables. Je ne crois pas qu'aucune pensée proprement dite ne puisse être rendue par le langage. J'imagine plutôt que quand on éprouve de la difficulté à la mettre en paroles, c'est qu'il y a dans l'intelligence un manque ou de délibération ou de méthode. Pour moi je n'ai jamais eu une idée que je n'aie pu noter par des mots, et cela plus précisément que je ne l'avais conçue.

Comme je l'ai dit, la pensée devient plus logique par l'effort nécessaire à son impression écrite. Il y a cependant une classe de fantaisies d'une délicatesse exquise qui ne sont pas des pensées, et pour lesquelles jusqu'à présent je n'ai pu trouver de langage. J'emploie le mot fantaisies au hasard, simplement parce que je dois me servir d'une désignation quelconque. Mais le sens que l'on attache communément à ce terme ne s'applique pas, même avec une exactitude moyenne, aux ombres d'ombres que je veux dire. Elles me semblent plus psychiques qu'intellectuelles. Elles se lèvent dans l'âme, — hélas, que cela arrive rarement ! — aux époques d'absolue tranquillité, quand la santé du corps et de l'esprit est parfaite, et seulement à ce point du temps où les confins du monde éveillé se mêlent à ceux du rêve. Je n'ai conscience de ces fantaisies que quand je suis précisément tout près de dormir et que je sens que je suis ainsi. Je me suis convaincu que cette condition n'existe que pendant un moment inappréciable, et cependant ces ombres

d'ombres y sont innombrables. Or, on sait qu'à une pensée il faut la durée. — Ces fantaisies versent une extase
voluptueuse aussi lointaine des plus voluptueuses dans le
monde de l'éveil ou des songes, que le ciel dans la théologie des Northmans était distant de leur enfer. Je com-
temple ces visions au moment où elles se lèvent, avec
une terreur qui tempère en quelque mesure et tranquillise
mon extase. Je les considère ainsi par la conviction (qui
semble faire partie de l'extase même) qu'elles sont d'une
nature dépassant la nature humaine, qu'elles sont un
coup d'œil jeté dans le monde des esprits ; et j'arrive à
cette conclusion (si l'on peut user de ce terme) par une
intuition instantanée, en reconnaisant aux délices que
j'éprouve un caractère d'absolue originalité. Je dis absolue, car dans ces fantaisies, dans ces impressions psychiques, il n'y a rien qui rappelle les impressions ordinaires. C'est comme si mes cinq sens étaient remplacés
par cinq myriades de sens sublimés.

Or, ma confiance dans le pouvoir des mots est si entière que, quelquefois, j'ai cru possible de donner un
corps à ces fantaisies éphémères. Les essais que j'ai
tentés dans ce but m'ont permis de faire naître, quand
ma santé corporelle et mentale est bonne, l'état où je
les aperçois ; c'est à dire que je peux maintenant, excepté quand je suis malade, être certain que cet état sur-
viendra, si je le désire, entre la veille et le sommeil.
Tandis qu'autrefois, même dans les circonstances les plus
favorables, cette certitude me manquait, je puis être sûr
maintenant, quand tout est propice, que j'entrerai en
cet état extatique, et j'éprouve même le pouvoir de le

contraindre à venir. Mais ces conditions propices n'en
demeurent pas moins rares; sans quoi j'aurais déjà fait
descendre le ciel sur la terre.

Je suis arrivé ensuite à empêcher que le point, dont
j'ai parlé, le point de passage entre le sommeil et l'éveil
ne s'effaçât, à empêcher à volonté, dis-je, que ce point
ne fût effacé par le sommeil. Non pas que je puisse pro-
longer mon extase, faire qu'un point soit plus qu'un
point ; mais je puis, quand mes visions me quittent, retourner en éveil, les fixer ainsi dans le domaine de la
mémoire, transporter mes impressions ou, à plus proprement parler, leur souvenir, de telle sorte, que pendant
un court espace de temps, il m'est donné de les passer
en revue, de les soumettre à l'analyse. Étant arrivé jusque là, je ne désespère pas tout à fait de mettre en paroles une partie de mes visions suffisante pour produire
la conception crépusculaire de leur nature chez un certain ordre d'intelligences. Il ne faut pas croire, quand
je parle ainsi, que je suppose ces fantaisies, ces impressions psychiques bornées à moi-mêmes, étrangères à
toute l'humanité ; car sur ce point, il est absolument
impossible que je sache rien. Mais on peut tenir pour
certain qu'un récit même imparfait de mes visions ferait
sursauter l'intelligence universelle de l'humanité par
la nouveauté des choses décrites, et par les pensées
qu'elles suggéreraient. En un mot, si je devais jamais
traiter ce sujet, le monde serait forcé de reconnaître
que finalement j'ai fait une œuvre originale.

XXVIII

Je me suis plu quelquefois à tenter de me figurer quel serait le sort d'un homme doué, doué pour son malheur, d'une intelligence de beaucoup supérieure à celle de sa race. Il aurait naturellement conscience de cette supériorité, et il ne pourrait, — s'il était constitué d'ailleurs comme les autres hommes, — s'empêcher de manifester cette conscience. Il se ferait ainsi d'innombrables ennemis. Et comme ses opinions ou ses spéculations différeraient profondément de celles de tous, il serait de toute évidence considéré comme un fou. Douloureux et horrible supplice ! L'enfer ne peut inventer de plus grande torture que celle d'être tenu pour infiniment faible, précisément parce qu'on est infiniment fort. De même il est clair assurément qu'un esprit généreux, éprouvant réellement les sentiments que les autres se bornent à professer, doit inévitablement rester incompris de tous, les motifs de ses actions leur étant inintelligibles. De même qu'un génie suprême passerait pour de la fatuité, de même un excès de sens chevaleresque ne manquerait pas de paraître le dernier degré de la bassesse, et ainsi de suite pour les autres vertus.

Ce sujet est assurément triste. Il est à peine possible

de contester qu'il y ait eu des hommes planant ainsi au dessus du niveau de leur époque. Mais si nous feuilletions l'histoire pour découvrir la trace de leur existence, il nous faudrait laisser de côté les biographies des «honnêtes gens », et rechercher soigneusement le peu de souvenirs laissés par les malheureux morts en prison, à la maison des fous ou sur l'échafaud.

XXIX

Il est remarquable que le mot $\tau \dot{\upsilon} \chi \eta$ (fortune) nese trouve pas une fois dans Homère, quoique la fatalité soit l'idée maîtresse du drame grec.

XXX

Nous autres gens du monde sans préjugés (bagage démodé et fort incommode), nous devrions prendre garde que, voyant un pauvre diable d'homme de génie et le croyant à toute extrémité, nous ne l'insultions ou le traitions mal en quelque manière, juste au moment où il poserait le pied sur les premiers degrés de son échelle triomphale. C'est un tour familier à cette sorte de gens, quand ils sont sur le point de toucher à un but depuis longtemps caressé, de s'abîmer dans le désespoir simulé le plus profond, et cela seulement afin de grandir l'essor auquel ils sont décidés à arriver du premier coup.

XXXI

> Plus il y a d'excellence dans un ouvrage, moins je suis surpris d'y trouver de grands défauts. Quand on dit d'un livre qu'il a de bien mauvaises parties, rien n'est décidé et je ne peux trancher par là si l'œuvre est bonne ou exécrable. On m'apprend qu'un autre écrit est sans défaut. Si cela est vrai, il ne peut être excellent.
>
> TRUBLET.

Ce « ne peut » est infiniment trop tranchant. Les opinions de Trublet ont de nombreux disciples, mais elles n'en sont pas moins fausses, démonstrativement. C'est l'indolence seule du génie qui leur a donné cours. La vérité semble être que le génie de l'ordre le plus élevé,

vit dans une vacillation constante entre l'ambition et le
mépris de l'ambition. Dans les grandes intelligences, l'ambition n'est que négative. Elle lutte, travaille, crée, non
pas parce qu'il est désirable de surpasser les autres, mais
parce qu'il est insupportable de se voir surpassé quand
on se sent capable de ne point l'être. Je ne puis m'empêcher de penser que les plus grands esprits, ceux qui
perçoivent le mieux la vanité de la gloriole humaine, se
sont satisfaits de demeurer muets et inconnus.

Quoi qu'il en soit, le suspens dont j'ai parlé, demeure
le trait caractéristique du génie. Alternativement inspiré
et déprimé, ses inégalités d'humeur sont empreintes dans
ses œuvres. Telle est la vérité générale, bien distincte
du « ne peut » de Trublet. Fournissez au génie, un mobile d'action assez puissant, et l'harmonie, la proportion,
la beauté, le parfait, tous termes synonymes, en résul-
teront. Les irrégularités que l'on a crues inévitables, ne
se produiront plus ; car il est clair que la susceptibilité
exquise à percevoir les impressions de beauté, (qui
est le principal élément du génie) implique une susceptibilité également exquise à haïr le laid. — Ce mobile
d'action, ce mobile persistant, il est vrai, est rarement
échu au génie ; mais je pourrais indiquer plusieurs compositions qui, sans aucun défaut, sont cependant excel-
lentes à un degré suprême.

Le monde d'ailleurs est sur le seuil d'une époque où,
grâce à une philosophie plus calme, les œuvres pareilles
à celles que je viens de dire, seront le produit habituel du
génie véritable. En passant ce seuil, le premier pas et le
plus essentiel, sera de débarrasser la route de l'idée

de Trublet, de cette idée insoutenable et paradoxale,
que l'art et le génie sont incompatibles.

XXXII

Les hommes de génie sont bien plus nombreux qu'on
ne pense. En fait, pour apprécier complètement une œuvre de génie, il faut posséder tout celui qui a servi à la
produire. Et pourtant cet homme qui l'apprécie peut être
absolument incapable de la reproduire, d'en faire une
semblable, et cela simplement faute de ce qu'on peut
appeler l'habileté constructive, capacité tout à fait distincte de ce que nous entendons communément par génie. Cette habileté repose pour beaucoup sur la faculté
d'analyse, par laquelle l'artiste devient capable d'avoir
une vue entière du mécanisme à employer pour ce
qu'il se propose, de le concevoir et de le régler comme
il lui plaît. Mais cette habileté dépend aussi, en grande
partie, de vertus strictement morales, telles que la pa-
tience, la faculté de se concentrer, de fixer l'attention
persévéramment sur le même objet, l'empire de soi, le
mépris de tout préjugé et, spécialement, l'énergie, le labeur. Ce dernier élément est si indispensable, si vital,
que l'on peut douter à juste titre que rien de ce que nous
appelons œuvre de génie ait pu être accomplie sans lui.

Or, c'est précisément parce que le labeur et le génie
sont à peu près incompatibles, que les grandes œuvres
sont rares, tandis que les hommes de génie, comme je
l'ai dit, abondent.

Les Romains, qui sont nos maîtres pour la sagacité
de l'observation, quoique nos inférieurs pour l'interpré-
ʒation des faits observés, semblent avoir eu si pleinement
conscience de la connexion étroite entre la constructi-
vité et l'œuvre de génie, qu'ils ont cru par erreur que
c'étaient deux termes identiques. Un Romain entendait
faire le plus grand éloge, quand il disait d'un poëme ou
de quelque œuvre semblable, qu'elle était écrite *industria mirabili*, ou *incredibili industria*

XXXIII

Un écrivain de génie, si on ne lui permet pas de
choisir son sujet, fera plus mal que s'il n'avait aucun talent du tout. Et que sa liberté est petite ! Il peut assurément écrire ce qui lui plaît, mais son éditeur de même
n'imprimera que ce qui lui convient.

La nature de nos lois sur la propriété littéraire, ôte à
l'écrivain toute force. Quant à sa liberté d'action, elle
est à peu près égale à celle accordée au doyen et au chapitre d'une cathédrale épiscopale anglaise, que convo-

que à une élection un rescrit du roi donnant congé
d'élire, et spécifiant la personne à nommer

XXXI

Après avoir lu tout ce qui a été écrit sur l'âme et sur
Dieu, après avoir pensé là-dessus tout ce qui peut
être pensé, l'homme qui peut dire qu'il réfléchit encore,
se trouvera face à face avec cette conclusion, que sur
ces matières, l'aphorisme le plus profond, est celui qui
peut le moins être distingué du sentiment le plus superficiel.

XXXV

« La philosophie, dit Hegel, est sans utilité aucune,
« sans fruit aucun, et c'est justement pour ce néant,
« qu'elle est le but le plus sublime, celui qui mérite le
« plus nos efforts, le plus digne que nous y ten-
« dions. » Tout ce fatras a été suggéré sans doute par

le fameux passage de Tertullien ; « *Mortuus est Dei filius ;*
« *credibile est quia ineptum ; et sepultus, resurrexit ; cer-*
« *tum est quia impossibile.*

XXXVI

Je ne puis m'empêcher de penser que les romanciers
en général pourraient de temps en temps trouver leur
compte à prendre exemple sur les Chinois, qui, quoiqu'ils bâtissent leurs maisons, en faisant le toit le premier, ont cependant assez de sens pour commencer leurs
livres par le dénouement.

XXXVII

L'imagination pure choisit, soit dans le beau, soit
dans le laid, les éléments aptes à être combinés et qui
ne l'ont pas été encore. Le composé qui en résulte, porte
en général le caractère du beau ou du sublime, selon
que les parties combinées le contenaient. Ces parties

elle-mêmes doivent être considérées comme divisibles, c'est à dire comme produites par des combinaisons précédentes. Mais comme cela a lieu en chimie, il arrivera assez souvent dans cette chimie de l'intelligence, que l'association de deux éléments donne un corps qui ne possède nullement les propriétés de ses composants. Ainsi le domaine de l'imagination est illimité. Il comprend tout l'univers. Même avec le laid, elle fabrique la beauté, qui est à la fois son seul objet et sa pierre de touche impeccable. En général, c'est la richesse ou la solidité des matériaux employés, la facilité à découvrir de nouveaux éléments capables de s'unir et dignes de l'être, plus spécialement la combinaison chimique, parfaite des masses assemblées, qui sont les caractéristiques à considérer, quand on apprécie l'imagination. — La parfaite harmonie d'une œuvre imaginative lui fait souvent tort aux yeux des sots, en leur donnant l'illusion de la facilité. Ils arrivent à se demander comment il se fait que les combinaisons qu'on leur présente n'ont jamais été tentées auparavant.

XXXVIII

Scott, dans son *Éloquence presbytérienne*, parle d'une ancienne fable peu connue, où un concours de chants s'engage

entre le coucou et le rossignol, devant l'âne pris
pour juge. Quand chaque oiseau eut fait de son mieux,
l'arbitre déclara que le rossignol était un merveilleux
virtuose, mais « pour une bonne chanson toute simple,
« qu'on me donne le coucou. » — Le juge aux longues
oreilles est ici le type parfait de cette secte de critiques,
qui insistent sur ce qu'ils appellent la modération, qui en
font la perfection littéraire suprême, gens qui conspuent
Tennyson et portent Addison au ciel.

XXXIX.

La moitié du plaisir éprouvé dans un théâtre vient de
la communauté de sentiments d'un quelconque des spec-
tateurs avec le reste du public, de l'idée qu'il a que ce
reste sent comme lui. L'excentrique qui, dernièrement
au théâtre du Parc, se trouva être le seul occupant des
loges, du parterre et de la galerie, n'aurait éprouvé que
peu de plaisir si on lui avait permis de rester. Ce fut un
acte d'humanité, de le mettre à la porte.

La rage d'aujourd'hui, la rage absurde de donner des
conférences, est fondée sur ce sentiment. Nous sommes
induits à tolérer et même à applaudir hélas ! en leur
dixième et vingtième répétition, des essais que nous ne
lirions pas si l'on nous payait, tant est rebattu leur su-

jet et faible leur style, tant il est facile de recourir à la
première encyclopédie venue et de mieux s'y instruire.
C'est notre symphathie imaginaire pour la foule qui
nous contraint à cette folie. — Nous écoutons de même,
avec plus d'intérêt, le récit d'une aventure, quand d'autres personnes que nous, assistent à la narration.

Certains auteurs peu réfléchis ont remarqué ce fait
et ont tenté de simuler à leurs contes un cercle d'auditeurs pour profiter de cette sympathie. A première vue
l'idée semble bonne. Mais dans la réalité, la sympathie
existe véritablement ; elle est personnelle, palpable ; elle
se communique par des gestes, des regards, de brefs
commentaires, — c'est une sympathie de personnes vi-
vantes, toutes absorbées assurément à écouter, mais
assises côte à côte. Dans le cas de ces romanciers, au
contraire, nous sommes seuls dans notre cabinet quand
on nous demande de croire à la présence d'auditeurs
fictifs, qui, loin d'être là en personne, cessent souvent de
donner signe de vie pendant deux ou trois cents pages.
C'est une sympathie à double dilution, l'ombre d'une
ombre. Il n'est pas besoin de dire que cet artifice manque
invariablement son effet.

XL

Calomnier un grand homme est, pour les médiocres, le moyen le plus prompt d'arriver eux aussi à la grandeur. Il est probable que le scorpion ne serait jamais devenu une constellation sans son courage à mordre Hercule au talon.

XLI

Ceux qui raisonnent *a priori* sur la politique, sont, de toutes les gens possibles, les plus absurdes. Leur argumentation révèle cependant trop d'intelligence pour les croire dupes d'eux-mêmes. Et pourtant cela même est possible. Car il y a dans la vanité de la logique, quelque chose qui rend stérile le cerveau humain. Le véritable logicien arrive à la longue à se *logiciser* lui-même et alors l'univers n'est plus pour lui qu'un certain nombre de mots. Aucune chose n'existe plus. Il pose sur une feuille de papier un assemblage de syllabes, et s'imagine que c'est leur sens même qu'il vient de fixer. Je crois sérieusement qu'un logicien de profession a quelque idée de ce genre, quand il discute par écrit. Il ne s'aperçoit pas que c'est là sa pensée ; il l'entretient néanmoins malgré lui. Ses syllabes une fois tracées acquièrent à ses propres yeux un nouveau caractère. Tant qu'elles flottaient dans son esprit, on aurait pu lui faire admettre qu'elles n'étaient que les exposants variables des phases diverses de la pensée. Mais une fois qu'elles sont sur le papier, il ne veut plus en convenir.

Dans une seule page de Mill, je trouve le mot « force » employé 4 fois et, à chacune, le sens a varié. En somme le raisonnement *a priori* est pire qu'inutile en dehors des sciences mathématiques, où les mots arrivent à avoir une valeur précise. Mais s'il est un sujet au monde auquel il soit absolument et radicalement inapplicable, c'est la politique. Les arguments d'identité dont se sert M. Bentham pour soutenir ses propositions, pourraient être employés avec un peu d'ingéniosité à les renverser. En faisant légèrement varier les mots « gigot » et « navet », (il faudrait user de variations assez graduelles pour qu'elles passassent inaperçues ;), j'arriverais à démontrer qu'un navet a été, est et doit, en toute raison, être un gigot.

LXII

Les plagiaires ne manquent pas nécessairement d'originalité dans les passages où ils n'imitent pas. M. Longfellow qui est décidément le contrefacteur le plus audacieux d'Amérique, est original à un degré marqué ; en d'autres termes, il ne manque pas d'imagination. C'est ce second fait qui empêche certaines personnes de croire au premier. Le sentiment exquis de la beauté, le sentiment poëtique, par opposition à la puissance poëtique, conduit presqu'inévitablement à l'imitation. C'est ainsi que tous les grands poëtes ont été de grands plagiaires. Toutefois c'est une pure *non distributio médii*, que de partir de là pour dire que tous les grands plagiaires sont de grands poëtes.

XLIII

A propos d'inscriptions, combien est admirable celle qui circulait à Paris, quand Pigal et Bouchardon ont fait la statue de Louis XV, « *Statua statuæ* ! »

XLIV

> Voici un érudit et un artiste
> qui sait parfaitement tous les
> moyens que les grands auteurs
> ont mis en œuvre pour obtenir
> leurs effets, et qui est résolu à
> s'en servir. Mais le cœur échappe
> à ses pièges, à ses trappes, à ses
> lacs, pour se laisser prendre par
> quelque homme simple aussi peu
> préparé à cette aventure que son
> prisonnier.
>
> LOWELL.

Je me trompe peut-être en attribuant ces phrases à Lowell lui-même, — elles sont mises dans la bouche d'un de ses personnages. Mais quel que soit celui qui les réclame, elles sont poëtiques, et rien de plus. Leur erreur vient de la tendance commune à séparer la pratique de la théorie qui la comprend. En toute circonstance, si la pratique échoue, c'est que la théorie est imparfaite. Si le cœur de M. Lowell échappe au piège et à la trappe, c'est que le piége était mal dissimulé et que la trappe n'était ni amorcée ni posée comme il l'aurait fallu. Un homme de quelque habileté artistique peut fort bien sa-

voir comment on obtient un certain effet, l'expliquer et
cependant faillir quand il veut en user. Mais un homme
de quelque habileté artistique n'est pas un artiste. Celui
là seul est artiste, qui peut appliquer heureusement ses
préceptes les plus abstrus. Dire qu'un critique ne saurait
écrire le livre qu'il juge, c'est émettre une contradiction dans les termes.

XLV

Le progrès fait en quelques années par les *Magazines*,
ne doit point être interprété comme le voudraient certains critiques. Ce n'est pas une décadence du goût ou
des lettres américaines. C'est un signe des temps, c'est
le premier indice d'une ère où l'on se portera vers ce qui
est bref, condensé, bien digéré, où l'on abandonnera le
volumineux ; c'est l'avènement du journalisme et la décadence de la dissertation. Il nous faut plutôt de l'artille-
rie légère que de grosses pièces. Je ne veux pas affirmer
que les hommes ont aujourd'hui la pensée plus profonde
qu'il y a un siècle ; mais indubitablement, il l'ont plus
rapide, plus adroite, plus agile, plus méthodique, moins
lourde. De plus, le fond des pensées s'est enrichi ; il y a
plus de faits, plus à réfléchir. On est enclin à mettre le
plus d'idées dans le moins de volume, à les répandre le

plus rapidement possible. De là notre journalisme actuel ; de là aussi nos *Magazines*.

XLVI

LA MALIBRAN

Le goût le plus correct, la sensibilité la plus profonde lui ont prodigué les applaudissements enthousiastes. La gloire humaine dans tout ce qu'elle a de transportant et de délicieux, personne ne l'a mieux connue qu'elle, sinon la Taglioni. Que sont les adulations contraintes qui échoient aux victorieux ? Que sont même les mille hommages rendus à l'auteur populaire, sa renommée étendue, sa haute influence, les témoignages publics les plus flatteurs ? — devant cette adoration ravie qui s'adresse à la femme elle-même, devant ces applaudissements spontanés, soudains, présents, perçus, devant ces acclamations irrépressibles, ces larmes, ces soupirs éloquents que la Malibran idolâtrée a vus et entendus, tout en sentant combien elle en était digne. Sa courte carrière a été un songe splendide. Les nombreux et tristes intervalles, où elle a souffert, n'étaient qu'un souffle en balance de sa gloire.

Dans ce livre[1], on parle beaucoup des causes qui écourtèrent son existence et il semble qu'il y a là-dessus une obscurité que l'auteur essaie en vain de dissiper. Elle ne réfléchit pas que cette mort hâtive était la conséquence d'une vie excessive. Aucune personne sensée, ayant entendu chanter la Malibran, ne pouvait douter que celle-ci ne dût mourir au printemps de sa vie. Dans une heure, elle pressait un siècle. Elle a quitté le monde à 25 ans, ayant vécu des milliers d'années.

XLVII

Le nez du public est son imagination. C'est par là qu'on peut en tout temps le mener.

XLVIII

Les Dieux abstraits du polythéisme moderne sont dans un état de promiscuité et d'enchevêtrement aussi triste, que les divinités plus matérielles des Grecs. Il n'y a aucune qualité qui n'empiète sur quelque autre. Por-

[1] *Mémoires et lettres de Madame Malibran,* par la comtesse de Merlin.

phyre admet que Vesta, Rhéa, Cérès, Thémis, Proserpine, Bacchus, Atys, Adonis, Silène, et Priape étaient simplement les dénominations différentes du même être. Le sexe même de toutes ces personnifications n'a jamais été bien défini ; Servius commentant Virgile, mentionne une Vénus barbue. Dans Macrobe, Calvus parle de cette déesse comme d'un dieu, tandis que Valerius Soranus appelle expressément Jupiter, *mater deorum.*

XLIX

Thomas Moore, le littérateur le plus habile de son temps et peut-être de tous les temps, est en butte au malheur singulier et réellement merveilleux, de se trouver déprécié par la profusion avec laquelle il a répandu les beautés dans son œuvre. L'éclat d'une page quelconque de *Lallah Rookh* suffisait à établir sa réputation, qui a été beaucoup ternie par le lustre prodigué dans le livre entier. Il semble que les lois horribles de l'économie politique ne peuvent être éludées même par les inspirés ; qu'une versification parfaite, qu'un style vigoureux, une fantaisie infatigable en viennent, comme l'eau que nous buvons, sans laquelle nous ne pouvons vivre et que cependant nous méprisons, — à ne plus avoir de valeur, quand leur emploi est trop constant.

L

Quelle incompréhensible obstination chez nos meilleurs écrivains à parler de courage moral, comme s'il pouvait y en avoir qui ne le fût pas ! L'adjectif est appliqué par erreur au sujet au lieu de l'objet. L'énergie qui dompte la peur, que ce soit la peur de ce qui menace notre personne ou de ce qui compromet notre situation, n'est naturellement qu'une énergie mentale, qu'une énergie morale. Mais en parlant de courage moral, nous impliquons l'existence d'un courage physique. Il serait aussi rationnel de dire pensée corporelle ou imagination musculaire.

LI

Parmi les moralistes qui passent leur temps à avaler leurs pincettes pour se tenir droits, il est d'usage de décrier les « romans à la mode. » Ces œuvres ont des défauts ; mais l'immense et bonne influence qu'ils exercent, ne leur a jamais été dûment comptée ! *Ingenuos fideliter didicisse libros, emollit mores, nec sinit esse feros.* Or les romans à la mode circulent le plus dans les classes peu raffinées, et leur efficacité à adoucir les pires callosités, à aplanir les apérités les plus rudes du vulgaire, est prodigieuse. Dans le troupeau de Panurge, admirer et tenter d'imiter ne font qu'un. — Oui, mais les manières ainsi contrefaites siéront comme une défroque. — Mieux vaut une défroque que la brutalité, et, après tout, il n'y a pas à craindre que le fer le plus âpre perde de sa valeur par une dorure même fort mince

LII

Il n'est pas convenable, pour user du terme doux, et il ne me paraît pas courageux, d'attaquer un ennemi en s'abstenant de le nommer, mais en le décrivant expressément de telle sorte que tout le monde sache qui nous entendons, — et de venir dire ensuite : « Je n'ai pas désigné cet homme par son nom. Aux yeux et d'après la « lettre de la loi, je suis innocent. » Et cependant, combien n'arrive-t-il pas que des hommes, qui s'intitulent des *gentlemen*, se rendent coupables de cette bassesse ! Il nous faudrait réformer ce point de notre morale littéraire ; et avec celui-là, cet autre, l'habitude de ne pas signer nos critiques. Rien de probant ne peut être dit en défense de cette pratique très-déloyale, très-méprisable et très-lâche.

LIII

On peut observer que dans le court récit de la création, Moïse emploie l'expression *hara elohim* (les Dieux a créé) plus de 30 fois, mettant le substantif au pluriel et le verbe au singulier. Ailleurs cependant, dans le *Deuteronome*, il y a le singulier, Eloah, Dieu.

LIV

Traduction du livre de Jonas en hexamètres allemands, par J. G. A. Muller. Publié dans les *Memorabilia* de Paulus.

Voici quelque chose dont je ne puis m'empêcher de rire et cependant je ris sans savoir pourquoi. Que l'in-

congruité soit le principe de tout rire non convulsif, cela
m'est démontré aussi clairement qu'aucun problème des
Principia mathematica. Mais, ici, je ne puis découvrir
l'incongruité: elle est là, je le sais, et je ne la vois pas.
En attendant laissez-moi rire.

LV

La multiplication des livres dans toute branche de la
science est un des grands maux de notre époque. C'est
là l'obstacle le plus sérieux à l'acquisition de connaissances exactes. Le lecteur trouvera sa route encombrée
par des amas de matériaux où il devra chercher, en tâtonnant, les bribes utiles mêlées par hasard au reste.

LVI

J'estime que les odeurs sont tout particulièrement efficaces à produire en nous des associations d'idées, associations qui diffèrent essentiellement de celles nées de

sensations s'adressant au toucher, au goût, à la vue, à l'ouïe.

LVII

Tout homme sincère doit se réjouir de voir diminuer les déclamations contre l'originalité, cette misérable sorte de *Cant*, qui était affectée par un certain nombre de critiques minuscules, attachés un temps à dégrader la littérature américaine au niveau de l'art flamand. On a dit à propos de calembourgs, que ce sont les gens le moins capables d'en faire qui les détestent le plus. Mais il est bien plus vrai d'affirmer que les invectives contre l'originalité procèdent de personnes à la fois vulgaires et hypocrites. Je dis hypocrites, car l'amour de la nouveauté est incontestablement part constituante de notre nature morale; et puisque être original c'est simplement être nouveau, le sot qui professe de dédaigner l'originalité soit en littérature, soit en tout autre chose, ne saurait affirmer plausiblement qu'il est sincère. Il fait preuve plutôt de cette haine honteuse qu'éprouve un homme jalousant une supériorité, à laquelle il ne peut atteindre.

LVIII

L'originalité dans la composition de personnages fictifs ne doit être admise et louée en bonne critique que quand ces personnages montrent des côtés connus de la vie réelle, mais non encore décrits, — c'est là un hasard qui n'arrive presque plus ; — ou bien encore quand ces personnages fictifs présentent des qualités physiques ou morales, qui, quoiqu'on les sache purement imaginaires, s'adaptent si bien au reste, que notre sens du convenable n'en est pas blessé, que nous en venons à chercher pourquoi ces qualités, que nous tenons pour supposées, n'existeraient pas réellement. Cette dernière sorte d'originalité est la plus haute.

LIX

Il n'est nullement irrationnel d'imaginer que, dans une existence future, nous puissions considérer cette vie comme un songe.

LX

Dites à un coquin trois ou quatre fois par jour qu'il est la fleur de la probité, et vous en ferez tout au moins le modèle du bourgeois respectable. D'autre part, accusez obstinément un honnête homme d'être une canaille, et vous lui inspirerez l'ambition perverse de vous prouver que vous n'êtes pas tout à fait dans l'erreur.

LXI

Il y a une infinité d'écrivains qui font leur chemin en philosophie, grâce à l'habitude qu'ont les hommes de se considérer comme les citoyens d'un monde, d'une planète individuelle, au lieu de se représenter, ne fût-ce que de temps en temps, leur condition littéralement cosmopolite d'habitants de l'univers.

LXII

Le pick-poket ordinaire dérobe une bourse et tout est dit. Il ne se targue pas ouvertement de la somme que lui a rapportée son vol et il n'accuse pas la personne dépouillée d'avoir commis le larcin. Ce sont là tout autant de points par lesquels le filou commun l'emporte sur le filou littéraire. Il est impossible, selon nous, d'imaginer un spectacle plus dégoûtant que celui du plagiaire, marchant d'un pas victorieux, le cœur orgüeilleusement agité, au souvenir d'applaudissements qu'il sait être dûs à un autre. La pureté, la noblesse, l'idéalité de toute gloire méritée, forment avec l'action grossière de voler, un contraste qui donne au crime de plagiat son détestable aspect. Il nous répugne de trouver dans le même homme le désir noble de cette gloire et la propension basse à la rapine. C'est cette anomalie, ce désaccord qui nous choquent.

LXIII

Bielfeldt l'auteur des *Premiers traits de l'érudition universelle,* définit la poésie: l'art d'exprimer les pensées par la fiction. Les Allemands ont deux mots qui concordent avec cette définition, tout absurde qu'elle est. Les termes *Dichtkunst* l'art de la fiction et *Dichten* feindre, sont pris généralement dans le sens de poésie et de faire des vers.

LXIV

S'il en était besoin, j'aurais peut-être peu de peine à défendre l'espèce de dogmatisme auquel je suis enclin en versification. Ce qu'est la poésie, est une question que l'on peut résoudre, (bien que Leigh Hunt y ait ridiculement échoué) à la satisfaction partielle de quelques esprits analytiques. Il faut, pour cela, user de beaucoup de circonspection et convenir d'avance de la valeur exacte de certains mots importants. Mais dans l'état actuel de la métaphysique, cette solution ne saurait jamais plaire au plus grand nombre. En effet notre problème ressortit de la métaphysique pure, et cette science se trouve actuellement dans un chaos inextricable, le sens des termes qu'elle est forcée d'employer ne pouvant être fixé. Cependant cet obstacle n'est que partiel. Car si un tiers de notre sujet peut être réputé dépendant de la métaphysique, et être discuté au gré de chacun, les deux autres tiers appartiennent indubitablement aux mathématiques. Les questions, encore gravement débattues, du rhythme, du mètre, sont susceptibles d'être tranchées par démonstration. Leurs lois sont connexes aux lois de forme et de quantité, aux lois de relation. Sur ces derniers sujets, ennuyeux prétextes à controverses indéfiniment soulevées, le prosodiste aurait tort de dire de telle proposition qu'elle est probable, de telle autre qu'elle est possible. C'est comme si un mathématicien admettait que, dans son humble opinion ou sauf erreur, deux côtés quelconques d'un triangle sont plus grands que le troisième.

Il faut cependant que je fasse une remarque à ce que j'avance là. Si l'on reproche si souvent aux théories de versification de ne lier que leurs auteurs, c'est qu'il n'existe réellement pas de prosodie raisonnée. Les prosodies classiques sont des recueils de lois obscures contredites par des cas particuliers plus incertains encore, dénuées de tout principe et calquées de la façon la plus arbitraire sur la pratique des anciens, qui n'avaient d'autre règle que leur oreille et leurs doigts. — Et c'était là des règles suffisantes, dira-t-on, puisque l'Iliade

est harmonieuse et mélodieuse plus qu'aucune œuvre
moderne. — Je le veux bien, mais nous n'écrivons pas
en grec, et l'on n'a pas encore tenté ce que peut fournir à
la prosodie l'invention moderne. Une analyse appuyée
des lois de physique qu'ignorait le poète de Chios, suggé-
rerait une multitude de perfectionnements, même aux
meilleurs passages de l'Iliade. Du fait supposé qu'Homère
trouvait dans son oreille et ses doigts un ensemble de
règles absolument suffisant, (point que je viens de nier),
il ne suit pas que les règles déduites par nous des effets
homériques, doivent l'emporter sur les principes immua-
bles de mesure, de quantité, bref sur les lois mathématiques de la musique. Ces lois, observées, sont les causes
efficientes des beautés d'Homère, beautés dont les doigts
et l'oreille du poète étaient les causes médiates.

LXV

Je ne sais pourquoi, mais nos portraitistes, sauf de
peu nombreuses exceptions, ne sauraient être chargés
du reproche que faisait Apelles à Protogènes, celui de
peindre trop au naturel.

LXVI

Les réformateurs modernes de la philosophie qui annihilent l'individu pour le plus grand bien de la masse, et la nouvelle législation qui interdit le plaisir aux gens pour avancer leur bonheur, me paraissent ressembler à une vieille loi féodale française, qui, pour empêcher que l'on ne troublât les couvées des perdrix, défendait sous peine d'amende de travailler la terre et de mener paître les bestiaux.

LXVII

...Non pas. Un gentleman et un nez épaté sont incompatibles : « Celui-là seul qui peut vivre inoccupé et sans « travail manuel, qui a le port, les fonctions et la *phy-* « *sionomie* d'un seigneur, mérite d'être appelé Monsieur « et d'être tenu pour un gentleman. »

La *République d'Angleterre* par Sir Thomas Smith

LXVIII

Bacon aurait pu ajouter à ses *idola specus*, *fori*, *tribus*, les *idola* du salon (ou de l'ingéniosité comme je les ai appelés plus haut), idoles dont le culte rend l'homme aveugle à la vérité en l'éblouissant par ce qui s'en rapproche.

Mais quel nom inventer pour une idole qui a fait adopter plus d'erreurs à elle seule, que toutes les autres ensemble? J'entends celle qui induit ses sectateurs à intervertir la cause et l'effet, à raisonner en cercle, à se soulever du sol par les bretelles, à se placer eux-mêmes dans un panier et à s'emporter sur leurs propres têtes de Dan à Berscheba? Tous les raisonnements sur la nature de l'âme ou de Dieu ne me semblent qu'hommages rendus à ce détestable leurre. « Pour savoir ce qu'est Dieu, « dit Bielfeldt sans que personne l'écoute, il faut être « Dieu même, et raisonner sur la raison est de toutes « choses la plus déraisonnable. » Tout au moins celui-là seul est capable de discuter sur ce sujet, qui perçoit d'un coup d'œil l'inanité de ses dissertations.

LXIX

« Si en aucun point, dit Lord Bacon, je me suis éloi-
« gné de ce qui est communément reçu, ç'a été pour faire
« *melius* et non pas *aliud*. » Les réformateurs modernes,
par contre, ne recherchent que le contraste.

LXX

Quand on réfléchit qu'il n'est pas
possible de trouver aucune personne
agée qui soit prête à passer de nouveau par la vie qu'elle a déjà vécue,
l'on se convainc que le mal prédomine
dans le monde sur le bien.

VOLNEY,

Cette proposition n'est pas claire ; sans le contexte,
nous ne pouvons nous assurer si l'auteur veut dire simplement que toute personne âgée se figure trouver plus

de bonheur qu'elle n'en a eu, dans une existence diffé-
rente de celle qui lui est échue et se refuse pour cette raison à revivre sa vie, mais non pas celle de quelque autre,
— ou s'il entend que toute personne âgée ayant à choisir,
à sa dernière heure, entre la mort et la faculté de revivre son ancienne vie, préférerait mourir. La première
version est vraie, peut-être, mais la seconde (qui est la
juste,) est douteuse et ne suffit pas, même si on l'admet,
à prouver que le mal dans la vie surpasse le bien.

On nous demande d'accorder que toute vieille personne
refuse de recommencer sa vie, parce qu'elle sait que le
mal y a surpassé le bien. L'erreur est dans le mot « sait, »
dans la présomption que jamais l'on puisse posséder
cette connaissance absolue, à laquelle il est fait obscurément allusion. C'est justement la connaissance apparente,
mensongère, de ce qu'a été la vie déjà écoulée, qui rend
incapables les vieillards de décider du bonheur ou du
malheur de leur passé. Ils considèrent une vie hypothé-
tique, secondaire, quand ils affirment de la vie véritable,
originale, que le mal ou le bien y a prédominé. Dans leur
estimation, ils ne rêvent que les événements, et ne tiennent nul compte de cette espérance irrépressible qui éclai-
rait tout de ses lueurs roses. La vie véritable de l'homme
est heureuse, parce qu'il s'attend toujours à ce qu'elle le
soit bientôt. Mais quand nous considérons la vie qui a
passé, nous en obtenons une image déformée, nous nous
représentons de froides certitudes au lieu de chaudes
attentes, des douleurs qui eussent été quadruplées si nous
les avions prévues. Nous ne pouvons nous empêcher de
penser ainsi, que nous tendions notre imagination comme

il nous plaît. C'est une tâche difficile et presque impossible de penser comme si nous ignorions ce que nous savons, comme si ce qui est accompli ne l'était pas encore. Notre incapacité imaginative, notre répugnance qui en résulte à recommencer notre vie, nous autorisent-elles d'aucune manière à conclure que dans l'existence réelle, proprement dite, le mal l'emporte sur le bien?

Pour que la personne âgée de Volney fût un juge équitable et choisît en connaissance de cause, pour que ce jugement, ce choix pussent nous permettre d'en déduire la comparaison exacte du bien et du mal dans l'existence, il nous faudrait un vieillard capable d'apprécier sûrement les espérances qu'il est conduit à négliger, mais qu'il éprouverait assurément aussi fortes qu'autrefois, en repassant par son existence. Il faut aussi que ce vieillard écarte les craintes de son déclin qui lui montrent de près les maux survenants, maux qui lui seraient cachés s'il recommençait à vivre. Quel mortel est jamais parvenu à remplir ces conditions? Quel mortel a jamais été capable d'un choix juste? Et comment, de décisions mal fondées, pouvons-nous tirer des conclusions propres à nous guider sûrement? **Comment avec de l'erreur faire de la vérité?**

LXXI

Car toutes les règles du rhéteur
Ne font que lui enseigner le nom de ses outils

Ces vers, souvent cités, démontrent qu'une erreur, mise en poésie, fait plus de chemin et dure plus longtemps qu'une erreur en prose. Un homme qui se détournerait et se moquerait d'une sottise dite nûment, se prend à lui trouver plus de valeur quand elle lui est décochée dans l'entendement aiguisée en épigramme.

Les règles du rhéteur, si ce sont vraiment des règles, enseignent non seulement les noms des outils à penser, mais la manière de s'en servir, leurs applications, ce à quoi ils sont aptes, ce qu'ils ne peuvent faire. Ainsi la connaissance des outils (qui est nécessaire pour ceux qui les manient constamment) forcera à scruter et à sonder la matière où on les appliquera, suggérant des idées, produisant ainsi de nouvelle matière pour de nouveaux outils.

LXXII

On sait peu quels effet se tirent du bon emploi de la rime. D'habitude le mot « rime » se dit simplement d'une similitude de sons à la fin de deux vers. Il est curieux de voir pendant combien de temps on s'en est tenu à cette définition étroite. Ce qui plaît d'abord et surtout dans la rime vient du sens et de la sensation d'égalité qui sont la cause, comme on pourrait le démontrer, de tout le charme que procure la musique, spécialement dans ses modifications de rhythme et de mesure. Quand nous regardons un cristal, nous sommes immédiatement frappés par l'égalité qui existe entre les côtés et les angles de l'une de ses faces. Mais en observant qu'une seconde face est exactement semblable à la première, notre plaisir paraît s'être élevé au carré ; à une troisième face, il est porté au cube, et ainsi de suite. Si on mesurait le plaisir ressenti, je ne doute pas qu'on ne le trouvât augmenter mathématiquement dans la proportion que j'indique. Cela, jusqu'à un certain point, après lequel il diminuerait selon la même loi. En fin d'analyse, nous démêlons dans notre jouissance le sens de l'égalité, ou plutôt le plaisir que procure ce sens, satisfait, à l'homme.

Ce fut l'instinct, plutôt que la claire intelligence de ce charme, qui conduisit le poète à ajouter à la similitude, à l'égalité de deux sons, une seconde relation, faite pour augmenter l'effet de la première, celle de placer les rimes à une distance fixe, c'est à dire à l'extrémité de vers de longueur égale. De cette façon, rime et fin de vers devinrent deux idées connexes, et, le principe ayant été perdu de vue, conventionnelles. On plaça parfois la rime à des intervalles irréguliers ; mais ce fut simplement parce qu'avant qu'elle ne fût inventée, on connaissait les vers pindariques qui se succèdent inégaux d'étendue ; c'est pour cette raison, dis-je, et pour aucune autre plus profonde. On était arrivé à regarder la rime comme appartenant de droit à la fin du vers.

Nous déplorons qu'on ne soit resté là. Il est clair que l'on pouvait imaginer de nouvelles dispositions de la rime. Le sens d'égalité était seul mis à contribution, ou si cette égalité avait légèrement varié, ce n'avait été que par accident. La rime est ainsi toujours prévue d'avance. L'œil courant à la fin du vers, qu'il soit court ou long, y cherche la syllabe que l'oreille sait devoir retentir. La part de l'inattendu, de la nouveauté, de l'originalité, personne n'y songeait. « Or, dit Lord Bacon, — avec quelle justesse ! « — il n'y a pas de beauté exquise sans quelque étran- « geté dans les proportions. » Otez cet élément étrange, inattendu, nouveau, original, (appelez-le comme vous voudrez), et tout le charme idéal de la beauté disparaîtra du coup. Nous perdons l'inconnu, le vague, l'incompris, ce que nous n'avons le temps ni d'examiner ni de scruter, et nous en ressentons le manque. Nous perdons, en un mot, tout ce qui peut rendre la beauté terrestre semblable à la beauté céleste.

La perfection pour la rime résiderait dans la combinaison de l'égal et de l'inattendu. Mais comme le mal ne peut exister sans le bien, de même aussi il faut que l'inattendu sorte de l'attendu. Nous ne voulons pas l'arbitraire. Il nous faut d'abord une série de rimes équidistantes, revenant à intervalles égaux, pour former la base, l'attendu, le prévu. C'est de là que naîtra l'inattendu, par l'introduction de rimes placées non au hasard, mais de façon à donner la plus grande somme d'imprévu possible.

Il ne faudrait pas les insérer à des endroits tels que le vers entier fût un multiple du nombre de syllabes placées avant la rime. Quand j'écris par exemple :

And the silken, sad, uncertain, rustling of each purple curtain[1].

je produis certainement plus d'effet, mais non beaucoup plus d'effet, que si j'emploie les rimes ordinaires recourant à la fin du vers. Car le nombre de syllabes de mon ogdomètre est divisible par celui qui précède la rime introduite au milieu. Il reste par conséquent quelque chose de prévu. En fait, l'innovation dans mon vers ne s'adresse qu'à l'œil, car l'oreille coupe le vers en deux, ainsi :

And the silken, sad, uncertain,
Rustling of each purple curtain.

[1] *Le Corbeau* : Et le soyeux, triste et vague bruissement des rideaux pourprés.

Mais j'atteins tout l'effet de l'imprévu, quand j'écris :

Thrilled me, filled me with fantastic terrors never felt before [1].

LXXIII

« Ceci est bien, dit Épicure, précisément parce que ceci
« déplait à la foule. »

« Il y a à parier, dit Chamfort, un des Kamkars de
« Mirabeau, que toute idée publique, toute convention
« reçue, est une sottise ; car elle a plu au plus grand
« nombre. »

« *Si proficere cupis*, dit le grand évêque africain,
« *primo id verum puta quod sana mens omnium hominum*
« *attestatur.* »

      Mais :

   Qui décidera quand les docteurs diffèrent ?

Pour moi, il me semble que de tout temps, les erreurs
les plus absurdes ont été tenues pour vraies par la *mens
omnium hominum*. Quant à la *sana mens*, comment pou_
vons-nous savoir ce que cela est ?

[1] *Le Corbeau:* Me remplissait, me pénétrait de terreurs fantastiques inconnues par moi jusqu'à ce jour. Trad. Baudelaire.

LXXIV

Saint-Augustin. *De libris Manichæis.*

En lisant certains livres, nous nous intéressons aux pensées de l'auteur ; en en lisant d'autres, nous nous intéressons aux nôtres propres. Ce livre-ci est un de ces autres, un livre qui fait penser. Mais il y a deux sortes de ces livres *suggestifs*, les positifs et les négatifs. Ceux-là donnent à réfléchir par ce qu'ils disent, ceux-ci, par ce qu'ils pourraient et devraient dire. La différence après tout est petite. Dans les deux cas le livre a atteint son but.

LXXV

.....Salluste aussi. Il avait à peu près le même sans-façon, et Metternich n'eût pu redire à son « *impune quæ libet* « *facere, id est esse regem.* »

LXXVI

En Chine, on tient pour établi que l'abdomen est le siège de l'âme. Les spirituels Hellènes estimaient que c'était prodiguer les mots que d'en user plus d'un, « φρένες » pour dire l'esprit et le diaphragme.

LXXVII

« Celui qui est né homme, dit Wieland dans son *Peri-« grinus probus*, ne doit ni ne peut être rien de plus no-« ble de plus grand ou de meilleur, qu'un homme. »
Le fait est que dans nos efforts pour nous élever au dessus de notre nature, nous tombons invariablement au dessous d'elle. Nos moralistes qui jouent les demidieux, ne sont simplement que des diables retournés.

LXXVIII

Les Swedenborgiens m'informent avoir découvert que tout ce que j'ai dit dans un de mes contes, la *Révélation magnétique* est absolument vrai, bien que d'abord ils fussent fortement enclins à douter de ma sincérité. Je n'ai jamais songé, moi, à n'en pas douter. Mon conte est une fiction pure du commencement à la fin.

LXXIX

Dans la nouvelle proprement dite, l'espace manque pour développer les caractères ou pour accumuler les incidents variés ; un plan y est plus impérieusement nécessaire que dans le roman. Une intrigue défectueuse peut, dans ce dernier, échapper au blâme ; dans la nouvelle, jamais. La plupart de nos auteurs cependant, n'observent pas cette distinction. Ils semblent commencer leurs contes sans en savoir la fin. Et leurs dénouements, comme autant de gouvernements à la Trinculo, paraissent avoir oublié leurs débuts.

LXXX

Si quelque homme ambitieux veut révolutionner d'un coup le monde entier de la pensée humaine, de l'opinion et du sentiment humains, voici ce qui lui en donne le pouvoir. La route à une gloire impérissable est ouverte droite et sans encombre devant lui. Il n'a qu'à écrire et publier un très petit livre. Son titre sera simple, quelques mots sans prétention : « *Mon cœur mis à nu.* » Mais ce petit livre doit tenir toutes ses promesses.

N'est-il pas singulier qu'avec la soif folle de notoriété qui brûle tant d'hommes s'inquiétant comme d'un fêtu de ce que l'on pensera d'eux après leur mort, on n'en trouve pas un d'assez d'audace pour écrire ce petit livre ? L'écrire, dis-je ; il y a des milliers de gens qui, le livre une fois fait, se mettraient à rire si on leur disait qu'ils n'auraient osé le publier leur vie durant, et qui ne sauraient pas concevoir pourquoi ils se seraient opposés à ce qu'il parût après leur mort. Mais l'écrire, voilà la dure difficulté ! Aucun homme n'osera jamais l'écrire ; aucun homme ne saurait l'écrire, même s'il l'osait. Le papier se recroquevillerait et se consumerait, à chaque attouchement de sa plume de feu.

LXXXI

En considérant des détails de peu d'importance, nous arrivons à négliger les généralités essentielles. C'est ainsi que M.... a fait grand bruit de certaines fautes d'impression dans un livre, et a cependant épargné à son imprimeur les reproches que celui-ci méritait plutôt deux fois qu'une pour la plus grosse de toutes, celle d'avoir imprimé le livre.

LXXXII

Que peut-il y avoir de plus doux pour l'orgueil d'un homme et pour sa conscience que le sentiment qu'il se venge des injustices que ses ennemis lui ont faites, s'il leur rend simplement à eux, justice.

LXXXIII

La *vox populi* dont on a tant parlé, si peu à propos, est peut-être cette *vox et præterea nihil* que le paysan de Catulle prend pour la voix du rossignol.

LXXXIV

Jack Birkenhead, dans les œuvres de l'évêque Sprat, dit que la plus belle qualité chez un homme de grand esprit est de savoir refuser. Cette maxime doit être prise *cum grano salis.* Le mieux est de prévenir tout sujet à refus.

LXXXV

Non seulement j'estime qu'il est paradoxal de prêter à un homme de génie un caractère bas, mais je maintiens de plus avec assurance que le génie le plus élevé n'est que la noblesse morale la plus haute.

LXXXVI

Il est risible de voir avec quelle facilité tout système de philosophie peut être convaincu d'erreur. Mais combien n'est-il pas triste aussi de reconnaître l'impossibilité d'imaginer même, qu'aucun système particulier soit vrai !

LXXXVII

Tous ceux qui commentent Shakespeare tombent dans une erreur radicale que l'on n'a jamais relevée. C'est celle de tenter l'explication de ses personnages, de donner les motifs de leurs actions, de concilier leurs inconsistances, non pas comme s'ils étaient le produit de l'esprit humain, mais comme s'ils avaient existé réellement sur terre. Nous dissertons ainsi sur un Hamlet homme, et non pas sur un Hamlet *dramatis persona*, sur un Hamlet créé par Dieu, non sur un Hamlet créé par Shakespeare. Si le prince danois avait réellement existé, si le drame était un récit exact de ses faits et gestes, nous pourrions par ce récit, avec quelque peine, il est vrai, mais enfin, nous pourrions accorder les antinomies de son caractère, fixer à notre satisfaction sa vraie structure morale. Mais cette tâche devient une pure absurdité quand nous songeons que nous peinons sur une ombre. Ce ne sont pas les inconséquences de l'homme agissant que nous avons à discuter (quoique nous fassions comme s'il en était ainsi, errant de cette façon, inévitablement) mais les bizarreries, les vacillations, les énergies et les indolences se combattant, du poëte même. Il nous semble qu'il est presque miraculeux que ce point manifeste soit resté inaperçu.

Puisque nous en sommes à ce sujet, nous pouvons tout aussi bien présenter, sur l'intention que le poëte a mise dans la caractéristique d'Hamlet, une opinion peu mûrie et qui nous est propre. Shakespeare a dû savoir que l'on observe chez certaines personnes extrêmement ivres, de quelque ivresse qu'il s'agisse, le penchant presque irrésistible à feindre leur égarement plus complet qu'ils ne l'éprouvent réellement. Toute personne pensante arriverait par analogie à soupçonner que pareille chose se passe dans la folie, — ce qui est vrai et hors de doute. Shakespeare *sentit* qu'il en était ainsi ; il ne le pensa pas. Il arriva à le sentir par son merveilleux pouvoir d'identification, source dernière de son influence sur les hommes. Il écrivit son Hamlet comme si Hamlet c'était lui-même ; ayant d'abord conçu son héros excité jusqu'à la folie partielle par les révélations du fantôme, il sentit qu'Hamlet devait être poussé à outrer ses divagations.

LXXXVIII

Le docteur Butler, évêque de Durham, demandait une fois au chanoine Tucker s'il pensait ou non que des communautés pouvaient de temps en temps devenir folles, d'un coup, comme des individus individuellement. Ce sujet n'est plus à débattre. Est-ce que les Abdéritains

n'ont pas été saisis tous à la fois de la manie euripidienne,
dans laquelle ils couraient par les rues déclamant les tragédies du poëte ? Et puis voici maintenant le paroxysme
d'agitation, la clameur, que l'on fait autour de Pusey.
Si l'Angleterre et l'Amérique ne sont pas folles en ce
moment même, je consens à ne pas savoir que deux et
deux font quatre.

LXXXIX

On ne va nullement trop loin quand on affirme que le
mouvement en faveur de la tempérance est le plus im-
portant du monde. Cependant son vrai caractère n'a pas
encore été reconnu ; nous voulons dire celui-ci ; que cette
réforme morale tend à augmenter le bonheur de l'homme
(dernier objet de toute réforme) non en multipliant ses
plaisirs extérieurs, procédé équivoque et difficile, mais
plus simplement et plus efficacement, en augmentant sa
capacité de jouir. L'homme tempérant porte en lui, en
toute circonstance, la vraie, la seule condition du bonheur.

XC

Le mouvement en faveur de la tempérance est assuré de persister si l'on recourt contre les boissons alcooliques a des arguments d'hygiène, plutôt que de morale. Persuadez que les spiritueux sont des poisons pour le corps, et il sera à peine nécessaire d'ajouter qu'ils sont la ruine de l'âme.

XCI

Quand la musique nous touche jusqu'aux larmes, larmes sans cause apparente, nous ne pleurons pas par excès de ravissement, comme le suppose Gravina, mais par excès de douleur impatiente et impétueuse, de ce que nous ne pouvons encore, simples mortels, éprouver la plénitude de ces extases surhumaines que la musique nous fait entrevoir dans un aperçu indéfini et précurseur.

XCII

Notre littérature est infestée par un essaim de petites gens qui se font une réputation réelle, simplement par la continuité et la persistance de leurs appels au public. Celui-ci ne peut un instant se débarrasser de ses parasites ni oublier leurs prétentions. Nous ne considérerons pas le travail de ces animalcules comme égal à rien ; car ils arrivent à produire, comme je l'ai dit, un effet positif, et zéro élevé à quelque puissance que ce soit, ne donnera jamais d'unités ; mais bien plutôt comme exprimé par des quantités négatives, par moins que rien : car — par — donne $+$.

XCIII

Les personnes qui tentent d'aller plus loin que Carlyle, arrivent à la clarté de Plutarque, qui commence la vie de Démétrius Poliorcète en contant sa mort, et nous informe que son héros ne pouvait être aussi grand que son père, par la simple raison que celui-ci, après tout, n'était que son oncle.

XCIV

Il est malaisé de se représenter quel a dû être l'état morbide de l'intelligence et du goût allemands, quand un livre, comme les *Souffrances de Werther* était non seulement toléré, mais admiré et applaudi d'enthousiasme. Cette approbation était évidemment de bonne foi en Allemagne ; chez nous et en Angleterre, elle est la quintessence de l'affection. Et cependant nous avons fait de notre mieux, comme si nous y étions liés d'honneur, pour nous monter au diapason de folie de l'œuvre de Gœthe.

XCV

En considérant le monde tel qu'il est, nous trouveron folie de nier que la vilenie est une voie de succès plus sûre que la vertu. Quand l'Ecriture parle du « levain de « l'iniquité », elle entend le levain qui fait monter les hommes.

XCVI

Il est étonnant de voir combien les œuvres d'imagination se bonifient, comme les vins, en passant l'océan. Nous avons eu l'honneur d'être pillé sans merci en Europe. Mais comme nos nouvelles gagnaient à ces procédés, du moins dans l'estime de nos compatriotes, nous n'avons pas réclamé. Nous avons écrit œuvre sur œuvre qui n'ont attiré l'attention publique, que quand les *Miscellanea* de Bentley, ou le *Charivari* de Paris les eurent publiées comme de leur crû. La *Boston Nation* nous avait repris vigoureusement d'avoir fait *La Chute de la maison Usher.*Peu après Bentley s'empara de cette nouvelle et la donna sans signature, comme inédite. Là dessus,la *Nation* ayant oublié que nous en étions l'auteur, non seulement la loua *ad nauseam,* mais la reproduisit, *in toto.*

XCVII

Les journalistes me paraissent constitués comme les Dieux du Walhalla, qui se coupaient en pièces tous les jours, et se relevaient en parfaite santé tous les matins.

XCVIII

Les bourses effroyablement longues, autant que des concombres géants, mises dernièrement à la mode par nos élégantes, ne nous viennent pas de Paris, comme on le croit généralement. C'est un produit tout à fait indigène. Le fait est qu'un porte-monnaie pareil serait étrange à Paris, où les femmes ne tiennent dans leur poche que leur argent. Au contraire la bourse d'une dame américaine doit être fort grande ; il faut qu'elle puisse y mettre avec son argent, son âme.

XCIX

« *Con tal que los costumbres de un autor sean puras y* « *castas*, dit le catholique Don Tomas de las Torres, « dans la préface de ses poèmes critiques, *importa muy* « *poco que no sean igualmente severas sus obras.* » « Pourvu « qu'un auteur soit honnête, il ne tire pas à conséquence « que ses livres ne le soient pas. »

Don Tomas se trouve sans doute encore dans le purgatoire à expier ses idées subversives. Beaucoup de théologiens et de dévôts modernes, afin de marquer plus fort leur aversion pour de pareilles maximes, s'efforcent de suivre une ligne de conduite diamétralement inverse.

C

Les enfants ne sont jamais trop délicats pour être fouettés ; comme les beefsteaks, plus on les bat, plus ils deviennent tendres.

CI

Quand Lucien décrivit sa statue « à surface de marbre « penthélique et pleine au dedans de haillons souillés », il devait avoir quelque vue prophétique de nos grandes institutions financières.

CII

On sait que les poètes (le mot étant pris dans son sens le plus étendu et comprenant tous les artistes), sont un *genus irritabile* ; mais la raison de ce tempérament semble généralement ignorée.

Un artiste n'est tel que par son sens exquis de la beauté, source pour lui de jouissances infinies, mais qui implique le sens tout aussi exquis du laid, de la disproportion. Ainsi un tort, une injustice faite à un poète digne de ce nom, l'excite à un degré qui semble étrange aux esprits ordinaires. Les poètes ne voient jamais l'in-

justice où elle n'est pas, mais là où les prosaïques ne
peuvent l'apercevoir. L'irritabilité poétique n'est donc
pas de l'humeur dans le sens vulgaire de ce mot, mais
simplement une perception plus vive de l'injustice, qui
vient de ce que le poète sent fortement le droit, le
juste, la proportion, en un mot le Καλόν. Il me paraît
clair que l'homme qui n'est pas irritable au jugement du
vulgaire, n'est pas un poète.

CIII

· Qu'un homme réussisse à posséder le génie le plus évident, le plus démontrable en différents genres, l'envie
des critiques et la voix populaire s'accorderont à lui
refuser plus que du talent dans aucun.

Un poète qui a parfait un grand poème, (j'entends par
là un poème qui émeut), doit prendre garde de ne se distinguer dans aucun autre ressort de la littérature. Surtout qu'il ne s'occupe point de science, à moins que ce ne
soit sous un anonyme, ou qu'il n'ait le dessein d'attendre
patiemment le verdict de la postérité. Comme jamais
auparavant on n'a connu de génies universels ou même
versatiles, c'est donc, pense le monde, qu'il ne pourra
jamais en naître. — Des raisons de ce genre ont cours
parmi le commun.

Or, que nous enseigne l'analyse des forces mentales ? C'est que le génie le plus haut, le génie que tous les hommes reconnaissent à l'instant, qui s'impose aux individus et aux masses par une sorte de magnétisme incompréhensible, mais irrésistible et irrésisté, le génie qui se révèle par le geste le plus simple, par rien, qui parle sans voix, qui brille dans les yeux avant qu'ils ne regardent, résulte d'une puissance mentale également répartie, disposée en un état de proportion absolue, de façon qu'aucune faculté n'ait de prédominance illégitime. Le génie factice, le génie dans le sens populaire, qui n'est que la prédominance anormale d'une des facultés sur toutes les autres, provient d'une maladie ou d'une déformation organique du cerveau.

Non seulement un génie de cette dernière sorte échouera, s'il est détourné du chemin que lui trace sa faculté maîtresse, mais même quand il le poursuit, quand il entreprend les œuvres où il devrait réussir, il décèle, sans qu'on puisse s'y tromper, les défectuosités générales de sa constitution.

De là vient cette pensée juste que :

Un grand esprit tient de près à la folie.

Je dis que cette pensée est juste, car le poëte y entend précisément le faux génie dont j'ai parlé. Le vrai est sinon universel dans ses manifestations, du moins capable d'universalité, et si, tentant toutes choses, il réussit dans l'une mieux que dans l'autre, c'est simplement par l'inclination où le conduit son goût. A zèle égal, il excellerait également. En somme et pour nous résumer sur cette question très simple, mais beaucoup débattue :

Ce que l'on nomme communément génie, est un état maladif provenant de la prédominance de l'une des facultés sur les autres. Les œuvres de génies pareils ne sont jamais parfaites et trahissent l'atrophie partielle du cerveau.

La proportion des facultés mentales, quand leur puissance n'est pas extrême, donne ce que nous appelons le talent ; celui-ci est plus grand ou moindre, selon que les capacités mentales sont plus ou moins considérables, et selon que la proportion entre elles est plus ou moins parfaite.

Cette proportion des facultés, accompagnée de capacités extrêmes, est le vrai génie, qui, à cause de l'harmonie et de la simplicité de ses œuvres, est rarement reconnu comme tel ; ce génie est plus grand ou moindre, premièrement, selon que sa capacité intellectuelle est plus ou moins vaste, et secondement, selon que la proportion entre les facultés est plus ou moins parfaite.

On m'objectera que la plus grande mesure de puissance intellectuelle ne répond à notre conception du génie, que si nous y ajoutons la sensibilité, la passion, l'énergie. Je réponds que l'équilibre entre capacités extrêmes produit cet amour du beau et cette horreur du laid que nous nommons sensibilité, ainsi que l'intense vitalité, cause de l'énergie et de la passion.

CIV

Il n'est nullement prouvé que l'esprit révolutionnaire
en Europe soit un esprit qui « s'il remue ne se meut que
« d'une pièce. » En Grande Bretagne, on peut le contenir pendant un demi siècle, en mettant, à la tête des affaires, un homme de quelque expérience médicale. Celui-ci n'a qu'à tenir son index sur le pouls de son patient,
et à prescrire du *Panem* à petites doses et autant de
Circenses que l'estomac peut en supporter.

CV

Le monde est infesté en ce moment par une nouvelle
secte de philosophes qui n'ont pas encore conscience de
leur cohésion et qui, par conséquent, ne se sont pas encore accordés sur le nom qui leur convient. Ce sont les
fanatiques de toute vieillerie. Leur grand-prêtre dans
l'Est est Charles Fourier, dans l'Ouest, Horace Greely, et

ce ne sont pas là des grands-prêtres pour rire. Le trait commun de la secte est la crédulité ; appelons cela de l'insanité, et n'en parlons plus. Priez qui que ce soit d'entre eux de vous dire pourquoi il admet ceci ou cela, et, si c'est un homme consciencieux (les sots le sont habituellement), il vous fera à peu près la même réponse que Talleyrand, quand on lui demandait pourquoi il croyait à la bible. « J'y crois, disait-il, d'abord parce que je suis « évêque d'Autun, et secondement parce que je n'y connais rien. » — Ce que ces philosophes appellent des arguments, est une façon à eux de nier ce qui est, et d'expliquer ce qui n'est pas.

CVI

Sans le dégoût que l'injustice ne manque jamais d'exciter, même dans les esprits les plus pervers, les roueries malignes des critiques seraient souvent fort amusantes. Un de leurs tours communs est celui de décrier implicitement les mérites supérieurs d'un écrivain, en insistant sur ses qualités moindres. Macaulay par exemple qui a senti combien l'intelligence critique gagne à se préoccuper soigneusement des formes du langage, son moyen d'expression, est devenu peu à peu le plus grand des rhéteurs modernes. Ses confrères de revue, anonymes comme de juste et risquant fort de le demeurer, parleront de la profondeur de Carlyle, de l'analyse de Schlegel, et du *style* de Macaulay.

Bancroft est un historien philosophe ; mais aucune philosophie ne lui a appris à négliger l'exactitude minutieuse dans les faits. Aussitôt ses collègues en histoire loueront la grâce de Prescott, l'érudition de Gibbon et *l'exactitude laborieuse* de Bancroft.

Tennyson s'étant aperçu combien une certaine recherche introduite à propos, relève à l'occasion les effets descriptifs, se sert quelquefois de cette recherche pour composer ses paysages les plus splendides et les plus délicats. Là dessus, ses frères en poésie se hâtent de porter aux nues l'imagination de M. Quelqu'un (auquel personne n'en accordait,) et de relever *la recherche quelque peu affectée* de Tennyson.

Que le plus grand poëte ajoute, s'il l'ose, à ses autres excellences, une versification parfaite et le respect scrupuleux de la grammaire. Il est perdu du coup. Ses rivaux le tiennent en leurs mains. Il dépend d'eux de répéter sur tous les tons qu'A est le vrai poëte, tandis que B n'est qu'un versificateur, disciple de Lindley Murray.

CVII

Une cause assurément produit un effet. Mais en morale il est tout aussi certain qu'une répétition d'effets tend à produire une cause. C'est là le principe de ce que nous appelons si vaguement l'habitude

CVIII

Je commence à penser avec Horsley que le peuple n'a rien à voir dans les lois, sinon pour leur obéir.

FIN

TABLE DES MATIÈRES

Vie d'Edgar Allan Poe   1

L'inhumation prématurée   49

L'homme sans souffle   63

Une mystification.   81

Le philosophe Bon-Bon.   95

La découverte de Von Kempelen . . . . . . , 113

Un entrefilet aux X. 123

La caisse oblongue 135

Ne pariez jamais votre tête au diable . , . . . 153

Le journal de Julius Rodman . . . . , ... 169

Marginalia 201

FIN DE LA TABLE

www.ingramcontent.com/pod-product-compliance
Lightning Source LLC
Chambersburg PA
CBHW071901020726

47502CB00003B/846